Albert R. Broccoli presents
Pierce Brosnan
as Ian Fleming's James Bond 007

GOLDENEYE

with Sean Bean, Izabella Scorupco, Famke Janssen and Joe Don Baker

Associate Producer	Anthony Waye
Editor	Terry Rawlings
Music	Eric Serra
Director of Photography	Phil Meheux
Production Designer	Peter Lamont
Executive Producer	Tom Pevsner
Written by	Michael France and Jeffrey Caine
Produced by	Michael G. Wilson and Barbara Broccoli
Directed by	Martin Campbell

UNITED INTERNATIONAL PICTURES

UNITED ARTISTS™

JOHN GARDNER

GOLDENEYE

Der Roman zum Film
von Jeffrey Caine und Bruce Feirstein
und einer Geschichte von Michael France

Aus dem Englischen
von Rolf A. Becker

Deutsche Erstausgabe

WILHELM HEYNE VERLAG
MÜNCHEN

HEYNE ALLGEMEINE REIHE
Nr. 01/9842

Titel der Originalausgabe
GOLDENEYE

Umwelthinweis:
Dieses Buch wurde auf
chlor- und säurefreiem Papier gedruckt.

2. Auflage

Redaktion: Dr. Andreas Gößling

Innenillustrationen mit freundlicher Genehmigung der UIP
Umschlaggestaltung: Atelier Ingrid Schütz, München
Gesamtherstellung: Elsnerdruck, Berlin

ISBN 3-453-09806-4

1

Operation Schlüsselblume

Sein Kopf fühlte sich an, als würde er explodieren. Das Getöse durchsiebte die Schädeldecke und züngelte wie eisiges Feuer durch alle Adern, in die Ohren, die Nase, in seinem Mund.

Mit einem Ruck erwachte James Bond. Mehrere Dinge wurden ihm gleichzeitig bewußt: Der höllische Lärm stammte von zwei Düsenjägern, die über ihn hinwegdonnerten. Bei der Lagebesprechung, so erinnerte er sich, war davon die Rede gewesen: Sowjetische Militärmaschinen würden im Tiefflug die Berge überqueren, um zu ihrer Basis bei Archangelsk zu gelangen, dem nördlichsten Hafen Rußlands.

Gleichzeitig verfluchte er sich selbst. Nach dem anstrengenden Aufstieg hatte er sich nur ein kleines bißchen ausruhen wollen und war doch in Tiefschlaf gefallen. Im Grunde war er den Jets dankbar, daß sie ihn geweckt hatten. Er reckte sich, versuchte die schmerzenden Muskeln zu entspannen und schaute auf die Uhr. Großer Gott, es war höchste Zeit für ihn. Verdammt kalt war es hier oben, und Muskelkrämpfe setzten ihm zu. Die Turbinengeräusche der Jets waren immer noch zu hören, aber keine Spur von dem Aufklärungsflugzeug, das auf dem kleinen Flugfeld tief unter ihm stationiert war.

Ein altmodischer Hochdecker, über sechzig Jahre alt, ein Fieseler Storch, den die Russen in Stalingrad von Hitlers Luftwaffe erbeutet hatten. Ein Oldtimer, der einem heute, Mitte der achtziger Jahre, wie eine altrömische Steinschleuder inmitten eines elektronischen Schlachtfeldes vorkommen mußte.

James Bond, inzwischen hellwach, schaute sich um. Er lag in einer flachen Senke des Gebirgskamms, tief unter ihm das Flugfeld, rechts der von einem Gebirgsfluß gespeiste Stausee, dessen Damm gut zweihundert Meter hoch war, und vor ihm der bunkerartige Wachtturm, der den Zugang zu dem riesigen Staudamm blockierte.

Unten, am Fuß des Dammes, war ein Haufen Geröll zu sehen, aber wie Bond wußte, war dies lediglich Tarnung. In Wahrheit waren die Felsbrocken einzementiert in drei Meter dicken, bombensicheren Stahlbeton. Unter diesem Felsschutt aber lag sein Ziel: die biochemische Aufbereitungsanlage Numero eins.

Entgegen der Konvention von 1972 experimentierten die Sowjets immer noch mit biologischen und chemischen Sprengköpfen – und das tief unter der Erde dieses öden Geländes.

Von M hatte Bond erfahren, daß man hier bis vor kurzem einschlägige Horrorkampfstoffe hergestellt hatte, Anthrax und eine Reihe mehr oder weniger konventioneller Nervengase. Jetzt aber wurde die Anlage umgerüstet. Sie bereiteten die Produktion eines weitaus mörderischeren Kampfmittels vor. Hierfür hatten sie eines der vielen Viren weiterentwickelt, die bei der langsamen Zerstörung der Regenwälder unserer Erde entdeckt worden waren. Innerhalb weniger Wochen würden sie in der Lage sein, in der unterirdischen Fabrik ein Mittel herzustellen, das den grauenvollsten Alpträumen zu entstammen schien: ein sich schnell ausbreitendes Virus, welches das Blut der befallenen Opfer so weit verdünnt, daß die menschlichen Körperfunktionen abrupt zusammenbrechen – ein schneller und dennoch grauenhafter Tod.

Jetzt kam es darauf an, die Produktion von Sprengköpfen und Bomben mit diesem Teufelszeug zu verhindern oder mindestens so lange hinauszuzögern, bis der Westen ein immunisierendes Gegenmittel gefunden hatte. Diese

Mission lag nun in den Händen von James Bond, 007, und seinem alten Freund Alec Trevelyan, 006.

»Sie und Alec sind meine besten Männer«, hatte M gesagt. »Wir alle wissen, daß Sie nur eine Fifty-fifty-Chance haben, lebend aus dem Schlamassel herauszukommen. Aber wir haben keine Alternative. Die Fabrik muß zerstört werden. Und zwar jetzt! In ein paar Wochen kann es schon zu spät sein.«

Bond seufzte, schaute hinab ins Tal und verfluchte die teuflische Aktivität, die da unter dem gottverlassenen Stückchen Erde im äußersten Norden der Sowjetunion vor sich ging.

Das einzige sichtbare Zeichen von Leben war die holprige Startbahn, die das Feld unter ihm wie eine offene Wunde durchfurchte. Sie endete etwa zehn Meter vor der länglichen Felsschlucht, die parallel zum Staudamm verlief.

Diese Startbahn, so hatte er erfahren, war einer der beiden Zugänge zu der Aufbereitungsanlage. Arbeiter, Sicherheitskräfte und Wissenschaftler wurden mit einer alten Anatow An-14 ein- und ausgeflogen, einem Senkrechtstarter, der längst nicht mehr gebaut wurde. Der zweite Zugang bestand aus einer primitiven unterirdischen Eisenbahnlinie, die in den späten Sechzigern durch Erde und Fels gesprengt worden war. Über sie wurden Personal und Frachtgüter zum Hafen von Archangelsk transportiert. Das rollende Material dieses dürftigen Transportsystems bestand aus gebrechlichen Kastenwagen und offenen Waggons mit Holzbänken für Soldaten und Arbeiter. Die Reise von Archangelsk zur Aufbereitungsanlage dauerte fast vierundzwanzig Stunden – ein Tag intensiver Unbehaglichkeit.

Alec Trevelyan hatte diese Strapaze auf sich nehmen müssen. Drei Tage vorher, das war der Plan, sollte er in Archangelsk eingeschleust werden. Wenn seine Papiere in Ordnung waren und niemand Verdacht geschöpft hatte, müßte er mittlerweile die Untergrundreise hinter sich gebracht haben.

M sah die Sache als Zwei-Mann-Job. Nachdem sich Trevelyan unter falschem Namen und mit gefälschten Papieren in das Werk eingeschmuggelt hatte, sollte er für Bond einen Eingang durch eines der Entlüftungsgitter vorbereiten und außerdem im Inneren des Werkes nach einem sicheren Platz suchen, von dem aus Bond operieren konnte.

Bonds Aufgabe war es, die beiden Wachtposten auszuschalten sowie Waffen und Sprengstoff nach unten zu bringen. Danach sollten sie beide die ganze Anlage in die Luft jagen und sich anschließend zu einem Küstenstreifen zwanzig Kilometer westlich von Archangelsk durchschlagen, wo ein U-Boot sie aufnehmen würde. Kein Mensch hatte den geringsten Zweifel an der selbstmörderischen Güteklasse dieses Unternehmens.

›Operation Schlüsselblume‹.

Bond grinste schief. Was für ein skurriler Codename für dieses mörderische Unterfangen!

Er räkelte sich, streckte Arme und Beine aus. Sieben Stunden lag er schon hier, ungefähr fünfzig Meter von dem Wachtposten entfernt, und genau acht Stunden, nachdem man ihn mit dem Spezialfallschirm abgesetzt hatte, einem Modell der ›High Altitude Low Opening‹-(HALO-)Technologie. Im freien Fall war er bis hundert Meter über dem Flugfeld hinabgestürzt, hatte erst dann die Reißleine gezogen und war unbeschädigt gelandet. Nachdem der Fallschirm in einer Felsspalte versteckt war, hatte sich Bond an den Aufstieg gemacht, eine Stunde lang Free climbing, die steile Bergwand hinauf.

Das Postenhaus war eine einfache viereckige Stahlbetonkonstruktion am vorderen Ende des Staudamms. Von Bonds Standpunkt aus konnte man ein Fenster und eine

Tür sehen. Das Innere des Gebäudes, so war Bond informiert worden, bot Platz für zwei Wachmänner. Ferner wußte er, daß sich hinter dem Haus eine Art riesiger Hundezwinger befand, bestehend aus drei Meter hohen Stahlpfeilern und einem elektronisch gesteuerten Tor, das zu dem Laufsteg über den Damm führte.

Die Leute, die hier postiert waren, gehörten zum Sicherheitsdienst der biochemischen Aufbereitungsanlage Numero eins, Elitesoldaten, die in einem dreijährigen Spezialtraining beim KGB-Grenzschutzkommando ausgebildet worden waren. Am anderen Ende des Staudammes gab es keine Posten, da der Damm hier unmittelbar an der blanken Felswand endete.

Der Dienst der Posten dauerte jeweils eine Woche. Die Ablösung mußte sich über einen steilen, unwegsamen, in endlosen Serpentinen nach oben führenden Pfad hochquälen.

Für einen Moment fragte sich Bond, mit welchen Gefühlen sich die Burschen wohl während der finsteren, eisigen Wintertage an den Aufstieg machten. Er schauderte bei diesem Gedanken, und noch einmal schauderte er beim Anblick des Serpentinenweges. Nicht lange, und er würde selbst dort hinunterklettern müssen. In Gedanken checkte er die Ausrüstung ab, die er dann mit hinabschleppen mußte.

Er trug einen Spezial-Kampfanzug, Bergschuhe und einen langen Parka. Kampfanzug und Parka waren aus steingrauem Material und hatten mehr Reißverschluß- und Knopftaschen als der Wettermantel eines Wilderers. Unter seinem Parka, um die Brust geschnürt, trug Bond seine Ausrüstung. Ferner hatte er sich einen breiten Gurt um die Taille geschnallt, an dem vier große Beutel mit allerlei Sprengstoff befestigt waren sowie der Halfter für die Waffe seiner Wahl: eine ASP 9 mm Automatic mit Schalldämpfer, geladen mit todbringender Glaser-Munition. Kopf und Gesicht waren durch eine Skikapuze geschützt, während seine Hände in hautengen Lederhandschuhen steckten, welche die Kälte abhielten und ihn trotzdem befähigten, seine Finger mit jener Feinfühligkeit zu bewegen, die für die heikle Aufgabe erforderlich war.

In Gedanken ging er noch einmal den Inhalt seiner Taschen durch, wie schon ein Dutzend Male zuvor, ehe er eingenickt war. Das war wichtig, denn er mußte sicher sein, daß er im entscheidenden Moment ohne Zögern in die richtige Tasche griff.

Ein fernes Geräusch ließ ihn aufhorchen. Als es näher kam, wußte er, daß es das knatternde Motorenbrummen des Fieseler Storchs war. Der alte Aufklärer flog regelmäßig Patrouillenflüge über dem Areal, um sicherzugehen, daß sich nicht irgendwelche zivilen Kletterenthusiasten – oder, schlimmer noch, gefährliche Staatsfeinde – an der Steilwand versuchten.

Der ›Storch‹ flog eine festgelegte Runde, die nur selten variiert wurde. Zum Schluß pflegte er mit wackelnden Flügeln den Staudamm zu überqueren, und nach höchstens zwanzig Minuten war der Spuk vorbei. Aus dem großen, gewächshausähnlichen Cockpit schaute der Pilot dann hinunter zu den Wachtposten. Die hatten strikte Anweisung, daraufhin in den stählernen Hundezwinger hinauszugehen und dem Piloten ›Alles klar‹ zu signalisieren. Zwischen Flugzeug und Wachstation bestand zwar eine drahtlose Telefonverbindung, aber der Befehl mußte befolgt werden. Es war jene Art von Vorschrift, die Oberst Ourumow hochachtete wie ein ehernes Gebot.

Arkadij Grigorowitsch Ourumow, Kommandeur des KGB-Grenzschutzes, war den westlichen Geheimdiensten wohlbekannt. Von ihm hieß es, seine Vorstellung von ›Sicherheit‹ sei so paranoid, daß, ginge es nach ihm, jeder Wachtposten von einem Wachtposten beschattet würde, dem ein Wachtposten folgte, der wiederum von einem Wachtposten bewacht würde, und so weiter bis in die Unendlichkeit.

Das Motorengeräusch verstummte, der Storch segelte zum Flugfeld herab, um dort nach dem Rechten zu sehen. Er setzte jedoch nicht zur Landung an, sondern startete gemächlich wieder durch.

Das war der Augenblick, auf den Bond gewartet hatte. Er erhob sich, streckte die Glieder und sprintete geräuschlos zum Wachhaus. Währenddessen registrierte er, wie der Flieger wieder an Höhe gewann.

Er drückte sich an die Hauswand und spähte vorsichtig durch das schmutzige Fenster in die Wachstube. Die beiden Soldaten saßen sich, auf ein Schachspiel konzentriert, gegenüber. Bond war irritiert. Was, verdammt noch mal, passierte, wenn die über dem Schach ihren Einsatz verpaßten und dem Flieger nicht das übliche ›Okay‹ zuwinkten?

Das Flugzeuggeräusch wurde lauter. Die Maschine kam im Tiefflug über den Stausee heran. An die Hauswand gepreßt, horte Bond die Stimmen der Wachtposten und das Scharren eines Stuhles.

Noch einmal wagte er einen Blick durch das Fenster. Einer der Soldaten öffnete gerade die Tür und ging hinaus, um dem Flieger das Signal zu geben. Der andere saß immer noch am Tisch. Sein ungeteiltes Interesse galt dem Schachbrett.

Bond zog die Pistole, wartete, bis das Flugzeug herankam, hastete mit zwei großen Sätzen zur Tür und riß sie auf. Der Mann war so in das Schachspiel vertieft, daß er sich nur wie in Zeitlupe bewegte. Er drehte sich um und sah Bond in der Tür stehen. Langsam schob er den Stuhl zurück und starrte – zugleich überrascht, ungläubig und verängstigt – Bond an, als erblicke er jemanden von einem anderen Stern.

Die ASP-Automatic war kaum zu hören, allenfalls ein leises ›Pfft-pfft‹. Tatsächlich war das metallische Klicken des Abzugs lauter als die beiden Schüsse, die Bond abfeuerte. Er zuckte zusammen, als die Glaser-Geschosse dem Mann in die Brust drangen, genau über dem Herzen, nur zwei Zentimeter voneinander entfernt. Overkill! dachte er, als ihm die Geruchsmixtur aus Blut und Pulverdampf in die Nase stieg. Seine Lebenserfahrung hatte ihn gelehrt, daß es besser war, immer zweimal zu schießen. Bei Glaser-Geschossen genügte jedoch normalerweise ein einziger Schuß, da sie praktisch wie Schrotpatronen wirkten und in neunzig Prozent aller Fälle binnen Sekunden zum Tode führten. In einem Mantel aus Kunststoff versiegelt, enthielt jede Patrone zwölf Kugeln, die in flüssigem, von einer dünnen Nickelschicht umschlossenem Teflon schwammen und in dem Moment explodierten, da das Geschoß in einen Körper einschlug.

Der Stuhl des toten Soldaten wurde durch den Aufprall fast bis zur Wand zurückgeschleudert, der arme Kerl selbst sackte zusammen, wobei er mit dem Arm noch die Schachfiguren zu Boden fegte.

Der Fieseler Storch war indessen vorbeigeflogen. Und jetzt klingelte das Telefon. Bond zögerte – einen Augenblick zu lang. Seine Augen suchten die Anschlußbuchse. Das Telefon klingelte noch fünfmal, bis er sie endlich gefunden hatte und den Stecker aus der Buchse riß.

Währenddessen hatte aber der andere Soldat das Telefon gehört. Verwundert, daß niemand den Hörer abnahm, rannte er zur Station zurück. Bond hörte seine Schritte und konnte sich vorstellen, wie der Mann jetzt die Waffe aus dem Halfter riß.

»Von wegen Elitesoldaten«, murmelte Bond. Der Soldat rannte einfach zur Wachstation zurück, ohne sich zu überlegen, was hier drinnen vorgefallen sein mochte. Wie ein Sturzwind polterte er in den Raum, seine Stechlin-Pistole in der Hand, mit der er ziemlich unkontrolliert herumfuchtelte.

Dieses Mal feuerte Bond nur einmal. Der Soldat wurde zurückgeschleudert, prallte gegen die Wand und sank zu Boden. In die Stille, die nun folgte, klapperten zwei Schachfiguren, die ihm zu Füßen rollten.

»Schachmatt«, murmelte Bond, während er versuchte, sich Klarheit über die Situation zu verschaffen. Wer auch immer hier angerufen hatte, mußte sich wundern, daß die Leitung so abrupt unterbrochen worden war.

Er mußte schnell handeln. Sehr schnell!

Als erstes mußte er den Mechanismus in Gang setzen, mit dem das Tor zum Staudamm geöffnet werden konnte. Rechts über ihm befand sich, wie ein mattsilberner Pilz aus der Wand herausragend, ein großer Metallknopf. Bonds Instruktionen besagten, daß mit diesem Knopf der Mechanismus aktiviert werden konnte – allerdings nicht ohne weiteres. Es war eine Sicherheitssperre installiert, die nur von der Zentrale aus gelöst werden konnte. Man hatte ihm jedoch auch gesagt, daß der Mechanismus eventuell zu überlisten sei, indem man den silbernen Knopf sehr plötzlich und mit großer Wucht einschlug.

Bond öffnete den Reißverschluß seines Parkas und entledigte sich mit wenigen Handgriffen eines dicken Gummiseils, das um seinen Leib gewickelt war. Am Ende des Seils befand sich eine kräftige Stahlklammer. Er wickelte den Anfang des Seils um den linken Arm. Mit der Rechten wirbelte er – wie ein Gaucho seine Bola – das Ende mit der Stahlklammer durch die Luft. Sein Leben hing davon ab, daß ihm in den nächsten Sekunden nicht der kleinste Fehler unterlief. Er mußte den Metallknopf in der Wand exakt in seiner Mitte treffen. Wenn nicht, wurde automatisch Alarm ausgelöst, und er konnte einpacken.

Mit aller Wucht schleuderte er die Klammer gegen den Knopf. Atemlos hielt er die Luft an.

Einige Sekunden geschah überhaupt nichts. Dann, endlich, hörte er ein leises, schleifendes Geräusch – Metall auf Metall. Er sah nach draußen. Das Gittertor öffnete sich langsam und gab den Weg über den Staudamm frei.

James Bond atmete tief durch und sprintete los.

2

Auftrag ausgeführt

Bond hatte nicht mit der steifen Brise gerechnet, die über den Stausee fegte, aber der Damm war so breit, daß ihm der Balanceakt im stürmischen Wind nicht allzu schwerfiel. Außerdem war der Steg durch ein festes Metallgeländer gesichert, so daß er nicht befürchten mußte, die dreihundert Meter, die er sich über dem felsigen Boden befand, in die Tiefe zu stürzen – obgleich er genaugenommen im Begriff stand, gerade das zu tun. Er mußte die dreihundert Meter überwinden, egal wie.

In der Mitte des Dammes angekommen, blickte er über das Geländer und spürte, wie sich ihm der Magen umdrehte. Während der kurzen Zeit des Trainings für *Operation Schlüsselblume* hatte er bloß zweimal einen solchen Abstieg üben können – und das auch nur über die Hälfte der Distanz, die jetzt vor ihm lag. Aber er mußte in den sauren Apfel beißen. Er hatte nur diese eine Chance, und es gab keine Hilfsmittel wie Reservefallschirm oder Armband-Höhenmeter.

Bond schaute auf die Uhr und stellte fest, daß ihm nicht mehr viel Zeit blieb. Wenn bei Alec Trevelyan alles planmäßig verlaufen war, wartete der jetzt schon am vereinbarten Treffpunkt. Der Plan sah vor, die Sprengladung zu zünden, während sich der Großteil der Belegschaft zu der einstündigen Vormittagspause zurückgezogen hatte.

Ursprünglich hatte Bond vorgehabt, sich an der Dammwand abzuseilen. Nun aber wurde ihm klar, daß ihn diese Methode länger, als ihm lieb sein konnte, an der Wand festhalten würde. Man würde ihn dort von drei Seiten her beobachten können.

Aus einem am Oberschenkel befestigten länglichen Halfter holte er ein Gerät heraus, mit dem Q ihn ausgerüstet hatte. Es war eine Art Harpunenpistole, mit der ein Spezialhaken abgeschossen werden konnte, ähnlich den Haken, die Bergsteiger in den Fels schlagen, um das Kletterseil daran zu befestigen.

Er fixierte die Stahlklammer des Gummiseils am Geländer und kontrollierte mit einem heftigen Ruck, ob der Pfeiler, an den er sich angurtete, sein Gewicht auch aushalten würde. Nachdem er sich vergewissert hatte, daß sich nichts verheddern konnte, legte er seinen rechten Fuß in eine Schlinge am anderen Ende des Seils.

Er atmete tief ein, stieß die Luft mit einem lauten Ächzen aus und sprang in die Tiefe.

Es war etwas ganz anderes als der freie Fall beim Fallschirmspringen, denn diesmal fehlte die beruhigende Gewißheit, daß man im entscheidenden Augenblick den Schirm auf dem Buckel hatte. Sein Magen war noch oben auf dem Staudamm, während er selbst ungebremst in den Abgrund stürzte. Der Sprung schien endlos zu dauern. Bond fühlte, wie sein Körper schneller und schneller fiel, spürte den Luftwiderstand, bekam Ohrensausen, seine Gesichtsmuskeln verloren jede Spannung, seine Wangen flatterten, sein Mund verzog sich zu einem scheußlichen Grinsen.

Während er so, kaum einen halben Meter vom Damm entfernt, in die Tiefe sauste, hielt er die Harpunenpistole fest in der Hand. Der Abschuß des Hakens mußte auf die

Sekunde genau erfolgen. Wenn nicht, würde ihn das Gummiseil, nachdem es die äußerste Länge erreicht hatte, nach oben schnellen lassen, worauf er wieder abwärts stürzen und sehr wahrscheinlich an der Betonwand des Staudammes zerschmettern würde.

Bond zwang sich, nach unten auf die Felsbrocken zu schauen, die ihm bedrohlich entgegenrasten. Er verließ sich einzig und allein auf seinen Instinkt, um den richtigen Moment zum Abschuß der Harpune zu wählen, denn es gab keine Möglichkeit, den optimalen Sekundenbruchteil präzise zu berechnen. In diesem Falle mußte sich sein Selbsterhaltungstrieb über alle Exaktheitsgebote hinwegsetzen.

Egal wie, jetzt mußte es sein! Mit beiden Händen umklammerte er den Griff der Harpunenpistole, zog den Abzug und spürte, wie ihm durch den Rückstoß ein Kribbeln den Arm hinauflief. Das Tempo des Geschosses, das ein festes Seil hinter sich herzog, war um einen Bruchteil höher als Bonds Fallgeschwindigkeit.

Der Felshaken krallte sich mit Wucht in dem getarnten Beton zu Bonds Füßen fest. Im gleichen Moment hatte das Gummiseil seine normale Länge erreicht und drohte, wieder nach oben zu schnellen. Bond hatte das Gefühl, von den beiden Seilen in Stücke gerissen zu werden. Schmerz jagte von den Muskeln der Arme und des rechten Beines durch den ganzen Körper, und er fragte sich, ob sich so die Menschen bei mittelalterlichen Folterungen gefühlt hatten. Er begann, sich an dem Harpunenseil abwärts zu hangeln, eine Hand vor die andere setzend. Mit schmerzverzerrtem Gesicht kämpfte er gegen die Spannung an, die von dem Seil ausging, das seinen Fuß umfing, und die mit jedem Meter, den er vorankam, stärker wurde.

Endlich erreichte Bond den Boden. Mit Entsetzen sah er, wie sich der Harpunenhaken ein wenig in dem brüchigen Betonboden bewegte. Wenn er sich ganz löste, wäre die unausweichliche Folge, daß Bond von dem Gummiseil nach oben katapultiert, gegen die Wand des Staudamms geschleudert und zerrissen würde, als hielte ihn jemand gegen eine riesige Black & Decker-Schleifmaschine. Am Ende würde ihn das Gummiseil dreihundert Meter in die Luft schleudern, und was von ihm übrig bliebe, würde auf den Staudamm stürzen.

Zum Glück gelang es ihm, seinen Fuß aus der Schlinge des Seils zu befreien, das nun nach oben schoß wie eine in die Luft geschleuderte Riesenschlange.

Einen Moment blieb er stehen, um sich zu orientieren. Dann robbte er im Zickzack zwischen den Steinen hindurch zu der Aircondition-Pumpe, die etwa zwanzig Meter entfernt wie eine grau gestrichene Trommel aus dem Boden ragte. Daneben fand er auch das Gitter der Entlüftungsanlage. Es war geöffnet worden. Bond entdeckte sofort die Spuren der Eisensäge, die Alec Trevelyan angesetzt hatte, um das große Vorhängeschloß zu knacken. Er hob das Gitter an und schaute in ein dunkles, viereckiges Loch mit einer Reihe von Metallsprossen, die nach unten führten.

Bond stieg in die Finsternis hinab, nicht eilig, sondern ganz langsam, Sprosse für Sprosse, voll darauf konzentriert, den Boden dieses schwarzen Loches zu erreichen. Er hatte keine Vorstellung davon, wie tief der Lüftungsschacht tatsächlich war.

Es wurde ein langer Abstieg, denn der Schacht schien sich endlos in die Tiefe zu bohren. Obgleich seine Augen sich allmählich an die Dunkelheit gewöhnten, spürte Bond nun doch – zum erstenmal in seinem Leben – ein gewisses Schwindelgefühl. Seine Nerven waren bis zum Zerreißen angespannt. Seine Muskeln schmerzten noch immer, und seine Gedanken schienen sich auf merkwürdige Weise von dem zu lösen, was er hier in Wirklichkeit tat. Alles war so schnell gegangen, daß ein Teil von ihm immer noch draußen an dem Seil zu hängen schien, hoch über dem Erdboden, auf den es mit mörderischer Geschwindigkeit heruntersauste. Seine Hände bekamen Blasen von den rostigen Sprossen, und ein muffiger, modriger Geruch stieg ihm in die Nase, ein Geruch, der stärker und stärker wurde, je weiter er sich nach unten bewegte.

Endlich, nach – wie es ihm schien – zehn oder fünfzehn Minuten und Hunderten von Eisensprossen, spürte er festen Boden unter den Füßen. Oder war es nur ein Mauervorsprung, von dem aus er in eine abgrundtiefe Grube stürzen konnte?

Langsam gewöhnten sich seine Augen an die fast völlige Finsternis, die hier unten herrschte, und nun konnte er Umrisse seiner Umgebung erkennen. Es war eine Art Kammer, von der er annahm, sie sei der Zugang zu dem Lüftungsschacht. Zu seiner Rechten konnte er den Schatten einer Tür ausmachen. Seine Füße scharrten laut über den Steinfußboden, während er auf die Tür zuging. Behutsam schob er sie auf und betrat einen zweiten, anscheinend etwas größeren Raum.

Nach zwei Schritten blieb Bond stehen, wie zur Salzsäule erstarrt. Ihm war, als spüre er den Geruch von Blut und Tod. Mehr noch: In seinem Nacken, dicht unter dem Ohr, fühlte er das kalte Metall einer Pistolenzündung.

»Wagen Sie nicht einmal zu atmen!« sagte eine Stimme auf russisch. Und dann: »Wo sind die anderen?«

»Ich bin allein.«

»Sind wir das nicht alle?« schnarrte die Stimme mit einem leisen, glucksenden Lachen.

Ein Licht flammte auf. Die plötzliche Helligkeit ließ Bond fast erblinden. Er drehte sich um und erkannte blinzelnd seinen alten Freund, Alec Trevelyan, der ihn wie ein Honigkuchenpferd angrinste. Er sah immer noch aus wie der ewige Schuljunge. Oft hatte man von ihm gesagt, er habe ein Gemälde auf dem Dachboden wie Dorian Gray.

»Schön, daß du mal vorbeikommst, James.«

»Die Reise hat ein bißchen länger gedauert, als ich dachte, aber zum Glück ging's meistens gemütlich bergab.«

Trevelyan öffnete eine weitere Tür, hinter der eine stählerne Wendeltreppe zum Vorschein kam.

»Alles klar, James?«

»Packen wir's an!«

Bond stieg als erster die Treppe hinunter. »Auf diesem Weg bist du heraufgekommen?« fragte er 006.

»Ja. Unten rechts ist eine Tür und ihr gegenüber eine zweite. Die ist durch ein elektronisches Schloß gesichert. Hinter ihr findest du Aladins Schatzkammer – allerdings eine ziemlich neumodische Version.«

Schon war Bond dabei, eine der Reißverschlußtaschen an seinem Gürtel zu öffnen. Als sie zu der elektronischen Tür kamen, hatte er eine kleine, rechteckige Kassette in der Hand. Sie war magnetisch und ließ sich leicht an die Tür heften. Bond betätigte einen Schalter, worauf eine Reihe von Lichtern aufblinkte und die Ziffern auf einer Digitalanzeige wie wild zu wirbeln begannen.

»Es ist eine ganz einfache Sache«, hatte Q erklärt, als er Bond das Gerät aushändigte. »Das Ding funktioniert wie eine Telefonzentrale. Es registriert sämtliche bekannten Kombinationen von Ziffern und Buchstaben mit einer Geschwindigkeit von rund fünfhundert pro Sekunde. Stößt es dabei auf ein irgendwie zusammenpassendes Schema, konfiguriert es nach und nach den gesamten elektronischen Code. Selbst bei einem überaus clever erdachten System dauert es höchstens eine Viertelstunde, bis der Code geknackt ist. Ist's soweit, dann ist auch das Türschloß geöffnet.«

»Ein hübsches kleines Gerät für gemütliche Picknickausflüge«, hatte Bond geantwortet.

»Ich hab's im Tresorraum der Bank von England getestet«, hatte Q mit dem Anflug eines Lächelns gesagt. »Den Leuten dort hat das gar nicht gefallen.«

Während Bond an diese Unterhaltung zurückdachte, gab der Decoder einen leisen, abschließenden Piepton von sich, und die Tür sprang auf.

Sie befanden sich auf einem hohen, unter der Decke befestigten Laufsteg, von dem aus man auf eine riesige Werkhalle hinabblickte. Auf der gegenüberliegenden Seite standen nebeneinander sechs wuchtige Stahlkessel, die durch schmale Rohrleitungen miteinander verbunden waren. Das Ganze mündete in ein Gewirr von Röhren und Pumpen ein, dem am Ende ein noch größerer Kessel angeschlossen war, der aussah wie eine Art überdimensionaler Schnellkochtopf. Noch mehr von Pumpen gespeiste Rohre verschwanden rechts in der Wand.

Bond fühlte sich im ersten Moment total desorientiert. Was war das hier? Was hatte das alles zu bedeuten?

Auf der linken Seite, neben den gigantischen Behältern, war eine zweite elektronische Tür. Direkt unter sich konnte Bond ein breites Förderband ausmachen, das durch die ganze Länge der Halle lief, links und rechts von mit Gummi verkleideten Pfeilern stabilisiert.

»Wo geht's da hin?« Bond zeigte auf die elektronische Tür.

»Zu den anderen Laboratorien, glaube ich.« Trevelyan gab wieder sein glucksendes Lachen von sich. »Als ich hier ankam, habe ich mich in den Verbindungsgängen ganz schön verlaufen. Die Karte, die mir M mitgegeben hat, ist aber äußerst genau. So konnte ich mich dort verstecken, wo du mich gefunden hast. Ich komme mir gewissermaßen vor wie das Phantom der Laboratorien. Aber die Nachtmusik hier unten ist nicht ganz mein Fall.«

Bond deutete auf die großen roten Plakate, die, mit Totenköpfen dekoriert, überall herumhingen. Sie trugen die russische Aufschrift: ›ACHTUNG! FEUERGEFÄHRLICH!‹

»Und was ist mit diesen Schildern? Was ist feuergefährlich?«

»Irgendeine Reinigungsflüssigkeit. Auf der entsetzlichen Untertagefahrt habe ich mitbekommen, daß alle Geräte hier unten neu sind. Das Zeug muß absolut sauber sein, ehe sie ihren neuen Horror in Gang setzen.«

»Hm, hm. Rauchen gefährdet hier die Gesundheit, he?«

»Genau! Und passives Rauchen tötet auf der Stelle.«

»Also gehen wir an die Arbeit.« Bond ging voran, stieg die Stufen hinunter, die ins Zentrum der todbringenden Fabrik führten. Er heftete sein elektronisches Gerät an die Tür am Ende der Halle. Dann begann er, seine Taschen und Beutel zu leeren, und förderte all die sorgsam verpackten Schaltuhren und Sprengladungen zutage, die er mit sich geschleppt hatte.

Beide machten sich nun daran, den Sprengstoff im Raum zu verteilen, unter den verschiedenen Kesseln und Zuleitungsrohren.

»Das sollte genügen«, sagte Bond zu Trevelyan. »Der Rest wird durch Selbstentzündung erledigt. Ich setze die Zeitzündung auf drei Minuten, dann bleibt uns genug Zeit abzuhauen, bevor das Spektakel losgeht.«

Der kleine Decoder an der Tür gab mit einem Piepton zu verstehen, daß er das elektronische Paßwort gefunden hatte, doch im selben Moment heulte eine mörderisch schrille Sirene auf.

Bond fluchte. »In Deckung, Alec! Wir haben keine Zeit, um ...«

Er wurde von einer durch Lautsprecher gellend verstärkten Stimme unterbrochen: »Hier spricht Oberst Ourumow. Sie sind umzingelt. Es gibt für Sie keinen Ausweg! Lassen Sie alle Waffen fallen, und kommen Sie mit erhobenen Händen heraus! *Jetzt!*«

»Kein Ausweg ...«, murmelte Bond, während er weiter den Weg neben den Stahlkesseln entlanglief. Laut rief er: »Alec, du mußt die Zeituhr zurückstellen! Leg den Hebel an der linken Seite nach rechts!« Er rannte weiter bis zu dem letzten, überdimensionalen Dampfkessel. »Alec?«

Keine Antwort.

Er duckte sich hinter den Kessel und schaute zurück.

Sein alter Freund 006, Alec Trevelyan, kniete auf dem Boden. Neben ihm, mit der Mündung seiner Pistole an Alecs Stirn, stand ein Sowjetoffizier mit den Schulterstücken eines Oberst, hinter ihm ein halbes Dutzend schwerbewaffneter Soldaten. Einer von ihnen feuerte in Bonds Richtung eine Salve aus seiner Maschinenpistole.

»Lassen Sie das, Sie Idiot!« brüllte der Oberst. »Wenn Sie einen von unseren Behältern treffen, jagen Sie uns alle in die Luft!«

Bond zog sich hinter den Kessel zurück. Er blickte auf die Schaltuhr, die er gerade an der letzten Sprengladung anbringen wollte, derjenigen, die eine Kettenreaktion auslösen und den ganzen Laden in Stücke reißen würde. Er schaute hinüber zu dem Förderband und entdeckte den Startknopf an einem Pfosten neben dem Band.

»Ich zähle bis zehn!« schrie der Oberst. »Wenn Sie bis dahin nicht aufgeben, ist Ihr Kamerad ein toter Mann!«

»Und Sie lösen damit ein Inferno aus, hm?«

Bond stellte den Zeitzünder der Sprengladung auf eine Minute ein.

»Eins .... zwei ...«, begann Ourumow zu zählen.

Bond holte eine Handgranate aus einer seiner Gürteltaschen, machte sie scharf, hielt jedoch den Sicherheitsbügel gedrückt.

»Drei ... vier ...«

Bond kam aus seiner Deckung heraus, die Arme ausgestreckt, die Handgranate in der linken, seine Pistole in der rechten Hand.

»Fünf …«

»Wenn Sie meinen Freund töten, sterben wir alle!« Bond war sich bewußt, wie nahe er damit der Wahrheit kam. Abgesehen von der Handgranate würde die Hauptsprengladung in dreißig Sekunden zünden.

»Sie glauben, ich fürchte mich, für mein Vaterland zu sterben!« kreischte der Oberst und drückte den Abzug.

Bond sah, wie sein Freund leblos zu Boden sank. Ohne eine Sekunde nachzudenken, schleuderte er die Handgranate, sprang auf das Förderband und drückte den Startknopf.

Der Oberst schrie seinen Leuten zu, keinesfalls das Feuer zu eröffnen, und zog sich eilig zurück, wobei er Alecs Körper hinter sich herzerrte.

Gleichzeitig setzte sich das Förderband mit einem Ruck in Bewegung. Jetzt, nachdem Bond sich von den Behältern mit der leicht entflammbaren Reinigungsflüssigkeit entfernte, gab der Oberst zwei Schüsse auf ihn ab, die jedoch ihr Ziel verfehlten. Das Band bewegte sich schnell, und 007 sah sich dem Ausgang der Fabrikhalle entgegengetragen.

In diesem Moment explodierte die Handgranate mit ohrenbetäubendem Lärm. Bond glaubte Schreie zu hören, während er durch ein sich automatisch öffnendes Tor ins Freie befördert wurde. Auf einer Laderampe außerhalb der Halle fand er sich wieder, nur etwa fünfzig Meter von der Startbahn entfernt, auf welcher der Fieseler Storch gerade ein Wendemanöver durchführte. Er war offenbar im Begriff, in Startposition zu rollen.

Hinter Bond entlud sich die erste große Detonation, ein gewaltiger Luftdruck schleuderte ihn zu Boden. Niemand würde lebend aus dem Komplex herauskommen, das war sicher. Bond raffte sich auf und rannte wie der Teufel hinter dem Flugzeug her.

Mit keuchenden Lungen erreichte er die Maschine, als

sie gerade zum Start ansetzen wollte. Hinter ihm grollte die zweite Explosion – eine Stichflamme, schwarzer Qualm, polterndes Geröll. Mit letzter Kraft sprang 007 vorwärts und packte eine Verstrebung des rechten Flügels. Der Pilot, der voll darauf konzentriert war, die nötige Startgeschwindigkeit zu erreichen, bemerkte jetzt erst den Mann, der unter der Tragfläche seines Hochdeckers hing. Er nahm das Gas zurück, um den Start abzubrechen. Bond hingegen hangelte an der Verstrebung entlang und grapschte nach der Klinke der Cockpit-Tür.

Der Pilot trat auf die Bremsen und riß das Ruder nach rechts, so daß die Maschine ins Schleudern geriet. Als jedoch der Versuch mißlang, so den ungebetenen Fluggast abzuschütteln, öffnete er die Tür auf seiner Seite und sprang aus dem Cockpit, nicht ohne vorher den Gashebel auf volle Kraft vorzuschieben.

Bond schwang sich von der Tragflächenverstrebung ins Innere des Cockpits und rutschte auf den Pilotensitz durch.

Die Maschine drehte sich jetzt in einem weiten Kreis, rumpelte über den holprigen Boden, schlingerte hin und her und ließ Bond nicht im Zweifel, daß sie jeden Augenblick einen Kopfstand machen würde. Er riß den Gashebel zurück und suchte die Ruderpedale, um das Flugzeug unter Kontrolle zu bringen.

Zwei Drittel der Startbahn lagen schon hinter ihm, als der Flieger endlich zum Stillstand kam. Verzweifelt schaute er sich im Cockpit um. Er hatte noch nie einen Fieseler Storch geflogen und mußte versuchen, sich rasch mit den Armaturen vertraut zu machen. Während er das tat, wurde das kleine Flugzeug durch eine weitere gewaltige Detonation aus dem Berginneren erschüttert.

Er betätigte einen Hebel, der sich neben dem Steuerknüppel befand, und beobachtete, wie sich am hinteren Ende der Tragflächen die Startklappe bewegte. Das war's!

Nun drückte er den Gashebel nach vorne auf volle Kraft. Der Flieger sprang mit einem wahren Bocksprung nach vorne, gewann an Geschwindigkeit und fegte den Rest der Startbahn entlang. Bond spürte, wie sich langsam das Heck des Flugzeugs hob, als auch schon das Ende der betonierten Rollbahn erreicht war. Die Maschine schepperte über die letzten zwanzig Meter des höckerigen Bodens einer langen, breiten Felsschlucht entgegen. Verzweifelt zog Bond den Steuerknüppel an, um Höhe zu gewinnen. Verdammt, er hatte übersteuert! Die Maschine wurde unruhig. Er nahm etwas Gas weg, lockerte den Steuerhebel und merkte, daß der kleine Fieseler Storch endlich in seinem Element war. Aber er gewann keine Höhe. Im Gegenteil, nachdem er das letzte holprige Stück der Landebahn überwunden hatte, sackte er hoffnungslos in die tiefe Felsspalte ab.

Bond sah links und rechts die Bergwände aufsteigen und kaum zweihundert Meter unter sich einen rauschenden, von gewaltigen Steinbrocken gesäumten Gebirgsfluß, der ihm mit jeder Sekunde näher kam. Doch 007 behielt die Nerven, legte die Maschine etwas in Seitenlage, steuerte sie im Steilflug nach unten und gewann so genügend Geschwindigkeit, um sie kurz über dem Fluß abzufangen.

Es schien ihm eine Ewigkeit zu vergehen, ehe er ausatmen konnte. Der kleine Flieger hob die Nase, die Flugbahn war stabilisiert, er konnte ihn endlich aus der Schlucht emporsteuern. In einer weiten Kurve machte er kehrt und überflog den Berg mit der unterirdischen Fabrikationsanlage, der wie ein Vulkan Trümmer, Schutt und Feuer spie. Als er abdrehte, glaubte er zu sehen, wie der Staudamm brach und seine Wassermassen sich in das Tal ergossen.

Keine Zeit für sentimentale Gedanken! Alec Trevelyan hatte dasselbe Risiko auf sich genommen wie jedermann in ihrer Abteilung, der 00-Sektion. Wenn nicht eine Laune des Schicksals ihn davor behütet hätte, könnte jetzt auch er, James Bond, 007, dort unten liegen, durch den Kopf geschossen, begraben von Felsbrocken und den Wasserfluten, die langsam in das Berginnere eindrangen.

Im extremen Tiefflug spielte Bond Haschmich mit den Berggipfeln, machte sich vorsichtig und zielstrebig auf den Flug zu der Küstenregion bei Archangelsk. Hier, so war vereinbart, würde ihn in wenigen Stunden ein U-Boot der königlichen Marine aufnehmen und nach erfolgreicher Beendigung der *Operation Schlüsselblume* nach London zurückbringen.

Bei näherem Nachdenken wurde ihm eines klar: Er konnte sehr beruhigt darüber sein, daß in der Bergfabrik keinerlei biologische oder chemische Kampfmittel gelagert waren. Wenn das der Fall gewesen wäre, hätte der Plan, das ganze Ding in die Luft zu jagen, eine unglaublich törichte Komponente. Bond konnte daher davon ausgehen, daß M gewußt – oder zumindest geahnt – hatte, daß dort noch keine todbringenden Bakterien oder giftigen Chemikalien aufbewahrt wurden.

Genau konnte man das natürlich nicht wissen, es sei denn, Oberst Ourumow würde nach einiger Zeit von den Toten auferstehen und mit hämischer Freude verkünden, daß das ganze Unternehmen sinnlos gewesen sei.

3
Hohe Einsätze

Frühsommer 1995.

Der Süden von Frankreich, dachte James Bond des öfteren, war auch nicht mehr das, was er einmal gewesen war. Die Rivieraküste von St. Tropez bis Menton, kurz vor der italienischen Grenze, war bis an den Rand ihres Fassungsvermögens vollgestopft. Die einst so gemächliche Promenade des Anglais in Nizza wirkte jetzt fast noch gemächlicher, aber heute nur wegen des sich langsam dahinschleppenden Straßenverkehrs. Autos und jede Menge Busse – ein Straßenbild wie in Paris am späten Nachmittag.

Bond verabscheute die Menschenmengen, den Verkehr und das Überangebot an Umweltverschmutzung, nicht nur in der Luft, sondern auch im Meer. Längst war zum reinen Ärgernis verkümmert, was früher mal ein Paradies gewesen war.

Im Augenblick war er dem Rummel entflohen. Entspannt steuerte er den alten Aston Martin DB5 in eine Haarnadelkurve der Grand Corniche, jener malerischen Küstenstraße am Fuße der Meeralpen, die teils durch Tunnel, teils den Berghang entlangführt und von dort herrliche Ausblicke aufs Meer gestattet.

Er hatte schon fast vergessen, was für einen Spaß es machte, den feurigen Aston Martin durch die Kurven zu jagen – Kurven, die jenen der attraktiven Caroline ebenbürtig waren, die neben ihm saß.

Sie machte an sich nicht den Eindruck eines ängstlichen Mädchens, aber ihre Nervosität war leicht zu spüren, wenn er auf den Geraden Gas gab. Sie sprach das kultivierte Englisch einer jungen Frau aus gehobenen Kreisen, die niemals auf die Idee gekommen war, sich wegen ihres privilegierten Lebens Selbstvorwürfe zu machen.

»James, müssen wir wirklich so schnell fahren?« Sie schaute ihn an, wandte aber sofort wieder den Blick auf die Straße. Soeben um eine Kurve biegend, kam ihnen ein großer Lastwagen entgegen, der fast die ganze Straßenbreite für sich in Anspruch nahm.

Bond schaltete in den dritten Gang zurück, nahm die Geschwindigkeit herunter, so daß die beiden Fahrzeuge um Zentimeterbreite aneinander vorbeifuhren.

»Geschwindigkeit, meine liebe Caroline, ist eines der wenigen Aphrodisiaka, die der Menschheit geblieben sind.« Er lächelte durchtrieben und zog vergnügt die Mundwinkel hoch, während er ihr aus seinen strahlend eisblauen Augen zuzwinkerte.

Caroline schluckte. »Ich ziehe gedämpftes Licht, Musik und Champagner vor«, sagte sie ohne Umschweife.

»Das ist genauso gut.«

»James, ich liebe temperamentvolle Autofahrten wie jedes Mädchen, aber ...«

»He, was haben wir denn hier?« Bond schaute zu einem hellgelben Ferrari herüber, der sich neben seinen Aston Martin gesetzt hatte. Die Frau am Steuer lächelte mokant, während sie Bond einen Seitenblick zuwarf. Sie hatte etwas Zigeunerhaftes an sich, und in ihrem Lächeln lag eine Spur von Herausforderung, die Bond sofort annahm, als der Ferrari an ihm vorbeischoß.

»Wer, zum Teufel, ist das?« Caroline streckte ihre Hand aus und berührte für eine Sekunde seinen Arm, so als wolle sie Besitzansprüche geltend machen. Sie zog aber die Hand sofort wieder zurück und wiederholte ihre Frage.

»Keine Ahnung.« Bond sah sie nicht einmal an. »Aber soviel ich sehen kann, hat sie eine hübsche Figur, und jetzt ist sie stolz darauf, daß sie uns ihre Kehrseite zeigt.« Er steigerte behutsam das Tempo und setzte sich unmittelbar hinter sie. Bei einer scharfen Kurve mußte er etwas abbremsen, so daß der Ferrari an Boden gewann. Aber nicht lange. Auf der nächsten Geraden schloß Bond auf, scherte aus und jagte an dem italienischen Wagen vorbei.

»James, lassen Sie das! Sie spielen ...«

»... mit meinem Leben, hm?« Er bremste ab, als sie sich der nächsten gefährlichen Kurve näherten.

»Sie spielen mit *unserem* Leben!« begann sie und schnappte nach Luft, als der Ferrari wieder vorbeizischte.

Die Fahrerin blickte nicht zur Seite, ihre Augen waren voll auf die Straße fixiert.

Bond schaltete herunter, trat den Gashebel durch, schaltete wieder herauf, setzte sich dicht hinter den Ferrari. Das Mädchen im Ferrari scherte zur Mitte der Straße aus, um den Weg zu versperren. Doch damit spornte sie Bond nur an. In einem gewagten Überholmanöver setzte er sich an ihre Seite. Caroline sah mit Entsetzen, wie sich nur eine Handbreit neben den Autoreifen Steinbrocken vom Straßenrand lösten und den Abhang zum Meer hinunterkollerten.

»James, ich hab' Ihnen gesagt, Sie sollen das lassen!« Ihre Stimme kreischte in barschem Befehlston.

»Macht doch Spaß! Wo sonst erlebt man solche Art Aufregung bei einer derartig schönen Aussicht und dem herrlichen Wetter?«

»James, ich bin hergeschickt worden, um Ihr Fünfjahres-Gutachten zu erstellen. Soll ich melden, daß Sie ...« Sie brach ab und japste nach Luft, als der Ferrari abermals längsseits kam, um erneut zu überholen. Bond aber stieg aufs Gas. Dicht nebeneinander rasten die beiden Fahrzeuge die Höhenstraße entlang, der nächsten Kurve entgegen.

Er sah die Scheinwerfer, hörte die Hupe des Omnibusses um eine Sekunde früher als die Fahrerin des Ferrari. Fluchend stieg er auf die Bremse, verlangsamte schlagartig sein Tempo und gab dem Ferrari Gelegenheit, sich mit knapper Not an dem Bus vorbeizuschlängeln. »Ladies first!« knurrte er. Er versuchte, seiner Stimme einen amüsierten Tonfall zu geben, was kläglich mißlang.

»Anhalten!« Carolines Stimme schnappte fast über. »Sofort anhalten!«

»Wie Sie befehlen, Madam!« Er brachte den Wagen mit quietschenden Reifen zum Stehen. »Kein Problem, Caroline. Ich akzeptiere gerne weibliche Autorität. Ich hoffe,

Sie erwähnen das in Ihrem Führungsbericht.« Er betätigte einen unauffälligen Schalter am Armaturenbrett, worauf geräuschlos ein kleines Schubfach unter der Konsole hervorschnellte. Eine Champagnerflasche und zwei Gläser lagen darin. »Normalerweise bewahre ich hier meine Pistole auf«, sagte er und begann, die Flasche zu entkorken. Lächelnd blickte er in ihre hellbraunen Augen. »Aber für diese spezielle Gelegenheit ...«

»Was, zum Kuckuck, soll ich mit Ihnen machen, James?«

»Auf mein Gutachten trinken.« Er füllte zwei Gläser, prostete ihr zu und nahm einen Schluck, stellte sein Glas zurück, beugte sich vor und flüsterte: »Ich hoffe, wir werden uns beide *gut achten.*«

Sie seufzte, teils verzweifelt, teils begehrlich, und wandte ihm den Kopf zu, damit sich ihre Lippen treffen konnten.

In einiger Entfernung flimmerte Monte Carlo in der Nachmittagshitze, und im Hafen, Bordwand an Bordwand, lagen luxuriöse Jachten, deren Wert zusammen mehrere Millionen Dollar betrug.

Er bemerkte den auffällig gelben Ferrari sofort, als er mit seinem Aston Martin auf den Parkplatz des Spielkasinos fuhr. Dabei kam ihm das Rennen auf der Grand Corniche gar nicht in den Sinn, denn seine Gedanken galten einzig Caroline. Hatte er da wirklich Tränen in ihren Augen gesehen, als sie auf dem Flugplatz von Nizza von ihm Abschied nahm?

Er hoffte nur, daß sie sich nun nicht wie eine Klette an ihn hängen würde. Ärgerlicherweise gab es ja, trotz allem Gerede von Gleichberechtigung und Emanzipation, diese Art von Frauen immer noch. In Carolines Fall konnte das erhebliche Scherereien bedeuten, denn sie hatte direkten Zugang zur Chefetage, wo erst kürzlich der neue M ernannt worden war. Bond selbst hielt diese Ernennung nicht gerade für die tollste Nachricht des Jahres – obgleich die Medien deshalb ein Heidenspektakel veranstaltet hatten. Bond war ohnehin kein Fan der Medien, insbesondere jetzt nicht, da der Secret Intelligence Service das Wort ›Secret‹ – geheim – aus seinem Wortschatz gestrichen hatte.

Doch der Anblick des Ferraris brachte ihn auf die Idee, daß die Nacht im Casino vielleicht ganz amüsant werden konnte.

Beim Eingang zu den *Salles Privées* begrüßte ihn der Saalchef vom Dienst mit Namen und deutete an, daß heute an der *banque à tout va* – dem Bakkarat-Tisch – am meisten los war. Tatsächlich hatte sich eine kleine Traube Menschen um den Tisch versammelt, um das Spiel zu beobachten. Im Zentrum ihrer Aufmerksamkeit stand – oder saß – die attraktive schwarzhaarige junge Frau, die heute nachmittag gemeinsam mit ihm an der Grand Corniche dem Tod entronnen war.

Sie trug ein einfaches schwarzes Kleid und ein Diamanthalsband. Die Diamanten waren sicherlich echt, denn ihr ganzes Gebaren strahlte jene Sicherheit aus, die Millionärinnen zu eigen ist. Als sie aufsah, erkannte er, wieso er sie auf den ersten Blick für eine Zigeunerin gehalten hatte: Es lag an den tiefschwarzen Augen und dem geschmeidig glatten, fülligen Haar, das aus purer Seide zu bestehen schien. Hohe Wangenknochen, eine klassische Nase und ein weitgeschwungener Mund ließen sie sehr begehrenswert erscheinen.

Sie hatte gerade gewonnen, denn Bond hörte den Croupier »*Sept à la banque*« verkünden, während er ihr eine große Anzahl von Chips und Jetons zuschob. Die Frau deutete ihm an, daß er diese dem ansehnlichen Haufen Chips hinzufügen solle, der bereits vor ihr auf dem Tisch lag.

Der kleine Japaner neben ihr schüttelte den Kopf und

sagte in gut verständlichem Englisch, dies sei zuviel für ihn. Der Croupier sah sich unter den Spielern um, auf der Suche nach jemandem, der bereit war, gegen sie zu setzen. Drei Herren und eine Dame, die offensichtlich gespielt hatten, weigerten sich – was kein Wunder war, da an die 100 000 Pfund auf dem Tisch liegen mochten.

Schließlich sagte Bond leise: »*Banco.*« Er drängte sich durch die Menge zum Tisch vor und nahm der jungen Frau gegenüber Platz.

Sie erwiderte sein Nicken und gab ihm zwei Karten vom *sabot*. Er nahm sie auf, sah sie an. Nicht gerade brillant: eine rote Zwei und eine schwarze Fünf.

Er schaute sie an und lächelte. »Es scheint, als hätten wir die gleichen Leidenschaften.« Vielleicht nicht nur zwei, sondern drei ... Mit einem Kopfschütteln deutete er an, daß er keine dritte Karte haben wollte.

Ihre Stimme klang sanft. Mit einem leichten Akzent, den er noch nicht recht einordnen konnte, sagte sie: »Ich habe nur zwei Leidenschaften: Autos und Bakkarat.«

Er zeigte sich nicht überrascht, als sie ihre Karten aufdeckte: ein As und eine Sieben. Also eine runde Acht.

»*Huite à la banque*«, verkündete der Croupier, und Bond spürte die Spannung, welche die Umstehenden ergriff. Bakkarat, dachte er, ist ungefähr das einzige Kartenspiel, bei dem man nicht nachzudenken braucht. Man gewinnt oder verliert mit dem Umdrehen einer Karte. Pures Glück. Oder eben Pech.

Bond warf seine Karten auf den Tisch und beobachtete, wie der Croupier den Gewinn einzog.

»Ich glaube, die dritte Karte hätte Ihre wahre Begabung gezeigt.« Ihre Stimme klang belustigt.

»Oh, ich glaube, ich nehme gerne jede Herausforderung an«, erwiderte er mit zynischem Lächeln.

Der Croupier begann, der jungen Dame die Jetons und Chips zuzuschieben.

Zwei Agenten im Auftrag Ihrer Majestät: 006 alias Alec Trevelyan (Sean Bean, links) und 007, besser bekannt als James Bond (Pierce Brosnan).

Ourumov (Gottfried John) ist der Kommandant der geheimen Chemiefabrik, die Bond und Trevelyan sprengen sollen.

Die schüttelte ihren Kopf. »Ich verdoppele.«

»Ich gehe mit«, sagte Bond ruhig.

Der Croupier schaute fragend zu dem Chefcroupier, der hinter ihm auf einem hohen Stuhl saß. Der schaute seinerseits zum Saalchef, der mit einem kaum wahrnehmbaren Kopfnicken andeutete, daß Bond für den enormen Einsatz gut sei.

Das Lächeln der Frau wurde ein wenig starr. Bond blickte ihr tief in die schwarzen Augen, um ihre Gedanken zu erraten. Kann man diesen Mann ernst nehmen, oder ist er schlicht ein Narr? fragte sie sich offenbar. Dann nickte sie und teilte die Karten aus.

Bond schaute auf seine Karten und verlangte eine dritte. »*Carte!*«

Sie musterte ihn eine Weile, ehe sie ihre Karten umdrehte. Eine Fünf und einen König, während sie Bond aufgedeckt eine Sechs zuschob.

»*Cinq*«, schnarrte der Croupier, und Bond deckte seine restlichen Karten auf: ein König und ein Bube.

»*Six!* – Die Bank verliert.« Der Croupier schob Bond den Einsatz zu.

Die Frau zuckte die Achseln, als sei das Verlieren ein Berufsrisiko. Sie stand auf, um den Tisch zu verlassen, und nickte Bond noch einmal zu. »Genießen Sie es, solange es anhält.«

»So soll man das Leben leben, Madam: indem man alles genießt.« Bond meinte das wörtlich. Warum, dachte er, wollen wir nicht ein bißchen davon gemeinsam genießen?

Doch sie blickte nicht zurück, während sie den Spielsaal verließ. Ihr Gang erinnerte ihn an den einer Katze, ein gemächliches, absichtsvolles Dahinschlängeln.

Bond nahm zwei von den größeren Jetons und warf sie dem Croupier zu. Darauf bat er den Chefcroupier, sich um seinen Gewinn zu kümmern, und schlenderte in den

Teil der Spielbank, der allgemein ›die Kantine‹ genannt wurde – da er einst die volkstümlicheren Glücksspiele mit geringerem Einsatz beherbergt hatte –, wo sich aber heute eine sehr nette Bar befand.

Er holte die Frau ein, als sie nach einem freien Tisch suchte.

»Ist das Ihre Art zu leben?« fragte er. »Jeden Augenblick auskosten?«

Sie blickte sich zu ihm um und runzelte die Stirn. »O ja. Aber normalerweise verlasse ich den Spieltisch, wenn ich vorn liege.«

»Ich auch. Obwohl ich es noch nicht geschafft habe, den Trick fehlerfrei zu beherrschen.« Er winkte dem Kellner. »Einen Wodka-Martini für mich, geschüttelt, nicht gerührt. Und was trinken Sie?«

»Das gleiche. Ich liebe Wodka. Obgleich Kenner das nicht für passend halten.«

»Kenner haben nicht immer recht.«

Der Kellner sagte: »Sehr wohl« und fragte sie, wie sie ihren Martini wünsche.

»Ganz normal, mit einer Zitronenscheibe.« Als der Kellner gegangen war, sah sie Bond an. »Vielen Dank, Mr. ...«

»Bond, James Bond.«

Sie reichte ihm über den Tisch hinweg die Hand. »Xenia Onatopp.«

»Onatopp?«

Sie nickte. »Onatopp.«

»Und Ihr Akzent? Ich vermute ... georgisch?«

»Sehr gut, Mr. Bond. Sie sind der geborene Professor Higgins.«

In seinem Hinterkopf klingelte ein Alarmglöckchen, denn soviel hatte er bis jetzt festgestellt: Sie sprach klaren Moskauer Akzent. Zweifellos war sie in Moskau geboren und aufgewachsen, hatte dort ihr Englisch gelernt – in der Schule oder, wahrscheinlicher noch, beim KGB.

Sie hüllte sich in Schweigen, bis der Kellner die Getränke gebracht hatte. Dann fragte sie: »Waren Sie schon mal in Rußland, Mr. Bond?«

»In letzter Zeit nicht. Früher war ich öfter dort. Flüchtige Besuche.«

»Es hat sich mittlerweile manches geändert. Wirklich, ein Land mit vielen neuen Möglichkeiten.«

»Ich habe davon gehört ... mit einem neuen Ferrari in jeder Garage.«

Sie lachte leise. Es sollte glockenrein klingen, doch die Glocke hatte einen Sprung. »Der Ferrari gehört einem Freund.«

»Dann darf ich Ihrem Freund einen Tip geben: Die französischen Nummernschilder für das diesjährige Modell beginnen mit dem Buchstaben L. Sogar die gefälschten.«

Tief in ihren schwarzen Augen entdeckte er ein nervöses Zucken, aber sie hatte sich gleich wieder in der Gewalt. »Und welchen Dienstgrad nehmen Sie in der motorisierten Abteilung ein, Mr. Bond?«

»Commander.«

»Aha.« Sie schaute über seine Schulter hinweg und lächelte jemandem zu. Bond wendete seinen Kopf und sah einen großen, distinguiert wirkenden Mann herankommen. Er trug die Uniform eines Admirals der nordamerikanischen Marine und hatte das ledergegerbte, sonnengebräunte, wetterfeste Gesicht jenen Typs, den Frauen attraktiv finden. Obgleich er die Attitüde eines Mann an den Tag legte, der es eher gewöhnt ist, auf der Kommandobrücke eines Schiffes zu stehen, hatte er doch etwas Verwegenes an sich. Vielleicht lag es an seinen grauen Schläfen, möglicherweise auch an dem gepflegten Bart. Es war sicherlich kein Sinn für Humor, der aus seinen Augen sprach. Sie hatten jenen rauchig toten Blick, der davon herrührt, daß man lange, lange Zeit den weit entfernten Horizont anstarrt.

»Sind Sie fertig, Xenia?« Er ignorierte Bond vollkommen.

Sie lächelte. »Darf ich bekannt machen? Admiral Farrel – Commander Bond.«

Er hatte einen festen Händedruck, vermied es aber, Bond in die Augen zu sehen. »Chuck Farrel, US Navy.«

»James Bond, Royal Navy.«

Xenia erhob sich und schob ihren Arm unter den des Admirals.

»Ich respektiere Frauen, die mich herausfordern.« Bond lächelte nicht.

»Sehr erfreut, Sie kennenzulernen, Commander Bond.«

»Ganz meinerseits.«

Während die beiden Arm in Arm dem Ausgang zustrebten, trat der Saalchef zu Bond und händigte ihm den Scheck des Kassierers über seinen Gewinn aus. »Sie haben heute ganz schön Glück gehabt, Mr. Bond. Schade um die Dame.«

»Ja, nicht wahr?« antwortete Bond zerstreut. In Gedanken war er mit Xenia und ihrem pikierten Admiral beschäftigt. Irgend etwas stimmte nicht mit dieser Frau. Es war Zeit für ihn, mit London Kontakt aufzunehmen. Verdammt wichtig und dringend, denn er hatte das häßliche Gefühl, daß möglicherweise Menschenleben auf dem Spiel standen.

4

Die Spinne und der Admiral

Gegenüber dem Renaissance-Palast, hoch auf dem Felsplateau über Monaco, liegt ein kleiner Platz, nur ein paar Meter neben der Kathedrale. Kleine Gassen führen von dem Platz weg. Einige wenig bekannte, aber exzellente Gaststätten sind in diesen Gassen zu finden, während der Platz selbst ein beliebter Touristentreffpunkt ist.

Gewöhnlich versammeln sich hier die Touristen, in Gesundheitssandalen und behängt mit Fotoapparaten, um den Wachwechsel vor dem Palast zu bestaunen. Das alles hat einen leichten Touch von Operette und Zinnsoldaten.

Die Wachthäuschen sind weiß und rot bemalt, die Soldaten selbst scheinen einem Heimatfilm entsprungen zu sein. Die meisten Gäste halten das für ein entzückendes Schauspiel. Ältere Einwohner wiederum halten die Touristen für vulgäres Pack, das sich von einem anderen Planeten eingeschlichen hat.

Auf der dem Meer zugewandten Seite des Platzes zielen alte, ausgemusterte Kanonen ohnmächtig aufs Meer hinaus. Gegenüber hat man einen klaren Blick auf den Jachthafen von Monte Carlo.

In dieser milden Sommernacht bewunderte eine Gruppe Touristen die Glanznummer eines Straßenkünstlers, während eine andere Gruppe zu dem wie in flimmerndem Flutlicht unter ihnen liegenden Hafen hinabstarrte.

Bond tat mehr als das. Ja, er schaute auch hinab zum Hafen, breitbeinig dastehend, als befände er sich auf der Brücke eines Kriegsschiffes, ein großes Nachtglas an die Augen gepreßt.

Das hatte allerdings mit gewöhnlichen Nachtgläsern wenig Ähnlichkeit. Bonds Fernglas war ein neues Produkt aus der Werkstatt des erfindungsreichen Q. Es erzeugte Bilder von solcher Qualität, daß Bond sich direkt neben die Personen, die er beobachtete, versetzt glaubte; überdies hatte das Fernglas eine eingebaute Kamera, deren Bilder sofort von einem Miniaturcomputer im Mittelteil des Feldstechers gespeichert wurden.

Unten, auf dem Bootssteg zwischen den Jachten, hatte

er zwei Personen in Großaufnahme fokussiert: die schlanke, dunkelhaarige Xenia Onatopp und ihren Admiral, der nach Bonds Meinung eine unglaubliche Ähnlichkeit mit dem vor langer Zeit ermordeten Zar Nikolaus hatte.

Admiral Farrel führte die bezaubernde und geheimnisvolle Xenia auf eine Motorbarkasse. Bond drückte zweimal auf den Kameraauslöser – ein Bild vom Admiral und eines, in Frontalaufnahme, von der Onatopp. Zur Sicherheit machte er noch ein drittes Bild, suchte dann das Heck der Barkasse ab, um ihren Namen festzustellen: *Manticore.*

Die Barkasse legte ab und brauste, weißen Schaum hinter sich aufwirbelnd, einer schnittigen und offensichtlich sehr teuren Jacht entgegen, die vor dem Hafen verankert war.

Bond verharrte noch ein paar Minuten und musterte die anderen Schiffe, die in der Hafenbucht lagen. Unter ihnen bemerkte er die Umrisse eines französischen Kriegsschiffes. Es hatte ein langes Heck, das fast gänzlich von einem Hubschrauber eingenommen wurde. Die Silhouette der Maschine wirkte düster und bedrohlich.

Irgend etwas regte sich verschwommen in Bonds Unterbewußtsein. Er glaubte sich vage an etwas zu erinnern, verlor aber gleich wieder den Faden und wischte den Gedanken beiseite. Wenn man sich etwas nicht sofort ins Gedächtnis zurückrufen kann, ist es die Mühe wahrscheinlich sowieso nicht wert. Er hatte jetzt Besseres zu tun.

Für den Fußweg vom Felsplateau bis hinab in die Stadt brauchte er zehn Minuten. Nach weiteren fünf Minuten saß er hinter dem Steuer seines DB5 und brummte aus Monaco heraus und hoch hinauf ins Vorgebirge. Schließlich parkte er in der Nähe des alten Dorfes La Turbie mit den malerischen Ruinen aus der Römerzeit. Man hatte ihm gesagt, dies sei der Ort mit den besten Sende- und Empfangsbedingungen.

Er stellte das Radio an, entnahm dem Kleincomputer seines Feldstechers schnell die Diskette, steckte sie in den Schlitz neben dem CD-Player und drückte auf einen Knopf. Mit einem kaum wahrnehmbaren Surren wurden die Daten der Diskette gelesen und via Satellit nach London übertragen.

Es dauerte, fast auf die Sekunde, zehn Minuten. Dann knackte es im Radio, und er hörte die Stimme von Miß Moneypenny. Trotz ihrer langjährigen Verbundenheit mit dem früheren M hatte sie sich bereit erklärt, dem neuen Chef über die schwierigen ersten Monate hinwegzuhelfen.

»Die Übertragung beginnt.«

Bond lächelte, als ihre weiche Stimme klar aus den acht Lautsprechern seines Wagens ertönte. Im selben Moment begann ein Farbfax aus dem CD-Schlitz zu gleiten.

Die erste Fotografie zeigte Xenia. Moneypenny kommentierte: »Identifiziert. Onatopp, Xenia. Ehemalige sowjetische Kampfpilotin. Arbeitete bis zu dem 91er Coup ein Jahr lang als Chefpilotin für den KGB. Zur Zeit Verdacht auf Verbindung zu dem Petersburger Janus-Verbrechersyndikat.«

Als nächstes wurde das Bild vom Admiral übermittelt. »Identifiziert. Admiral a. D. Charles (Chuck) Farrel, US Navy. Hervorragende Laufbahn als Experte für Marinehubschrauber. Karriere wurde lediglich durch Gerüchte wegen ständiger Frauenaffären behindert. Mehrere Anklagen während des berüchtigten *Tailhook*-Skandals von 1993 endeten mit Freispruch. Zusammen mit einigen US-Navy-Angehörigen in Top-secret-Mission in Monaco.«

Als letztes kamen die Informationen zu dem Namen *Manticore* am Heck der Motorbarkasse. »Jacht Manticore, geleast von einer bekannten Janus-Operationsgruppe. M autorisiert Sie, Onatopp zu observieren, nicht aber – ich wiederhole: *nicht* –, ohne M's persönliche Zustimmung Kontakt aufzunehmen. Ende der Übertragung.«

Sie hatte das Wort ›Kontakt‹ betont, als sei es ein Codewort für etwas Interessanteres. Das Janus-Verbrechersyndikat war, wie er wußte, die gewissenloseste der russischen Mafia-Familien, mörderischer als jede andere Ausgeburt, die aus den Trümmern der zerfallenen Sowjetunion hervorgegangen war. Janus war die Geißel des neuen Rußland und einer der Gründe, warum Bond an der Theorie festhielt, daß sich innerhalb der schrumpfenden Grenzen des ehemaligen Imperiums des Bösen nichts zum Besseren gewendet hatte.

Es wird Zeit, dachte er, der Jacht *Manticore* einen Besuch abzustatten – was allerdings leichter gesagt als getan war.

Die Luxuskabine der *Manticore* war unverblümt für bestimmte physische Freuden eingerichtet. Das zur Suite gehörende Badezimmer war so groß, daß es selbst einem Whirlpool Platz bot. In den Wandregalen standen farbenprächtige Flaschen mit allerlei Ölen und Salben, darunter auch jene genießbaren Öle, die als Aphrodisiaka verkauft werden – in verschiedenen Geschmacksrichtungen, um die Partner zu reizen, die Essenzen vom Körper des anderen abzulecken.

Die Wänden waren mit erotischen Zeichnungen und Gemälden bedeckt. Das Glanzstück der Sammlung hing über dem Bett, ein riesiges Ölbild, das in moderner Manier und allen Details eine altrömische Orgie zeigte. Das Licht war gedämpft, Moschusduft lag in der Luft, und von irgendwoher erklang, wie von tausend Geigen gespielt, eine leise, sanfte Melodie.

Auf dem luxuriösen Bett vergnügten sich an diesem schönen, warmen Abend Xenia Onatopp und Admiral Farrel, dem langsam klar wurde, daß er es noch nie so gut getroffen hatte. Schon bevor sie die Tür zur Kabine abgeschlossen und ihm versichert hatte, daß niemand sie stören würde, hatte sie das Kommando übernommen.

Sie hatte ihn ausgezogen und in das große Bett bugsiert. »Diese Nacht, Chuck, sollst du mich mit Haut und Haaren genießen. Du mußt wissen, ich bin das Nonplusultra deiner erotischen Träume!«

Sie hatte sich langsam vor ihm ausgezogen, hatte behutsam ihren Körper enthüllt, nicht vulgär und mechanisch wie ein Striptease-Girl, sondern mit der graziösen Präzision einer Ballerina. Jede ihrer Bewegungen schien sorgfältig für ihn choreographiert zu sein, ausschließlich für ihn. Als sie vollständig entkleidet war, kam sie zu ihm ins Bett, raunte ihm ins Ohr, brachte ihn in Wallung, machte ihn zum Sklaven ihrer Begierden, bis er sich gefügig dem Gefühl hingab, dieser Frau ein großartiges erotisches Erlebnis zu verdanken.

Zu diesem Zeitpunkt begann sie, ihn völlig zu beherrschen: Mit gespreizten Beinen ritt sie auf ihm, reizte ihn zur Ekstase, bis sich ihrer beider Schweiß mischte und er ihr bedingungslos ergeben war.

Er stöhnte laut auf, als er, zum drittenmal in zwei Stunden, seinen Höhepunkt erreichte, und im selben Moment drehte sie seinen Körper mit einer geschickten Bewegung ihrer Schenkel um, so daß er bäuchlings auf ihr lag.

Mit sanften, zärtlichen Worten begann sie, ihre muskulösen Beine um seinen Körper zu schlingen. Sie veränderte behutsam ihre Stellung, so daß ihre Oberschenkel seinen Brustkorb wie eine Zange umspannten, die sich langsam lockerte und wieder fester schloß. Er keuchte vor Lust, bis sie plötzlich begann, ihre Muskeln so heftig anzuspannen, als wolle sie versuchen, seinen Körper in den ihren aufzusaugen.

Keuchend schrie er: »Xenia ... nein! Ich kriege keine Luft ... ich ... nein!«

Es war zweifelhaft, ob sie überhaupt hörte, was er sagte, während sich ihre Muskeln immer fester um seinen Leib spannten. Das war die Technik einer Boa constrictor, und sie spürte, wie die Knochen in seiner Brust krachten, und registrierte im Unterbewußtsein das unvermeidliche malmende Schreckensgeräusch zerbrechender Rippen.

Im selben Moment, als der Admiral erstickte, schrie Xenia Onatopp, unter den Schaudern ihres eigenen finalen Orgasmus erbebend: »Ja … Ahhhh … Ja! Ja! … Jaaaaaaaaa!«

Es war eine Technik, die sie in ihrem Leben schon oft angewandt hatte, und ihre jeweiligen Chefs wußten ihre Effizienz zu schätzen – eine Geheimwaffe nach dem Modell der Spinne, die ihre Männchen nach dem Geschlechtsakt auffrißt.

Sie schob sich hin und her, rieb ihren Unterleib weiter an seinem Körper und genoß, lustvoll stöhnend, ihren Triumph.

Schließlich drehte sie den Leichnam auf den Rücken, und nun erst löste sie sich langsam von ihm, so als habe das sanfte Klopfen an der Kabinentür sie aus einer Trance geweckt.

Ungeachtet ihrer Nacktheit ging sie zur Tür und öffnete.

Eine vertraute Gestalt stand auf der Schwelle. »Die Spinne und der Admiral, hm?« sagte der Mann, während er sie sanft in die Arme nahm und sie wiegte, wie ein Kind vor dem Einschlafen.

Bond hatte sich mit dem kleinen Küstensegelboot bereits vertraut gemacht. Vor zwei Tagen hatte Caroline, M's Beauftragte, ihn aufgefordert, ihr zu zeigen, wie er mit dem Boot umgehen konnte, das er zusammen mit dem schmucken Ferienhäuschen am Strand von Cap Ferrat gemietet hatte. In den frühen Morgenstunden dieses Tages bereitete er sich auf eine andere Segeltour vor. Er stand auf, duschte sich, erst kochend heiß, dann eiskalt.

Er trocknete sich ab und begann mit seinem Fitneßprogramm – Sit-ups und Hanteln –, das er allmorgendlich als erstes absolvierte. Auch wenn er fast die ganze Nacht über wach gewesen war, heute war ein neuer Tag, und es stärkte seine Selbstdisziplin, wenn er sich so benahm, als sei er soeben aus einem langen, erholsamen Schlaf erwacht. Tatsächlich hatte er ein Nickerchen von kaum einer Stunde hinter sich. Im Laufe der Jahre hatte er sich in der Kunst geschult, jederzeit – notfalls im Stehen – schlafen zu können, genau zu dem Zeitpunkt, den er sich vorgenommen hatte, wieder aufzuwachen, und sich anschließend so erfrischt so fühlen, als hätte er volle acht Stunden geschlafen.

Er rasierte sich und zog sich an – Freizeithose, weißes Baumwollhemd, weiche Espadrillos und Blazer. Dann ging er durch das kleine Wohnzimmer in die winzige Küche, wo er sorgfältig sein normales Frühstück zubereitete – oder wenigstens ein nahezu normales. Nach seiner Meinung war das Frühstück die beste und die wichtigste Mahlzeit des ganzen Tages.

Der Kaffee war nicht sein geliebter, in amerikanischem Steingut gebrühter De Bry, aber er war fast genauso gut, wenn auch in einem Keramikkrug aufgebrüht. Es war ihm gelungen, Coopers Vintage-Marmelade aufzutreiben, ebenso Vollkorn-Weizenbrot statt des üblichen Toasts und Eier, die denen der französischen Maranhühner sehr ähnlich waren. Unglücklicherweise gab's hier keine dunkelgelbe Jerseybutter, aber er hatte in der Umgegend eine Butter gefunden, die seinem Geschmack sehr entgegenkam.

Er nahm sich Zeit für seine zwei Tassen Kaffee, das Ei – exakt drei Minuten, zwanzig Sekunden gekocht – und sein Brot.

Nachdem er gefrühstückt hatte, saß er noch eine volle Stunde am Tisch. Es war fast vier Uhr morgens, und der Tag versprach einige Action. Das leise nagende Gefühl, sich an etwas Ungreifbares erinnern zu müssen, rumorte noch immer in seinem Hinterkopf. In der Nacht hatte er mehrmals gedacht, er fände die Lösung, aber sie war so schwer zu finden wie ein vierblättriges Kleeblatt.

Bevor er das Häuschen verließ, packte er seine Sachen zusammen und bereitete sich auf einen plötzlichen Abmarsch vor, denn er war ziemlich sicher, daß ihn, was immer der Tag auch bringen mochte, M recht bald nach London zitieren würde.

Schließlich ging er hinab zu der kleinen hölzernen Mole und bereitete sein Boot zum Ablegen vor. Sein Zeitplan war exakt berechnet. Er hatte vor, sich mit seiner Jolle zwischen all den Jachten und Booten zu verstecken, die sich in den frühen Morgenstunden in der Bucht vor Monte Carlo tummelten. Sein Boot würde nur eines unter vielen sein.

Es war kurz nach fünf, als er ablegte und Kurs aufs Meer nahm, denn er wollte in einem großen Kreis segeln, um erst im letzten Moment zur Küste zurückzukehren.

Der Trip verlief ohne Zwischenfälle, und wie erwartet befand er sich gegen halb zehn inmitten etlicher kleiner Jachten, Motor- und Segelboote. Die *Manticore* lag noch an derselben Stelle vor Anker wie am Vortag. Bond umsegelte die schnittige Hochseejacht in einigem Abstand und beobachtete dabei die Vorgänge an Bord des Schiffes. Gegen Viertel vor zehn bemerkte er, daß ein größeres Beiboot – ein Tender – zur Fahrt vorbereitet wurde, und zwar an Steuerbord, der dem Hafenausgang zugewandten Seite. Ein kleines Motorboot war am Heck zu Wasser gelassen und dort vertäut worden.

Ruhig und ohne Hast manövrierte Bond seine Jolle auf die Backbordseite und nahe an die Jacht heran. Er sah, daß mittschiffs ein Tau von der Reling herunterhing, offenbar für den Fall, daß der Tender oder das Beiboot backbords festmachen wollte.

Er griff nach dem Tau und zog kräftig daran. Es war an Deck sicher verknotet und fest genug, daß er es wagen konnte, daran hinaufzuklettern. Er zurrte seine Jolle an dem Tau fest und hangelte sich aufwärts. Behende sprang er über die Reling, blieb einen Moment still stehen, schaute sich um und horchte.

In seiner Nähe rührte sich nichts. Dafür konnte er hören, wie an der Steuerbordseite Befehle erschallten, worauf der Motor des Tenders angelassen wurde. Die Besatzung war offenbar voll mit dem Ablegemanöver beschäftigt. Er bewegte sich langsam vorwärts, in Richtung auf die Salonkabine der Jacht.

Sie war, wie er alsbald feststellte, erlesen und mit Stil eingerichtet. Die ganze rechte Front nahm eine langgezogene Bar ein, große, bequeme Ledersessel standen im Raum verteilt. Wertvolle Bilder, von verborgenen Lichtquellen angestrahlt, hingen an den Wänden. Neben der Bar führte ein Gang zu den anderen Räumlichkeiten des Schiffes.

Leise schlich Bond den Gang entlang und kam zu einer mit Holzschnitzereien verzierten Tür. Er drückte auf die Klinke, sie war offen. Er trat ein und schloß hinter sich die Tür.

Ein Schlafzimmer – der wahre Sinnlichkeitstempel. Verspiegelte Decke, Erotika an der Wand. Bond roch schon den Geruch nach Tod, bevor er den zerschmetterten Körper auf dem Bett sah.

Die Bullaugen waren geöffnet, aber die hereinströmende frische Luft konnte die Todesausdünstung nicht überdecken, die Bond schon so oft in seinem Leben gerochen hatte. Vor ihm, ausgestreckt auf dem Bett, lag der grauenhaft verstümmelte Körper des Admirals a. D. Chuck Farrel. Seine Augen stierten glasig zu dem Spiegel über dem Bett hinauf, und sein Mund war zu einer Grimasse verzerrt, als hätte er in einem Augenblick abscheulicher Ekstase sein Leben ausgehaucht.

Es schien, als wehe von draußen Musik über die bizarre Szene, und Bond brauchte eine Weile, bis er begriff, daß diese Musik von dem französischen Kriegsschiff kam, das er sowohl gestern abend als auch heute auf seinem Weg in den Hafen gesehen hatte.

Durch eines der Bullaugen konnte er das über die Toppen geflaggte Schiff sehen. Er sah ebenfalls, wie der Tender der *Manticore* mit hoher Geschwindigkeit dem französischem Schiff zustrebte. An Bord des Tenders aber erkannte er zwei Personen: Xenia Onatopp und den Admiral, der hinter ihm tot auf dem Bett lag.

Die Bordkapelle des französischen Kriegsschiffes spielte ein Shantie-Medley, und Bond konnte die Umrisse des Helikopters erkennen. In diesem Moment kam ihm schlagartig zu Bewußtsein, worüber er in der Nacht so ergebnislos nachgedacht hatte. Er fühlte, wie ihm das Blut aus dem Gesicht wich, und seine Lippen formten lautlos das eine Wort: »*Tigre!*«

»Natürlich!« flüsterte er vor sich hin, als sich alle Puzzlestücke zu einem Bild formten. »Natürlich! *Tigre!* » Er war derartig mit diesen Gedanken beschäftigt, daß er nicht hörte, wie sich die Tür hinter ihm öffnete.

5

Der wundersame Tigre

Sie waren zu zweit. Gekleidet wie Leichtmatrosen, gestreifte T-Shirts mit der Aufschrift *Manticore,* schwarze Matrosenhosen, Segelschuhe. Als Bond sich ihnen zuwandte, wußte er sofort: Das waren keine Leichtmatrosen, das waren schwere Jungs. Er kannte diese Sorte Typen. Rabauken. Geschulte Rabauken. Solche, die der böse alte KGB in vergangenen Zeiten in der *Boijewaija Gruppa* rekrutiert hatte, dem berüchtigten ›Einsatzkommando‹ – Knochenbrecher und Genickschützen. Einer war schon drei Schritte in den Raum hereingekommen, der andere stand links hinter ihm.

Insgeheim taufte Bond die beiden. ›Schmalzfaß‹ nannte er den ersten, ›Muskelpaps‹ den zweiten.

»Sie kommen wegen der Leiche, he?« brummte Bond und markierte einen Scheinangriff auf Muskelpaps. Die Finte zeitigte den gewünschten Erfolg. Muskelpaps nahm Anlauf, um sich auf Bond zu stürzen, der sprang einen halben Schritt zur Seite und stellte ihm ein Bein. Muskelpaps strauchelte, Bond half mit einem kräftigen Stoß nach, und des Zweizentnermannes Kahlkopf knallte mit aller Wucht gegen den metallenen Fuß des Bettes.

Indessen schlug sich Bond mit Schmalzfaß herum, einem kleineren, fetteren und noch schwereren Exemplar derselben Gattung wie Muskelpaps. Bond sprang nah an den Kerl heran, ergriff mit beiden Händen dessen linkes Handgelenk und stieß ihm das Knie in die Weichteile. Der Mann stieß einen Schrei aus und krümmte sich vor Schmerzen.

»Das treibt dir das Wasser in die Augen, wie?« Er zerrte mit aller Gewalt an Schmalzfaß' linkem Arm, hörte, wie der Knochen aus dem Schultergelenk knackte, duckte sich unter den lädierten Arm, drehte ihm den Mann auf den Rücken und zwang ihn so, sich noch weiter vorzubeugen. Dabei hoffte er inständig, daß sich nicht noch andere Schlägertypen in Hörweite befanden, denn Schmalzfaß schrie gottserbärmlich. Gurgelnde Schmerzensschreie, durchsetzt mit russischen Flüchen.

Bond drehte den Mann so, daß sein Kopf direkt auf

seinen Partner gerichtet war, der es inzwischen geschafft hatte, sich wieder aufzurichten. Noch ein bißchen benommen stürzte er sich auf Bond, während der weiter mit dem jaulenden, sich trotz der Schmerzen heftig zur Wehr setzenden Schmalzfaß rangelte. Bond ließ dessen Handgelenk los, trat einen Schritt zurück und landete einen knallharten Handkantenschlag im Genick des heranstürmenden Muskelpaps. Der schrie nun auch auf wie am Spieß, sank in die Knie und hätte auf dem Fußboden schlappgemacht, wenn Bond ihn nicht an Gürtel und Hemdkragen gepackt und wie einen Rammbock gegen seinen Kumpel gestoßen hätte.

Die beiden Köpfe stießen krachend gegeneinander, und die zwei Helden sackten zusammen wie nasse Handtücher. Sie verloren nicht nur eine Menge Blut, sondern auch das Bewußtsein.

»Ihr solltet wirklich versuchen, euch vor solchen Spielen zu drücken«, knurrte Bond und machte sich schleunigst aus dem Staub.

Wenn die Sache mit dem *Tigre*-Hubschrauber auf der Startrampe des französischen Schiffes zusammenhing, hatte er keine Zeit zu verschwenden.

Offenbar hatte der größte Teil der Mannschaft Landurlaub, denn an Deck ließ sich niemand blicken. Bond rannte zum Heck. Hier war das Motorboot, das er bei der Herfahrt gesehen hatte, festgezurrt. Es kostete viel Schweiß und Mühe, das Boot so weit heranzuzerren, daß er über eine Strickleiter an Bord klettern konnte.

Der Motor sprang auf Anhieb an. Bond steuerte das Fahrzeug von der *Manticore* weg in Richtung auf das französische Schiff. Er schob den Gashebel bis zum Anschlag nach vorn und merkte zufrieden, wie das Boot vorwärts sprang und hüpfend über die Wasseroberfläche sauste.

Als er näher an das Kriegsschiff herankam, konnte er

eine Menschenmenge ausmachen. Sie versammelte sich auf einer Art Zuschauertribüne, die auf dem Oberdeck vor dem Hubschrauber aufgebaut war. Die Maschine sah aus wie eine größere und stämmigere Version der alten Cheyenne: mit bauchiger Nase, einer langen, schlanken Kanzelhaube und größeren, gedrungenen Flügeln, an denen ein Haufen verschiedener Waffen hingen – überwiegend Raketen, doch über den Flügeln waren für den Nahbeschuß auch großkalibrige Maschinengewehre installiert. Bond hätte schon früher daran denken können; das Dossier hatte auf seinem Schreibtisch gelegen, bevor er sich auf den Weg nach Monte Carlo gemacht hatte: Der *Tigre*, offiziell immer noch geheim, Frankreichs fortschrittlichstes Stück aeronautischen Erfindergeistes, sollte einer Gruppe von hohen Tieren vorgestellt werden. Die französische Marine gab sich die Ehre und lud zu einem vorzüglichen Festmahl. Alle Kosten werden erstattet, hieß es auf der Einladung.

Als er das Schiff erreicht hatte, mußte Bond sich in Geduld fassen. Zwei andere Tender waren dabei, ihre Fracht zu entladen: hochrangige Offiziere mit ihren Gattinnen, Marine- und Luftwaffenattachés sowie Mitglieder des diplomatischen Korps, die angeregt plaudernd das Fallreep emporstiegen.

Als letzter folgte Bond den Herrschaften, wies dem diensthabenden Leutnant seine Karte vor: ›Commander Bond, Royal Navy Intelligence‹. Er zog mit charmanter Arroganz die Augenbrauen hoch, um anzuzeigen, daß jeder Zweifel an seiner Person im höchsten Maße unangebracht sei. Ohne eine Frage zu stellen, salutierte der junge Offizier und ließ ihn passieren.

Bond schlenderte über das Oberdeck, unauffällig, jedoch scharf nach Xenia und dem ›Admiral‹ Ausschau haltend. Aber die schienen sich in Luft aufgelöst zu haben.

Die Motoren des *Tigre* brummten auf, um gleich darauf wieder leiser zu werden. Dafür hörte man das rhythmisch peitschende Geräusch der Rotoren. Ein Mechaniker vom Bodenpersonal kletterte aus der Kanzel, und eine Stimme meldete sich über die Bordlautsprecher:

»Meine Damen und Herren! Wir stehen im Begriff, Ihnen einen außergewöhnlichen Helikopter vorzustellen.« Die Ansage erfolgte auf französisch und wurde sofort ins Englische, Italienische und Deutsche übersetzt.

Bond bewegte sich behutsam an den geladenen Gästen vorbei zu einem freien Eckplatz, während der Kommentator fortfuhr:

»Was Sie gleich erleben werden, ist eine Demonstration des europäischen Beitrags zur modernen Kriegsführung: der erste Prototyp des Hubschraubers *Tigre.* Einzigartig manövrierfähig, verfügt der *Tigre* nicht nur über die modernste Tarnkappen-Technologie, er ist auch der einzige Helikopter, der gegen ausnahmslos alle Formen elektronischer Störversuche abgeschirmt ist. Nun, meine Damen und Herren, die Testpiloten sind bereit zum Start. Darf ich vorstellen: Commander Bernard Jaubert und Leutnant François Brouse.«

Während die Bordkapelle ›Those magnificent Men in their Flying Machines‹ intonierte, traten zwei Personen aus dem Mannschaftsraum. Sie trugen Fliegerkombinationen und hatten die Helme schon aufgesetzt. Als sie den Hubschrauber fast erreicht hatten und in Bonds Gesichtsfeld kamen, murmelte Bond erschrocken vor sich hin: »Hab' ich mir so was nicht gedacht!« Der Pilot war von schmaler Statur, sein Gang ähnelte dem einer Katze: Xenia Onatopp!

Die beiden Piloten hatten die Leiter zur Flugkanzel noch nicht erklommen, als Bond aufsprang und in Richtung Hubschrauber lossprintete.

Er rempelte die Musiker beiseite, rannte weiter bis zur

Umgrenzung der Startrampe, wo ihm mehrere muskulöse Militärpolizisten in den Weg traten.

»Haltet sie auf!« schrie Bond. »Haltet sie! Das ist nicht eure Crew!«

Die Polizisten attackierten ihn heftig, zwangen ihn zu Boden. Er rang nach Luft und begann zu schreien, wurde jedoch von dem Motorengeräusch übertönt. Ein Offizier kam hinzu, sagte irgend etwas, doch auch das ging im Geheul der Rotoren unter.

Bond machte sich von einem der Wachhunde frei, kam mühsam auf die Füße, wurde jedoch immer noch von drei anderen festgehalten. Die Maschine startete, stieg senkrecht auf, um dann in einem Rate-5-Turn abzudrehen, einer unglaublich engen Steilkurve, die Hubschrauber an sich nicht zu fliegen imstande sind. Die versammelten Würdenträger applaudierten beeindruckt. Der Helikopter drehte seine Nase und stieg himmelwärts, mit einer unglaublichen Geschwindigkeit, die man eigentlich nur von Düsenjägern erwarten konnte. Dann kippte er seitlich ab und setzte zu einem perfekten Immelmann-Looping an.

Währenddessen stürzte ein Besatzungsmitglied aus dem Mannschaftsraum, rannte zu dem Offizier, kreidebleich, atemlos. »Sie … sie sind tot!« stammelte er. »Beide sind tot.«

»Was? Wer?«

»Unsere Testpiloten, Sir. Commander Jaubert wurde erschossen, dem Leutnant hat man die Kehle durchgeschnitten!«

Der Offizier schüttelte langsam den Kopf, als suche er einen Ausweg, um das eben Gehörte nicht glauben zu müssen. In der Ferne verebbte das Motorengeräusch des *Tigre*.

»Sie sind mit im Komplott!« Der Offizier rammte seinen Finger in Bonds Brust. »Wer sind Sie?«

»Commander Bond, Royal Navy, Intelligence Service. Ich habe versucht, Sie zu warnen.«

»Was, zur Hölle, geht hier vor?«

»Janus«, sagte Bond tonlos. Seine Augen waren starr, seine Gesichtszüge hart wie aus Granit gemeißelt. »Das russische Janus-Verbrecher-Syndikat.«

»So? Das Janus-Verbrecher-Syndikat?« M hob ihre Augenbrauen und schaute Bond über ihren Schreibtisch hinweg an.

M's Büro hatte sich unglaublich verändert, seit Bonds alter Chef in den Ruhestand getreten war. Der wundervolle Geruch nach edlem Pfeifentabak war verflogen, alle Zeichen der brillanten Marinekarriere des alten Mannes waren ebenso verschwunden wie die weichen, bequemen Ledersessel. Mit der neuen ›M‹ hatte sich eine sterile Atmosphäre des Büros bemächtigt. Die Möbel sahen aus wie die Parodie einer High-Tech-Büro-Einrichtung. Viel skandinavischer Einfluß: harte Sitzmöbel – und ihr eigener Stuhl war eigentlich gar kein Stuhl, sondern ein stabil konstruiertes Etwas, mit dem man den Körper kunstvoll verdrehen und hin- und herwenden konnte.

Auf dem Schreibtisch herrschte nicht, wie früher, ein malerisches Durcheinander. Auf der schwarzen Tischplatte standen ein großer Computermonitor, eine schwenkbare Lampe und – natürlich! – mehrere Telefonapparate in unterschiedlichen Farben.

M fixierte Bond mit einem langen, ernsten Blick. Sie trug ein schlichtes schwarzes Stadtkostüm, ihr Haar war kurz geschnitten, so kurz, daß es aussah, als trage sie eine kleine Kappe auf dem Kopf, und als einziges Schmuckstück zierte eine weiß-blaue Kamee-Brosche ihre Bluse.

Während er ihr in die Augen sah, mußte Bond an den alten Witz vom Bankmanager mit dem Glasauge denken.

Man wußte immer genau, welches das Glasauge war, denn es blickte so gütig.

»So, Sie denken also an Janus?« sagte sie geschäftig, fast brüsk.

»Ich denke, da stimmt alles, Ma'am. Eine bekannte Janus-Vertraute, Miss Onatopp; eine Jacht, die einer Janus-Operationsgruppe gehört, ein verschwundener amerikanischer Admiral ...«

»... der, wie Sie sagen, tot ist ...«

»Ich habe die Leiche gesehen. Er war sehr tot.«

»Nach meinem Geschmack ist das alles etwas zu glatt.«

»Sie meinen, Janus führt ein Schmierentheater auf und hinterläßt absichtlich rundherum seine Spuren?«

»Exakt! Die Jacht war schon weg, bevor die Hafenpolizei nur in ihre Nähe kommen konnte. Weg, Bond, verschwunden, Bond, als ob sie niemals dagelegen hätte.«

»Aber die Hafenverwaltung hat Unterlagen, aus denen hervorgeht, daß sie da war! Die Verbrecherorganisationen des neuen Rußland sind nicht gerade für ihre Feinsinnigkeit bekannt.«

Sie schaute ihn an, um herauszubekommen, ob er es scherzhaft gemeint hatte, aber sein Gesicht verriet nicht seine Gedanken. Die Frau konnte aus ihm nicht schlau werden.

Er sah in ihr eine Person, die ständig feststehende Fakten in Frage stellte. Wahrscheinlich war das ihre Wesensart, eine Analytikerin aus vollem Herzen, streitsüchtig darauf bedacht, Täuschungen und Irrtümer in Statistiken, Abrechnungen, Aufstellungen, kurz: in allen möglichen Zahlenkolonnen aufzudecken. Seit sie den Posten übernommen hatte, wurde sie allgemein ›die böse Königin der Zahlen‹ genannt, und viele meinten, sie wäre bei der Oberfinanzbehörde besser aufgehoben. Schon zwei Tage nach ihrer Berufung wäre Bill Tanner – des alten M treuer

Stabschef – fast zurückgetreten, weil sein Titel in ›Senior Analytiker‹ umgewandelt worden war.

»Ja, ja, in der Tat, der *Tigre* ist ein wundervolles Ding, aber er ist ebenfalls spurlos vom Erdboden verschwunden. Haben Sie dazu etwas zu sagen, Commander Bond?«

»Das ist genau der Punkt, Ma'am. Die Besonderheit des *Tigre* ist es ja, unsichtbar zu sein.«

»Ja, aber ...«

»... aber die Hälfte der französischen Luftwaffe war doch in Aktion, und jede Flugbahnverfolgungsstation war alarmiert? Allerdings, zwanzig Minuten, nachdem der *Tigre* gestohlen wurde. Aber ich habe so meine Theorie, wie diese Leute ihren Trick inszeniert haben.«

»Ja? Und wie?«

»Das Ding ist so ausgerüstet, daß es – außer für das bloße Auge – zirka vierundzwanzig Stunden unsichtbar sein kann. Ich denke mir, die Diebe sind irgendwo in einer verlassenen Gegend gelandet. In den Alpen zum Beispiel wäre das nicht schwierig. Dort haben sie den Flieger getarnt, haben gewartet bis zum Nachteinbruch und bis sich die Suche kaltgelaufen hat. Dann sind sie ganz einfach wieder gestartet und in kleinen Etappen zu ihrem Ziel geflogen.«

M dachte darüber eine Weile nach, ihre Augenbrauen zuckten, ihre Finger trommelten auf die Tischplatte. »Wir haben alles getan, um das Ding aufzuspüren – elektronische Überwachung, Satellitenbeobachtung ... Es kann sich nicht für alle Zeiten versteckt halten.«

Bond wollte irgend etwas sagen wie »Wollen Sie wetten?«, aber er ließ es lieber, als sie ihm mit einem kurzen Kopfnicken zu verstehen gab, daß er gehen könne. Er war schon in der Tür, als das Summen von M's Gegensprechanlage ihn aufhorchen ließ.

»Sie haben den Hubschrauber gefunden, den *Tigre!*« Moneypennys Stimme klang atemlos. »Sie werden gebeten, so bald wie möglich zur Befehlsstelle zu kommen. Mr. Tanner sagt, es sei wichtig.«

»Gehen Sie schon mal los, 007!« M machte sich auf ihrem Schreibtisch zu schaffen. »Ich komme bald nach.«

Typisch! dachte er, aber er befolgte wortlos ihre Anweisung. Wo haben sie das verdammte Ding gefunden? fragte er sich. Sein Gefühl sagte ihm, daß man in der Befehlsstelle unangenehme Neuigkeiten auf Lager hatte. Aber er ahnte nicht, wie ernst die Situation tatsächlich werden sollte.

6
Petya

Etwa achtzig Kilometer vom nördlichsten, eismeerumspülten Zipfel Rußlands entfernt, steht die Ruine der einstigen Sewernaja-Station, eines Kontrollzentrums für einige der furchterregendsten Massenvernichtungswaffen der ehemaligen Sowjetunion. Das Gelände ringsum ist flach und gewöhnlich den größten Teil des Jahres über schnee- und eisbedeckt.

Ungefähr eine halbe Stunde, bevor Bond in die Befehlsstelle des Secret Intelligence Service in London beordert wurde, holperte ein Hundeschlitten an der Ansammlung von baufälligen Gebäuden vorbei. Der Mann, der hinten auf dem Schlitten stand, war ein *Yuit*-Eskimo. Er war auf dem Weg nach Hause, zu einer kleinen Ansiedlung in der Nähe eines verlassenen Dorfes, ungefähr drei Kilometer von der Sewernaja-Station entfernt.

Nachdem damals die Fremden gekommen waren, um die nun in Trümmern liegende Station aufzubauen, waren viele Yuit an den Krankheiten gestorben, die diese Leute mitgebracht hatten. Nur die widerstandsfähigsten

Eskimos hatten überlebt, so daß nun bloß noch vier Familien in der Ansiedlung übrig geblieben waren. Sie hatten keinen anderen Wunsch, als so zu leben, wie ihre Familien immer gelebt hatten. So hatten sie sich für die Fremden nützlich gemacht, indem sie mit ihren Schlittengespannen zur nächsten Ortschaft gefahren waren, wo sie allerlei Kramwaren besorgten, die sie dann den Troglodyten weiterverkauften, die alle halbe Jahre mal aus ihrer Höhlenbehausung nach oben kamen.

Der *Yuit* war sehr müde. Er hatte nur noch eines im Sinn: seine Familie wiederzusehen, denn seine Tour hatte fast eine ganze Woche gedauert.

Obgleich er es nie erfahren würde, ereignete sich der Unfall wegen seiner Müdigkeit und des Tempos, zu dem er seine Schlittenhunde antrieb. So übersah er den Felsbrocken, der aus dem glitschigen Boden herausragte, und auch der Leithund sah ihn eine Sekunde zu spät. Er scherte aus, um das Hindernis zu umlaufen und zog damit den Schlitten in eine mörderische Kurve. Die Kufen fuhren schräg an dem Felsbrocken auf, und der Fahrer wurde kopfüber auf einen Haufen Eis- und Felstrümmer geschleudert.

Trotz der Pelze und der dicken Kapuze, die der Mann trug, brach er sich mehrere Knochen einschließlich des Nackens. Er versuchte sich aufzurichten, aber vor Schmerz konnte er sich nicht bewegen. Er machte eine verzweifelte Anstrengung, bäumte sich qualvoll auf, um auf die Füße zu kommen. Diese letzte Aktion tötete ihn. Er sackte in sich zusammen, ein kleines Pelzbündel.

Die Hunde sammelten sich eine Weile lang um ihn herum, als versuchten sie, ihren Herrn durch ihre Körperwärme wiederzubeleben. Nach etwa zehn Minuten setzten sie sich und warteten. Später würde sie der Leithund nach Hause zurückführen, aber vorerst hielten sie Totenwache bei ihrem verstorbenen Gebieter.

Niemand konnte wissen, daß der Unfall und das hierdurch herrenlose Hundegespann in den nächsten paar Stunden das Leben eines anderen Menschen retten würden.

Nicht lange nach dem Schlittenunfall setzte der *Tigre*-Hubschrauber mit seinen ungeladenen Gästen zur Landung an. Sowohl britische als auch amerikanische Systemanalytiker zeigten großes Interesse an der angeblich stillgelegten Sewernaja-Station. Die Beobachtungssatelliten hatten viele Bilder dieses Areals übermittelt, von dem die Russen behaupteten, es sei schon vor Jahren von der Operationsliste gestrichen worden. Die Bilder zeigten Ruinen und Zerfall mit einer Ausnahme, einer riesigen Parabolantenne, die aus dem Erdboden hervorragte. Die Antenne befand sich schon seit Jahren dort, aber die Bilder schienen anzuzeigen, daß sie sich gelegentlich veränderte. Die Wissenschaftler behaupteten, daß sie in kurzen Zeitabschnitten größer wurde und sich hin und wieder bewegte. Natürlich gab es auch Skeptiker, darunter manche mit großer Erfahrung und Kompetenz. Sie legten dar, daß die Antenne sich sehr wohl im Wind bewegen könne, und die Vorstellung, daß sie ihre Größe verändere, beruhe auf einer optischen Täuschung, hervorgerufen durch Wetterwechsel und den sich ändernden Einfallswinkel der Sonnenstrahlen.

In Wahrheit konnte die Antenne tatsächlich ausgefahren werden, und sie bewegte sich auf das Kommando von Menschen hin, die tief unter der Erdoberfläche ihrer Beschäftigung nachgingen. Die Sewernaja-Station war alles andere als stillgelegt.

Im Moment war die Antenne auf das vergessene Bruchstück eines einstigen sowjetisches Raumschiffs gerichtet – das allerdings in Wirklichkeit ein voll einsatzbereiter Beobachtungssatellit über dem Mittleren Osten war. Die Antenne wurde von einer jungen Frau in der

Kontrollstation gesteuert, einem hell erleuchtenen, fensterlosen, antiseptisch sauberen und weitläufigen Computerraum.

Rund ein Dutzend Männer und Frauen arbeiteten in dieser Sektion des Komplexes. Nicht einer von ihnen war älter als vierzig Jahre, und sie waren aus einer Liste von Hunderten hochqualifizierter Computerspezialisten in ganz Rußland ausgewählt worden.

Verschiedene Türen führten vom technischen Bereich zur Küche und den Aufenthalts-, Speise- und Schlafräumen. Eine dicke Glasscheibe trennte die Wissenschaftler vom Kontrollraum, in dem mehrere Männer und Frauen in Uniform arbeiteten. In dieser Sektion befand sich eine lange Konsole, ausgestattet mit digitalen Elektronikinstrumenten und Schaltern unter einem großen, breiten Bildschirm, der momentan leer war. In die Wand eingebaut war ein mächtiger roter Safe. Daneben war in violetten Buchstaben eine Notiz in russischer Sprache angebracht: »Verschlossen. Autorisierungs-Code erforderlich!« Als weitere Schutzmaßnahme gab es ein elektronisches, mit Stahlplatten gesichertes Tor unmittelbar vor dem Tresor.

Das Mädchen, das vom Computerraum aus den Satelliten steuerte, war groß, schlank und dunkelhäutig mit hohen Wangenknochen und klaren braunen Augen. Diese junge Frau, Natalja Simonowa, unterschied sich von den anderen Technikern durch ihr adrettes Aussehen und ihre Kleidung: ein langer, schwarzer Rock, eine weiße Bluse mit gemusterter Weste. Viele ihrer Kollegen bevorzugten schmutzige, unförmige Klamotten im Straßenkehrer-Look. Der Mann zu ihrer Rechten trug dreckige Jeans, ein schlabberiges T-Shirt mit *Wired*-Aufdruck und eine schwarzlederne Motorradjacke. Sein Haar sah aus, als habe es wochenlang weder Shampoo noch einen Kamm gesehen, und er legte das nervöse Verhalten eines ausgeflippten Cyberpunks an den Tag. Dieser Schein trog auch keineswegs, und der einzige Grund, warum Boris Grischenko von seinen Chefs toleriert wurde, war der, daß er ohne jeden Zweifel der brillanteste Wissenschaftler in dem ganzen Komplex war.

Natalja sprach ruhig in ein kleines Mikro, das an ihrem Kopfhörer befestigt war: »Rechtsdrehung um sechs Grad, auf hundert Kilometer steigen!«

Das blinkende Satellit-Symbol auf ihrem Monitor bewegte sich nach ihren Anweisungen. Sie lächelte zufrieden, als hätte sie gerade ihrem Hündchen einen tollen Trick beigebracht.

Ihr freudige Stimmung wurde durch einen wahnsinnigen Lachanfall von Boris Grischenko unterbrochen. »Ich hab's geschafft!« kreischte er. »Ich hab's geschafft!«

Natalja wechselte einen Seitenblick mit ihrer Freundin Anna, die an dem Terminal links von ihr saß. Anna verdrehte die Augen und machte eine Handbewegung, die ausdrücken sollte, der Mann habe den Verstand verloren.

»Natalja, komm! Sieh dir an, was ich gemacht habe!« Boris schien total übergeschnappt zu sein.

Natalja ging zu seinem Terminal, über dem sich – wie es einem Boris gebührte – mehrere Monitore befanden.

»Ich bin drin« rief er und lachte gackernd.

Auf dem Bildschirm sah sie das Siegel des amerikanischen Justizministeriums.

»Großer Gott, Boris, du hast das System des amerikanischen Justizministeriums geknackt! Weißt du, was passiert, wenn die dich jetzt aufspüren – wenn sie dich *hier* aufspüren?«

»Klar. Der Computerchef sieht ein, daß ich ein Genie bin, ruft mich nach Moskau zurück und gibt mir eine Million Mäuse. Hier kriege ich das nie!«

»Die bezahlen uns hier in guter, harter Währung! Was willst du mit einer Million?«

»Ach, wir kriegen alle dasselbe. Ich möchte endlich die Chance haben, mal was auszugeben, anstatt hier begraben zu sein wie ein Maulwurf.«

»In deinem Fall eher Erdwurm.«

»Egal. Die Amerikaner sind viel zu dumm, um mich zu erwischen. Die können nicht mal Viren auf einer Festplatte aufspüren ...«

Sein Computer gab einen Piepton von sich, das Siegel verschwand vom Bildschirm, und an seiner Stelle leuchtete ein Schriftzug auf: ›UNAUTHORISED ENTRY DETECTED‹.

Natalja lachte. »Na, was sagst du nun?«

Boris fluchte und tippte schnell ein Kommando ein, um sein eigenes Programm zu erstellen. Auf dem Monitor erschien darauf die Nachricht ›TO SEND SPIKE PRESS ENTER‹.

Er drückte die Eingabetaste, und prompt erschien ›SPIKE SENT‹.

»Guuut!« strahlte er. »Ich hab' sie erwischt!«

Natalja schüttelte den Kopf. »Boris, laß das!«

»Quatsch!« Er drehte sich um und sah ihr direkt in die Augen. »Ich habe sie erwischt, du dumme Gans! Mein Programm okkupiert die Telefonleitung von jedem, der mich aufzustöbern versucht. Es blockiert deren Modem, ganz einfach. Die können einpacken.« Er tippte ein anderes Kommando, eine neue Nachricht erschien: ›INITIATE SEARCH ENTER PASSWORD‹.

»Und was machst du nun?« fragte Natalja.

»Ich gebe das Kennwort ein.« Er tippte zehn Zeichen, die aber auf dem Bildschirm nicht sichtbar wurden. An ihrer Stelle erschien eine Reihe von Kreisen.

Als er erneut die Eingabetaste drückte, erschien auf dem Bildschirm eine Weltkarte. Eine rote Linie begann die Telefonleitung zu markieren, und Ortsnamen erschienen immer dort, wo die rote Linie einen Knotenpunkt passierte. Die Linie lief von Sewernaja nach St. Petersburg, überquerte Europa und den Atlantik und führte zu den Vereinigten Staaten, direkt nach Atlanta. Ein rotes Blinklicht über der Stadt zeigte an, daß der Computerbefehl ausgeführt war.

Das Bild erlosch für eine Sekunde, doch plötzlich wurde die Karte ersetzt durch den Schriftzug: FBI HAUPTQUARTIER, ABTEILUNG FÜR COMPUTERKRIMINALITÄT.

Boris stieß einen obszönen Fluch aus und haute auf die Escape-Taste, um den Bildschirm freizumachen. »Ich brauch' 'ne Zigarette!« brummte er mürrisch.

»Gut, und ich brauche Kaffee.« Natalja schaute auf ihren Monitor, um sicherzugehen, daß alles in Ordnung war, und verschwand in der Küche.

Boris Iwanowitsch Grischenko entfernte sich mit stelzenden Schritten von seinem Terminal, ganz so, als wolle er das Handtuch werfen, und verließ den Computerraum. Mißgelaunt stieg er die steinerne Wendeltreppe des Notausstiegs empor, die zur Außenwelt hinaufführte, grinste in eine Kontrollkamera, stieß, oben angekommen, die Stahltür auf und trat ins kalte, öde Freie.

Kaum war er draußen, ertönte auch schon eine Lautsprecherstimme: »Kamerad Grischenko, Sie benutzen einen Notausgang. Sie kennen die Vorschrift: Das ist streng verboten. Begeben Sie sich so schnell wie möglich zu Ihrer Arbeitsstelle zurück!«

»Komm und hol mich!« Boris war eben so; er hatte keinen Respekt vor seinen Vorgesetzten, wußte er doch, daß er ihr fähigster Computerspezialist war.

Er zog eine Schachtel Marlboro-Zigaretten aus der Tasche. Bei seinem letzten Urlaub hatte er sie haufenweise gekauft und mit der harten Währung bezahlt, die er als Top-Techniker verdiente. Er steckte sich eine Zigarette zwischen die Lippen, wollte sein Feuerzeug entzünden, doch die Flamme wurde durch einen starken Windstoß sofort wieder ausgelöscht.

Grischenko blickte auf. Ein schwarzer, gefährlich wirkender Hubschrauber landete etwa fünfzig Meter von ihm entfernt auf der kleinen Plattform, seine Rotoren wirbelten den Schnee zu einem weißen Tornado auf.

Der *Tigre* ist gelandet, dachte Xenia Onatopp grimmig. Sie öffnete die Kanzelhaube, schnallte sich ab und langte nach einer israelischen Uzi-MPi, die sie sich um die rechte Schulter hängte. Reservemagazine befanden sich bereits in ihren Gürteltaschen.

»Fertig, General?« fragte sie in das Mikrofon ihres Kopfhörers und bekam sofort die schnarrende Antwort: »Also los! Bin längst fertig.«

Beide waren in Uniform, Xenia mit den Rangabzeichen eines Oberst, ihr Partner mit denen eines Generals. Bond hätte den Mann auf den ersten Blick erkannt, denn das letztemal, als er General Ourumow sah, hatte der eine Pistole auf seinen alten Freund, Alec Trevelyan, gerichtet.

Boris Grischenko verzog sich blitzartig, als er die beiden Offiziere sah.

Ourumow und Xenia marschierten im Gleichschritt an der Front des baufälligen Gebäudes entlang, wo ein schmaler Weg, vom Schnee freigeschaufelt, zum Haupteingang führte. Es ging ein paar Betonstufen hinab, durch einen kurzen Korridor, und schon standen sie vor der Sicherheitstür. Ein Wachtposten nahm Haltung an und salutierte, obwohl Ourumow kaum Notiz von dem Mann nahm. Der General wußte genau, was zu tun war. Er blickte in eine Kamera, die in Augenhöhe neben der Tür angebracht war, und nannte langsam und deutlich seinen Namen: »General Arkadij Grigorowitsch Ourumow, Chef der Raumfahrtabteilung.«

Es folgte eine Serie von Pieptönen, bis die digitale Stimmerkennung des Generals Stimme identifiziert hatte und die Tür sich automatisch öffnete. Die beiden betraten den Hochsicherheitsbereich. Der Diensthabende knallte die Hacken zusammen.

Ein zweiter Offizier sprang auf und knüpfte sich hastig die Uniformjacke zu.

»Herr General! Wenn ich gewußt hätte, daß Sie kommen ...«

Xenia murmelte: »... hätten Sie einen Kuchen gebacken, ich weiß.«

»Sie sollten immer in Bereitschaft sein, Major! Dies ist eine außerplanmäßige Überprüfung der Sewernaja-Station. Kriegsmäßig! Wir haben GoldenEye zu testen. Meldung, bitte!« Er sah durch die Glasscheibe, wie die Computertechniker im Nebenraum die Hälse reckten, um zu sehen, was dort drüben los war. »Na los, Mann! Meldung!«

»Keine besonderen Vorkommnisse. Zwei Satelliten in Bereitschaft. *Petya* und *Mischa*, beide im Neunzig-Minuten-Orbit in hundert Kilometer Höhe.«

»Danke.« Der General warf eine Plastikkarte auf das kleine Pult. »Hier ist der Autorisierungs-Code. Geben Sie mir GoldenEye, die heutigen Kennungen und den Schlüssel! Und schnell, bitte. Ich habe wenig Zeit.« Er hob demonstrativ den linken Arm, schaute auf die Uhr. Der Major stolperte fast über die eigenen Füße, so eilig war er bemüht, die Befehle auszuführen. Er gab selbst die Kennung ein, um die Sicherheitstür vor dem Tresor zu öffnen. Als das geschafft war, kam der Safe selbst dran. Er drückte seine Handfläche gegen die Sensorscheibe, um sich zu identifizieren, und tippte den Safe-Tagescode ein. Das elektronische Schloß gab eine Reihe von Tönen von sich, wie ein digitales Telefon, dann sprang die Tresortür auf.

Xenia winkte den anderen Offizier zu sich und forderte ihn auf, die Tür zum Computerraum zu öffnen. »Im

Ernstfall, Hauptmann, müssen sämtliche Türen offen sein, damit bei Alarm die Fluchtwege zur Verfügung stehen.«

Der Hauptmann fügte sich widerspruchslos ihrem Befehl.

»Der heutige Code, Herr General, der elektronische Schlüssel für den Feuerbefehl und GoldenEye.« Der Major brachte die Gegenstände vom Tresor: den Schlüssel, eine Plastikkarte und eine kleine goldene Diskette, in deren Mitte ein Auge eingraviert war.

»Gut. Dann sorgen Sie dafür, daß dieser Blinde sehen kann!«

Der Major nahm die Diskette und entfernte ein Stück goldenes Klebeband von der Mitte des Auges, worauf dort anstelle der Pupille – ein kleiner Kreis zum Vorschein kam.

»Sie wissen, wie GoldenEye funktioniert?«

»Jawohl, Herr General. Wenn die Diskette in der richtigen Position ist, wird mit einem durch ihre Mitte gelenkten Laserstrahl der Zündungsmechanismus des Satelliten aktiviert.«

»In Ordnung. Gut gemacht. Ich denke, das ist alles, was wir im Moment brauchen.« Er wandte sich zu Xenia. »Oberst, übernehmen Sie!«

Lässig nahm Xenia ihre Uzi von der Schulter und gab zwei kurze Salven auf die Offiziere ab. Dann ging sie ohne Eile zu der Tür, die zum Technikerraum führte, und feuerte auf alles, was ihr vor die Augen kam, feuerte unentwegt, wobei sie die Magazine mit der Präzision eines Roboters wechselte.

Körper wurden gegen die Geräte zurückgeschleudert oder wirbelten zu Boden, Funken und Rauchschwaden stoben aus der Computeranlage. Die ganze Aktion dauerte kaum dreißig Sekunden.

In der kleinen Küche verschüttete Natalja Simonowa

Bond kann aus dem Fabrikgebäude entkommen – und findet einen ausgesprochen effektiven Weg, seine Verfolger aufzuhalten…

Den Gegner im wahrsten Sinne des Wortes mit den eigenen Waffen schlagen – eine Spezialität von 007!

Das wilde Autorennen zwischen Bond und Xenia ist weder durch eine Gruppe Radsportler …

… noch durch die Inspizientin des Secret Service an Bonds Seite zu stoppen.

ihren Kaffee. Verstört sah sie auf, Entsetzen in den Augen.

In den Kontrollraum zurückgekehrt, beugte sich Xenia über den toten Major und nestelte den zweiten Auslöserschlüssel von der silbernen Kette ab, die der Mann um den Hals trug. Damit ging sie zu der langen Konsole, an der Ourumow schon Platz genommen hatte. Er betätigte einige Schalter und beobachtete, wie verschiedene Signale auf dem Riesenbildschirm über den Instrumenten aufleuchteten.

Mit großer Akribie schob er die GoldenEye-Diskette in einen Schlitz, legte die Plastikkarte mit dem Tagescode vor sich auf den Tisch und steckte den Schlüssel in ein Schloß, das sich neben dem Schlitz befand, in den er die goldene Diskette eingeschoben hatte. Xenia hatte den Schlüssel, den sie dem Offizier abgenommen hatte, bereits in ein zweites Schloß gesteckt.

»Ich zähle«, befahl er. »Drei – zwo – eins – zero!«

Beide drehten gleichzeitig ihre Schlüssel, und sämtliche Kontrollampen auf der Konsole leuchteten auf, Zeiger fingen an sich zu drehen, und der Bildschirm zeigte ein Segment des Erdballs mit einem der Satelliten in der Umlaufbahn.

»Setzen Sie Zielbestimmung für *Petya!* Sewernaja«, befahl der General.

Was dort hoch über der Erdoberfläche träge in seiner Umlaufbahn kreiste, sah aus wie ein Stück Weltraummüll, vielleicht wie eine ausgebrannte Raketenstufe. Aber jetzt, da es auf die Impulse reagierte, die ihm über Laser von Sewernaja gegeben wurden, begann es, von seiner Bahn abzuweichen. Versteckte Triebwerke waren aktiviert worden, und der Satellit mit dem Codenamen *Petya* änderte seinen Kurs.

Unten im Kontrollraum schauten Ourumow und Xenia zu der Bildschirmwand hinauf und sahen, was Natalja kaum eine halbe Stunde zuvor auf ihrem Monitor beobachtet hatte. Das rote Symbol, das *Petya* darstellte, begann sich schnell zu bewegen. Es verließ seine Position über dem Mittleren Osten und raste mit unglaublicher Geschwindigkeit auf Nordrußland zu.

Auf einem Display unter der Bildwand erschienen in Rollschrift einige Nachrichten:

PETYA POSITION: 80.31.160.17

ZIEL: 78.08.107.58

Sodann:

FLUGZEIT BIS ZUM ZIEL: 15.43.21

Seinen Blick auf die Karte mit den Codenummern geheftet, hämmerte der General eine Reihe von Zahlen in die Tastatur, worauf im Display eine neue Nachricht aufleuchtete:

WAFFEN EINSATZBEREIT.

Im selben Moment stieß Natalja, voller Entsetzen über das, was sie gehört hatte, ihre Kaffeetasse um. Das Geräusch hörte sich in der vollkommenen Stille wie die Explosion einer Handgranate an.

Ourumow und Xenia schreckten auf.

»Überprüfen Sie das!« sagte der General leise.

Während Xenia auf dem Weg zur Tür war, wälzte sich der tödlich angeschossene Hauptmann in seinem Blut. Es war wohl mehr eine Reflexbewegung, mit der er auf einen der vielen im Raum verteilten Alarmknöpfe drückte. Xenia wirbelte herum und gab ihm mit einem Feuerstoß aus ihrer Maschinenpistole den Rest – doch um eine winzige Sekunde zu spät. Mit ohrenbetäubendem Lärm heulten die Alarmsirenen auf.

Entsetzt sah Xenia den General an.

Doch der sagte ruhig: »Machen Sie weiter. Die Mindestzeit, bis die Kampfjäger hier sein können, beträgt siebzehn Minuten. Der Kasten hier wird in fünfzehn Minuten getroffen. Gehen Sie schon!«

In der Küche zog Natalja einen Stuhl unter das Eisengitter, das zum Versorgungsschacht führte. Sie stieg hinauf und versuchte, das Gitter zu lösen. Es war ihr schon halb gelungen, als sie die Schritte Xenias hörte, die wie der Teufel durch den Gang rannte.

Viele Kilometer entfernt, auf der Luftwaffenbasis bei Anadyr in Sibirien, rollten drei MiG-23MDL – ›Flogger-Ks‹ – in Startposition. Die Piloten hatten gerade ihren Routinedienst aufgenommen, als der Alarm losging. Schon im Cockpit sitzend, erhielten sie ihren Einsatzbefehl. In wenigen Sekunden würden sie auf dem Weg zur Sewernaja-Station sein.

Xenia stieß die Küchentür auf, sah die zerbrochene Tasse, den verschütteten Kaffee, sodann den Stuhl und das von der Decke herabbaumelnde Schutzgitter.

Sie lächelte grimmig, hob ihre Uzi und feuerte los, leerte mehrere Magazine und durchsiebte die Küchendecke so gründlich, daß niemand am Leben bleiben konnte, der sich da oben verborgen hielt.

Im Kontrollraum meldete sie dem General, daß die Sache erledigt sei.

Der General nickte mit der Spur eines Lächelns auf den Lippen. Dann deutete er auf den Timer, wo die Countdown-Zahlen über das Display wirbelten. »Die Zeit verfliegt!«

»Im Westen gibt es ein Sprichwort«, antwortete Xenia grinsend. »Dem Glücklichen schlägt keine Stunde.«

Er nickte wieder, schnippte GoldenEye aus der Konsole und legte es in seine Aktentasche, die er bedächtig wie einen Sargdeckel schloß.

»Ich denke, wir sollten aufbrechen.«

Vor der Eingangstür sagte der General zur Stimmenidentifikation abermals seinen Namen auf, und dann marschierten die beiden, wiederum im Gleichschritt, die Betonstufen hinauf in die Kälte.

Nicht einmal vier Minuten darauf erhob sich der *Tigre* schwarz und unheilvoll aus einer Wolke aufgewirbelten Schnees.

Unter der Erde, in der kleinen Küche, öffnete sich quietschend eine Wandschranktür, und Natalja kletterte heraus.

In London betrat zur gleichen Zeit James Bond die Befehlsstelle unterhalb des Hauptquartiers des Secret Intelligence Service.

7
EMP

Bond und Moneypenny trafen vor dem Lift zusammen, der sie zum Befehlsraum des SIS hinunterbefördern sollte. Sie sah heute, so mußte Bond zugeben, mehr als entzückend aus in ihrem einfachen schwarzen Kleid mit der kleinen goldenen Schließe unter der rechten Schulter.

»Faszinierend«, murmelte er vor sich hin, als sie in den Fahrstuhl stiegen.

»Wie bitte?« Ihr war nicht entgangen, was er gesagt hatte. Moneypennys Gehör war fast unnatürlich fein. Der alte M pflegte von ihr zu sagen, sie könne im Nebenzimmer die Flöhe husten hören.

»Ich habe nur festgestellt, wie reizend Sie aussehen.«

»Oh, danke, James.«

»Haben Sie heute abend schon etwas vor?«

»Nun, ich sitze nicht die ganze Zeit herum und warte auf Ihren Anruf. Ja, ich habe eine Verabredung, wenn es Sie interessiert. Mit einem Herrn. Wir gehen ins Theater.«

»Nicht zu anspruchsvoll, hoffe ich.«

»Shakespeare. *Komödie der Irrungen.*«

»Ich bin niedergeschmettert. Was soll ich bloß ohne Sie tun?«

Sie antwortete mit einem gezierten Lächeln: »Soweit ich mich erinnern kann, James, haben Sie bisher noch nie etwas mit mir getan.«

Er warf ihr einen Seitenblick zu. »Nein, aber es war oft mein Sommernachtstraum.«

Sie wandte ihren Kopf ab. »James, Sie wissen, daß man Ihre Bemerkung heutzutage als sexuelle Belästigung auffassen würde.«

»Okay, und wie kann ich das wiedergutmachen?«

Der Lift hielt an, die Tür öffnete sich. Als sie ausstiegen, warf ihm Moneypenny einen Blick über ihre Schulter zu und zwinkerte. »Eines schönen Tages, James, werden Sie für Ihre Anspielungen geradestehen müssen.«

Sie ging voran zur Befehlsstelle. Die Videowand und sämtliche Bildschirme in dem großen Raum waren in Betrieb. Die Männer und Frauen, die hier unten für den SIS arbeiteten, saßen vor kleineren Monitoren an ihren Pulten oder hörten über Kopfhörer neueste Anweisungen, während sich die Stabsoffiziere, über Karten gebeugt, leise miteinander unterhielten.

Bonds bester Freund in der Welt der Dienste, Bill Tanner, des alten M's getreuer Stabschef, ging auf Bond und Moneypenny zu und streckte die Hand aus. »Schön, Sie wiederzusehen, James.«

»Was geht hier vor, Bill? Sieht aus wie in alten Zeiten.« Er deutete auf die Satellitenbilder, die an der Videowand erschienen. Sie alle zeigten ähnliche Ansichten von einem schneebedeckten Ödland mit Häuserruinen und einer großen Parabolantenne.

»Es ist schlimmer als in den alten Zeiten. Diesmal sieht's sehr unerfreulich aus. Vor etwa zehn Minuten haben wir ein Alarmsignal von einer angeblich verlassenen Radarstation in Sewernaja abgehört.«

»Rußland, oben im Norden, hm?«

»Nördlicher geht's gar nicht mehr. Nun sehen Sie mal, was unsere Satelliten aufgeschnappt haben!«

Er gab einem der Techniker eine Anweisung, worauf das Bild auf der Videowand zurückgespult wurde und ein vergrößertes Standbild erschien.

»Da, sehen Sie!« knurrte Tanner. »Ihr verschollener *Tigre!*«

Da war es, das schwarze Ungetüm, klar auf dem Schnee zu erkennen. Der Techniker schaltete auf einen kleineren Bildschirm neben der Videowand, und wieder erschien das Bild des *Tigre,* diesmal sowohl in der Totale als auch in Ausschnittvergrößerung.

»Von Monte Carlo zum äußersten Norden von Rußland, das ist ein ganz hübscher Sprung.«

»Ich persönlich meine ja, das erhärtet Ihre Theorie über das Janus-Syndikat, James. Schade nur, daß die böse Königin der Zahlen Sie diesen Ball nicht weiterspielen lassen wollte.«

»Was haben Sie gesagt?« ertönte M's Stimme direkt hinter ihnen.

»Ich wollte gerade ...«

»... eine unnötige Bemerkung über einen Spitznamen machen, den ich längst kenne, Mr. Tanner. Ich glaube nun mal an Zahlen. Sie sind präziser als Menschen.«

»Mit Verlaub, Ma'am, sie sind nur so genau und verläßlich wie die Menschen, von denen sie stammen.«

»Das versteht sich wohl von selbst.« Sie warf Tanner einen Blick zu, der den stärksten Mann hätte umwerfen können. »Nun, der Premierminister wartet auf einen Lagebericht. Also darf ich um Ihren Report bitten, Mr. Tanner.«

Tanner zögerte einen Augenblick, dann ging er langsam zu der Videowand. Bond hatte noch nie erlebt, daß

Tanner von irgend jemandem aus der Fassung gebracht wurde. Die neue M, so hart sie sich auch gab, schien auch keinen großen Eindruck auf ihn zu machen.

Tanner wandte sich demonstrativ Bond zu und erklärte: »Nachdem der Alarm ausgelöst wurde, James, ist der Hubschrauber gestartet. Sekunden später jagten die Russen von ihrem Stützpunkt in Anadyr drei ›Flogger-Ks‹ in die Luft, mit Kurs auf Sewernaja. Auf dasselbe Ziel bewegt sich ein unidentifiziertes Objekt aus großer Höhe zu. Irgendein Stück Weltraummüll – dafür haben wir es jedenfalls bis jetzt gehalten.«

»Es heißt, Sewernaja sei seit 1990 stillgelegt. Denken Sie, die haben den Betrieb wiederaufgenommen?«

»Ich glaube, sie haben ihn nie eingestellt. Die Ruinen und das allgemeine Chaos um die Station herum sind meiner Meinung nach pure Kosmetik.«

»Wofür benutzen sie die Station?«

»Es gab eine Zeit ...« – Tanner sah sehr beunruhigt aus, während er weitersprach –, »... da hatten wir den Verdacht, Sewernaja sei die Boden-Kontrollstation für dieses geheime, aus dem Weltraum operierende Waffensystem mit dem Codenamen GoldenEye. Aber ...«

M schaltete sich ein: »Aber unsere statistische Analyse sowie die elektronische Satellitenüberwachung ergeben eindeutig, daß die Russen für etwas Derartiges weder die Mittel noch die Technologie besitzen.«

»Statistiken, Ma'am, waren nie meine starke Seite. Aber, mit Verlaub, Sie können Zahlen aus diesen Quellen herauslesen, Sie können sie analysieren, aber Sie können nicht in die Köpfe und die Herzen der Menschen sehen, um die es geht. Sind die Bilder live?«

M gab ein kurzes, geringschätziges Lachen von sich. »Im Gegensatz zur amerikanischen Regierung ziehen wir es vor, keine falschen Nachrichten von CNN zu bearbeiten. Natürlich sind sie live.«

Sie schaute hoch und sah, wie die anderen auch, die pulsierende rote Ikone, das hell erleuchtete Areal um Sewernaja und die Lichtpunkte der russischen Flugzeuge, die auf die Station zusteuerten.

Tief unter der Erdoberfläche von Sewernaja, an der Tür zum Kontrollraum, starrte Natalja auf die zerfetzten und niedergestreckten Körper ihrer Freunde. Ihr Herz schien zu einem Eisklumpen zu erfrieren. Ein übermächtiges Gefühl von Panik, Abscheu und tödlicher Angst ergriff sie.

Sie schaute hinauf zu dem Bildschirm, sah die sich bewegenden Ikonen und Symbole, sah darunter die Zeituhr mit der zuckenden Sekundenanzeige und erkannte, was das bedeutete.

Diese Erkenntnis brachte Bewegung in sie. Sie drehte sich um und rannte zu der Tür, die zu den Schlafräumen führte. Sie mußte weg von hier, heraus aus diesen Mauern, und das sehr, sehr schnell! Da sie oben von Schnee und Eis erwartet wurde, brauchte sie mehr als Rock, Bluse und die dürftige Unterwäsche, die sie hier in der vollklimatisierten Unterwelt normalerweise trug.

In ihrem Zimmer wechselte sie rasch die Kleidung, zog Thermo-Unterwäsche an, Jeans und die festen Lederstiefel, die sie während ihres letzten Urlaubs gekauft hatte, hüllte sich in einen Pelzmantel, setzte eine Pelzmütze auf und streifte pelzgefütterte Handschuhe über, während sie schon losrannte zu der Leichenhalle, die einmal ihre Arbeitsstätte gewesen war.

Sie konnte die drei Jets nicht hören, die anderthalb Kilometer über ihr in enger Formation die Station unkreisten. Der Kettenführer vermochte dort unten nichts Außergewöhnliches zu entdecken und meldete seiner Basis, daß alles ganz normal aussehe.

Doch im Luftraum über den Flugzeugen ging es durchaus nicht normal zu. Das vermeintliche Stück Weltraummüll änderte in hundert Kilometer Höhe seine Gestalt. Stücke von verkohltem und geschwärztem Metall lösten sich, hauptsächlich von der äußeren Beschichtung. *Petya* entpuppte sich als stählerner Reaktorkern. Rings um den Flugkörper fächerten jetzt Schutzschilde aus wie die Halskrause eines gräßlichen Reptils. Dann begann er leicht zu rotieren und detonierte.

Plötzlich erstrahlte die unmittelbare Umgebung von Sewernaja in einem konusförmigen, blendend hellen Licht. Innerhalb des Lichtkegels zuckten, wie lange blaue Schlangen, Hunderte von elektrischen Entladungen.

Zwei der ›Flogger-Ks‹, einer unter dem anderen fliegend, wurden sofort von den spiralförmigen elektrischen Kraftfeldern umschlungen. Das obere Flugzeug wurde herabgeschleudert und verschmolz mit dem unteren zu einem explodierenden Feuerball.

Das dritte Flugzeug wurde auf ähnliche Weise von dem elektrischen Blitzstrahl getroffen. Es machte eine halbe Rolle und begann dann, erdwärts zu trudeln. Verzweifelt zog der Pilot an dem Auslösehebel des Schleudersitzes.

Er zog immer noch daran, als die Maschine auf die riesige Parabolantenne stürzte und in tausend Stücke zerbarst.

Im Untergrund glaubte Natalja Fjodorowa Simonowa, daß ein Erdbeben Sewernaja erschüttere. Der ganze Komplex vibrierte wie unter gigantischen Hammerschlägen und war plötzlich in Dunkelheit gehüllt. Natalja stand in der Mitte der technischen Abteilung, von knatternden blauen Lichtstrahlen umflackert, umgeben von den Massen zerstörter elektronischer Geräte, die überall in dem ehedem so steril hygienischen Computerraum verstreut lagen.

Raus hier! dachte sie angstbebend und schlängelte sich, von den tödlichen Lichtstrahlen umflimmert, zu dem Raum durch, der einmal das Kontrollzentrum der Anlage gewesen war. Sie stolperte über die Leiche des diensthabenden Offiziers und tastete sich vor zum Hauptportal, wo sie zweimal laut und deutlich ihren Namen in das Mikro der Stimmerkennungsanlage sprach. Keine Reaktion.

Plötzlich fiel ihr Boris ein; sie machte kehrt, durchquerte noch einmal das von elektrischen Ladungen durchzuckte Minenfeld und bahnte sich einen Weg zu der mittlerweile von Leichen und Gerätetrümmern blockierten Tür des Notausstiegs.

Als sie die Tür schon fast erreicht hatte, erschrak sie fürchterlich, da sie über sich eine Art Knarren gehört hatte. Sie trat zur Seite, gerade rechtzeitig, denn in diesem Moment stürzten zwei an der Wand befestigte Monitore aus ihren Halterungen und knallten dicht neben ihr zu Boden. Kaum war dieser Schrecken überstanden, als das Knarren noch viel bedrohlicher wurde. Im Dämmerlicht sah sie, wie die Decke über ihr einzustürzen begann.

Sie hatte nie zuvor solche Angst oder Klaustrophobie gekannt. Seit Jahren arbeitete sie in hermetisch verriegelten Räumen, doch sie hatte sich deshalb nie beklommen gefühlt oder gar unter der schrecklichen Vision gelitten, lebend begraben zu werden – bis heute. Und wenn sie sich mit den Händen durch Beton und Stein graben müßte, dachte sie, sie mußte hier raus! Über ihr wurde das Rumpeln im Gemäuer lauter und bedrohlicher. Sand rieselte herab und erfüllte die Luft, stieg ihr in die Augen und dörrte ihr die Kehle aus. Sie hielt eine Hand schützend vor Nase und Mund, und als die Betondecke über ihr endgültig einbrach, drückte sie ihren Rücken mit aller Kraft gegen die Wand, als ob es möglich wäre, mit schierer Körperkraft Stein, Stahl und Beton zu durchdringen.

Das Blut toste ihr in den Ohren. Das reißende, knarrende, polternde Geräusch der im ganzen Gebäude einstürzenden Wände lähmte für einen Augenblick all ihre Sinne.

Mit einer letzten, vernichtenden Explosion stürzte die Hälfte des Daches ein, und mit ihm Teile der riesigen Antenne, vermischt mit Bruchstücken des Flugzeuges.

Erst als der Staub sich etwas legte und kalte Nachtluft in ihren Schlupfwinkel hereinzog, der gut und gerne ihr Grabmal hätte werden können, begann Natalja, sich langsam vorwärts zu bewegen. Behutsam erst, und dann, als ihr Mut langsam zurückkehrte, etwas zielstrebiger. Sie kletterte mühsam aufwärts und dachte dabei an den großen, alten Apfelbaum in Großvaters Garten, den sie als Kind so oft hinaufgeklettert war. Für ein paar Augenblicke gaukelte ihre Fantasie ihr vor, daß es tatsächlich ein Baum sei, den sie hinaufstieg, und nicht holprige, zu unwegsamem Geröll zerborstene Betonstufen; daß es wieder Sommer sei, ihr Großvater vor sich hin lache und sie ›Äffchen‹ nenne, während sie durch Zweige und Blätter nach oben turne.

Dann kam ihr wieder Boris in den Sinn. Sie erinnerte sich, daß er nach oben gegangen war, um verbotenerweise eine Zigarette zu rauchen. Und sie begann zu rufen, während sie weiter hinaufstieg: »Boris ...! Boris Iwanowitsch ...! Boris, kannst du mich hören?«

Sie stand draußen in der kalten, frischen, klaren Nachtluft, allein im Schnee.

Tanner stand noch immer mit M und Bond vor der Videowand, als plötzlich das Bild mit einem sengend weißen Blitz erlosch.

»Was, zur Hölle, ist da los?« Tanner sprang auf, M schreckte zurück, und Bond duckte sich, bereit, sich sofort schützend zu Boden zu werfen. Sekunden später hatten sie beide, M und Tanner, Telefonhörer am Ohr.

(In weiter Ferne wurden Xenia Onatopp und General Ourumow in ihrem *Tigre* heftig durchgerüttelt, denn ihre Maschine bockte im zuckenden Rhythmus der tanzenden Schlangen aus blauem, elektrischem Feuer, der sie selbst in achtzig Kilometer Entfernung noch erreichte. Xenia dachte, daß die Franzosen ordentliche Arbeit geleistet hatten. Der *Tigre* war in der Tat unbesiegbar.)

Bill Tanner, den Telefonhörer noch in der Hand, rief: »Unser Satellit ist ausgefallen, genauso wie zwei amerikanische. Aber wir schalten gleich zu einem anderen um.«

Es dauerte einige Sekunden, bis wieder etwas auf der Bildwand zu sehen war: Sewernaja mit der umgekippten, schiefen Antennenanlage und dem brennenden Wrack des ›Flogger-K‹.

»Großer Gott!« sagte jemand.

»Die beiden anderen ›Flogger‹ sind auch abgeschmiert.«

M kam etwas näher heran. »Es sieht aus, als wäre die dritte Maschine direkt auf die Antenne gestürzt.« Sie sah Bond an. »Was meinen Sie, 007?«

Er hatte sich im Hintergrund gehalten und versuchte zu analysieren, was er sah. »Nun ja, die Gebäude stehen noch. Kein Auto- oder Lastwagenverkehr, nicht einmal ein Scheinwerfer. Ich würde sagen: EMP.«

»Das würde auch die Flugzeugabstürze und den Ausfall der Satelliten erklären«, sagte Tanner und wandte sich an M: »EMP, Ma'am, Electro-Magnetic-Pulse, ein neuartiges Waffensystem, entwickelt von ...«

M unterbrach ihn: »Ich weiß, was EMP ist, Mr. Tanner. Ein tödliches Waffensystem, das mit elektromagnetischen Schwingungen arbeitet. Es wurde sowohl von den Amerikanern als auch von den Russen während des kalten Krieges entwickelt. Nach Hiroshima wurde diese Theorie aufgestellt. Ein nuklearer Sprengkörper wird in der oberen Atmosphäre freigesetzt. Dadurch entsteht ein enormes Kraftfeld – so etwas wie eine Strahlendünung, die alle elektronischen Systeme zerstört.«

Während sie eine Pause machte, fuhr Tanner fort: »Die Idee bestand darin, eine Waffe zu schaffen, mit der man das Kommunikationssystem des Feindes vernichtet, bevor er zurückschlagen kann.«

M wandte sich an Bond. »Ist das GoldenEye? Heißt das etwa, daß GoldenEye tatsächlich existiert?«

»Ja.«

»Besteht die Möglichkeit, daß es einfach ein Unfall war?«

»Definitiv nein, Ma'am. Damit dürfte sich auch der Diebstahl dieses Hubschraubers erklären. Man muß sich einen Fluchtweg offenhalten, wenn man GoldenEye aktivieren will. Hat man es einmal in Gang gesetzt, kann niemand es mehr stoppen. Und daraus ergibt sich ein Problem: Man muß schnell abhauen und gleichzeitig alle Spuren verwischen. Das ist nur möglich, wenn man so etwas wie den *Tigre* in der Hinterhand hat.«

»Und Sie glauben also, Ihr elendes Janus-Syndikat hat die Finger im Spiel?« Es war eine Spur von Bitterkeit in ihrer Stimme.

»Nicht unbedingt.« Bond schüttelte den Kopf. »Ich bin schon mal in so einer russischen Anlage gewesen.« Er schaute auf die Bildfläche. »Die Sicherheitsvorkehrungen sind, wie die junge Generation sagt, überwältigend – angefangen bei der automatischen Stimmen-Erkennung. Das bedeutet, daß man den Kreis der autorisierten Personen auf ein Minimum beschränken kann. Die können selbst Jelzin von so einem Betrieb fernhalten. Man benötigt zwei Sicherheitsschlüssel, um die Waffen scharfzumachen, außerdem einen Geheimcode, der täglich geändert und in einem streng gesicherten Wandtresor unter Verschluß gehalten wird.« Stirnrunzelnd hielt er inne. »Es kann nur ein Insider gewesen sein.« Er bat einen der Techniker, das Bild auf Infrarot umzuschalten.

»Näher heran. Nach rechts … noch ein bißchen mehr … Da!«

Eine Gestalt wurde sichtbar, die in der Nähe der Antenne aus den Trümmern herauskletterte.

»Wie Sie sehen, hat mindestens eine Person überlebt. Das bedeutet, daß zumindest sie wahrscheinlich weiß, wo – oder wer – die undichte Stelle ist.«

Natalja war nun im Freien. Die Kälte durchdrang selbst ihre warme Kleidung, die sie in mehreren Schichten übereinander trug. Sie zwang sich, vorwärts zu gehen, einen Schritt nach dem anderen. Die nächste Ortschaft war mindestens vierzig Kilometer entfernt. Ging man die Straße in der anderen Richtung, traf man nach dreißig Kilometern auf einen kleinen Bahnhof. Allerdings verkehrten die Züge dort unregelmäßig, und ohnehin war es zweifelhaft, ob sie es bis dahin schaffen würde.

Natalja hörte das Winseln und Bellen schon, bevor sie die Hunde sah. Verstört und orientierungslos zerrten die Tiere den hölzernen Schlitten im Kreis herum.

Sie dankte Gott – falls es einen solchen gab. Das konnte die Rettung sein. Vielleicht würde sie doch noch eine Chance bekommen, eines Tages noch einmal auf Großvaters Apfelbaum zu klettern.

8

Unternehmen GoldenEye

M telefonierte gerade, als Bond ihr Büro betrat. Moneypenny – gewöhnlich die Wächterin des Heiligtums – hatte schon Feierabend gemacht, aber M winkte ihn heran und deutete auf einen Stuhl vor dem Schreibtisch.

Sitz! dachte Bond. Sitz, braver Hund!

Er schaute auf die Wand hinter ihrem Schreibtisch und fragte sich, was der alte M wohl zu dem Bild gesagt hätte, das dort hing. Zu seiner Zeit hatte er sich seine bevorzugten Bilder leihweise beim Arbeitsministerium beschafft – meistens Szenen von großen Seeschlachten oder malerische Darstellungen des Meeres.

Das neue Bild war ein vielfarbiges Rechteck, unterteilt in mehrere Dreiecke. ›Schmierkram‹ hätte der alte Mann es genannt und das Bild genauso verabscheut wie die sterile Atmosphäre des neuen Büros.

M beendete die Unterhaltung mit ihrem Telefonpartner, wer immer es sein mochte. Der Premierminister, mutmaßte Bond, während sich M eine Zigarette ansteckte, tief inhalierte und den Rauch in einem langen, dünnen Schwaden in die Luft pustete.

»Das kann Ihre Gesundheit gefährden, Ma'am, aber ich bin sicher, das wissen Sie schon.«

Sie sah ihn schief an und sparte sich eine Antwort. Statt dessen sagte sie: »Der Premierminister hat mit Moskau gesprochen. Die sagen, es war ein Unfall während eines Routinemanövers.«

»Kein Wort über den Waffentypus, nehme ich an?« Er erlaubte sich ein dünnes Lächeln, während er M anschaute. Die schüttelte nur den Kopf. Er zuckte mit den Achseln. »Regierungen wechseln, aber die Lügen bleiben dieselben.«

M gab ein kurzes Grunzen von sich, was Bond einen Moment an seinen alten Chef denken ließ, der auch immer vor sich hingegrunzt hatte, um unerwünschten Fragen auszuweichen.

»Sagen Sie, was wissen wir sonst noch über das Janus-Verbrecher-Syndikat?«

»Groß im Waffenhandel. Gewiefte Schmuggler mit weltweiten Verbindungen. Ihr Hauptquartier ist in St. Petersburg, und sie waren die ersten, die es fertigbrachten, den Irak im Golfkrieg mit Nachschub zu versorgen. Der Mann an der Spitze ist ein nur vage beschriebenes Blatt – das heißt, unsere Quellen sind in diesem Punkt nicht sehr zuverlässig. Bis jetzt ist diese Frau, Xenia Onatopp, der einzige sichere Anknüpfungspunkt unter den Topleuten.«

M grunzte wieder. »Möchten Sie was trinken?«

Was war das denn? wunderte er sich. Stieg sie etwa vom hohen Roß herab? »Ja, vielen Dank. Ihr Vorgänger hatte einen vorzüglichen Cognac ...«

»Ich bevorzuge Bourbon.« Sie stand auf und öffnete ein Barfach. »Eis?« fragte sie.

»Ein furchtbarer Gedanke, Ma'am. Man sollte niemals ein gutes Glas mit diesem abscheulichen Eis ruinieren. Schreckliche Angewohnheit!«

»Schön, ich habe vermutlich eine Menge Angewohnheiten, die Sie nicht mögen werden.« Sie reichte ihm sein Glas und kehrte zu ihrem Platz zurück.

»Wir sind alle unsere Dateien durchgegangen, um den Mann an der Spitze von Sewernaja herauszusieben.« Ihr Blick huschte über den Computermonitor, der außerhalb von Bonds Sichtfeld stand.

»Der Oberste auf unserer Liste ist ein alter Bekannter von Ihnen.« Sie lehnte sich vor, drückte auf einen Knopf, und der ›Schmierkram‹ im Bilderrahmen verschwand. Statt dessen flackerte ein Bild von Ourumow auf, in voller Uniform, mit all seinen Daten.

Beinahe flüsternd murmelte Bond: »Ourumow! Und die haben ihn zum General gemacht!« Laut sagte er: »Ein besseres Bild als das vorherige jedenfalls.«

»Bin ganz Ihrer Meinung. Das Bild hängt nur für irgendwelches Fußvolk dort, das zum erstenmal zu mir kommt. Ein einfacher psychologischer Trick. Die setzen sich hin, und das Aquarell ist das erste, was sie anschauen. Erst dann wenden sie sich mir zu, und dadurch bekomme ich genug Zeit, mir ein Bild von den Leuten zu machen.« Sie schenkte ihm ein Lächeln, das beinahe schon vertraulich wirkte. »Nun zu Ourumow«, fuhr sie fort. »Ja, sie haben ihn zum General befördert. Mehr noch: Er ist der reinste Überflieger und hält sich selbst für den nächsten starken Mann, der Rußland führen wird. Das ist auch der Grund, warum ihn unsere Analytiker von der Verdächtigenliste gestrichen haben. Er gehört nicht zum Typus des Verräters. Er ist ein echter Sohn von Mütterchen Rußland. Sie wissen schon, Heimaterde, blühende Mohnfelder und all der Quatsch.«

»Wie ich vermute, Ma'am, haben dieselben Analytiker herausgefunden, daß es GoldenEye nicht geben kann. Wer hat denn gesagt, der Diebstahl des Hubschraubers stelle keine akute Bedrohung dar und lohne keine Nachforschung?«

Sie nahm einen weiteren Schluck aus ihrem Glas und einen langen Zug aus der Zigarette. »Ich wurde auf diesen Posten berufen, weil ich analytisch denken kann, und das sehr gut. Ich bin außerdem Computerspezialistin und habe, wie der Premier es nennt, einen messerscharfen Verstand.«

Sie zog an ihrer Zigarette und drückte sie im Aschenbecher aus. »Ich habe eine Zeitlang als Assistentin meines Vorgängers gearbeitet, und *er selbst* hat mich als seine Nachfolgerin vorgeschlagen. Die Mißstände in dieser Abteilung springen einem geradezu ins Auge. Da ich die Kontrollvorschriften kenne, die das Kabinett unserem Dienst auferlegt hat, kenne ich auch die Schliche, mit denen die Kontrollen gewöhnlich umgangen werden.«

Sie machte wieder eine Pause, dann sah sie ihm offen in die Augen. »Sie können mich nicht leiden, Bond, habe ich recht? Sie glauben, ich bin ein menschlicher Taschenrechner, der weit mehr an seinen Zahlen interessiert ist als an Ihren Instinkten.«

Bond nickte zustimmend.

»Gut, damit kann ich leben. Denn ich halte sie meinerseits für einen sexistischen, frauenfeindlichen Dinosaurier. Sie sind ein Relikt aus dem kalten Krieg.« Sie lächelte. »Es wird Sie erstaunen festzustellen, daß mir sehr daran liegt, Männer und Frauen im Einsatz zu haben, die es verstehen, sich ins Fühlen und Denken eines jeden Feindes hineinzuversetzen. Ich bin in diese Position berufen worden, um den Laden zu reorganisieren und dafür zu sorgen, daß wir das Budget nicht überschreiten, und bei Gott, das werde ich tun. Aber um das angemessen bewerkstelligen zu können, brauche ich Undercover-Leute und auch solche, die draußen Informanten anwerben. Dazu ist, mehr als je zuvor, ein funktionierendes Netzwerk von Agenten nötig, die draußen ihren Kopf hinhalten. Und wenn Sie nun auch nur einen Augenblick lang glauben, ich hätte nicht die Nerven, einen Mann loszuschicken, damit er da draußen an irgendeinem Brennpunkt sein Leben riskiert, dann fahren Ihre Instinkte total auf dem falschen Gleis.«

Bond wußte auf diese leidenschaftliche Rede nichts zu erwidern. Immerhin, er hatte nun erheblich mehr Respekt vor der neuen M, die bereits weitersprach:

»Ich hätte absolut keine Gewissensbisse, Sie in den Tod zu schicken, 007. Aber ganz bestimmt würde ich es nicht aus einer bloßen Laune heraus tun – trotz Ihrer Herrenreiter-Einstellung zu Leben und Tod.«

Bond fand, daß es an der Zeit war, auch etwas zu sagen. »Ma'am, ich habe nicht vergessen, daß das Recht zu töten gleichzeitig eine Lizenz zum Sterben ist.«

Sie nickte ihm kurz zu. »Das ist gut, denn ich möchte, daß Sie GoldenEye finden. Ich möchte, daß Sie herausbekommen, wer die Waffe an sich genommen hat, zumal ich sicher bin, daß derjenige auch das – was immer es sein mag – mitgenommen hat, was man benötigt, um die Waffe scharfzumachen. Ebenso scheint es mir sicher zu sein, daß noch mehr solcher Raumkörper im All herumschwirren. Deshalb will ich, daß Sie herausfinden, wer das Ding gestohlen hat und was er, sie oder es damit anzufangen gedenkt.« Sie wandte sich um und deutete auf das Computerbild. »Und, 007, sollte Ihnen dabei Ourumow über den Weg laufen, möchte ich – ob er nun schuldig ist oder nicht – keinesfalls, daß Sie eine Art persönlicher Vendetta inszenieren. Auch wenn Sie Alec Trevelyan rächen, bringen Sie ihn nicht ins Leben zurück.«

»Bei allem Respekt, Ma'am, Sie sind an seinem Tod nicht schuld.«

»Sie auch nicht, Bond! Machen Sie da keine persönliche Angelegenheit draus. Verstanden?«

Er schwieg. Erinnerungen an seinen alten Freund gingen ihm durch den Kopf. Er dachte an das Training, das er mit ihm zusammen durchgestanden hatte, an ihre Einsätze. Ein paar Sekunden lang hatte er das Gefühl, Alec stehe dicht neben ihm. Er sah sein altersloses Gesicht, sein verschmitztes Lächeln und hörte ihn flüstern: ›Sie hat recht, James. Das ist die Sache nicht wert.‹ Dann sah er Alecs Ende, sah Ourumow, wie er den Abzug seiner Pistole drückte, während sein Freund auf dem Steinboden der biochemischen Anlage kniete.

»Ja, ich verstehe, Ma'am.« Er stand auf und ging zur Tür. Er hatte die Klinke schon in der Hand, als sie noch etwas sagte:

»Bond!« Ihre Stimme war um eine Spur sanfter. »Kommen Sie lebend zurück, ja?«

Nach zwei Tagen intensiver Vorbereitung traf sich Bond spät in der Nacht mit Q, tief unter dem Hauptquartier in einem der weitläufigen Räume, wo die Schußwaffen und andere Spezialgeräte aus Q's Werkstatt getestet wurden.

Q hatte zwei Dinge für ihn vorbereitet. Erstens einen ingeniös erdachten Gürtel, an dem Bond absolut nichts Auffälliges entdecken konnte, bis Q auf eine kleine Kappe über der Schnalle hinwies.

»Das ist der Sicherheitsverschluß«, sagte Q. »Seien Sie vorsichtig damit, und lassen Sie den Verschluß in dieser Position – bis Sie ihn brauchen.«

Er zeigte ihm, wie er den Verschluß öffnen konnte und wie er die Schnalle ausrichten mußte, um die Vorrichtung zu benutzen. Der Dorn der Schnalle war in Wirklichkeit ein kleiner, raffiniert entworfener Haken. Wenn man auf die Sicherheitskappe drückte, schoß der Haken heraus – und mit ihm eine fünfundzwanzig Meter lange, zugfeste Schnur.

»Die Schnur ist stark genug, um Ihr Gewicht tragen.«

»Und was ist, wenn noch mehr Gewicht dazukommt?«

»Dann hilft bloß Beten.« Q grinste. »Wir haben's nur mit Ihrem Gewicht getestet. Der Haken dringt praktisch in jedes Material ein, und ist er mal drin, dann hält er auch.«

Das zweite Gerät war eher von der todbringenden Sorte. Es sah aus wie ein gewöhnlicher Kugelschreiber, war aber de facto eine kleine Granate. Wenn man einmal hinten auf den Knopf drückte, konnte man damit schreiben. Drückte man aber dreimal, war die Granate nach vier Sekunden scharf.

Innerhalb dieser Frist konnte man durch erneutes dreimaliges Drücken das Ding wieder sichern.

Q demonstrierte anhand eines Dummys, wie der Apparat funktionierte. Die Puppe wurde durch eine Explosion in Stücke gerissen.

»Der Stift ist mit Sicherheit wirkungsvoller als jedes

Schwert.« Für Q's Verhältnisse war dies beinahe schon eine witzige Bemerkung.

Bond betrachtete die zerfetzte Puppe. In der Tat für einen Kugelschreiber eine recht beeindruckende Schrift. Er sah sich im Raum um, der wie gewöhnlich mit seltsamen und bizarren Ausrüstungsgegenständen vollgestopft war. Unter anderem entdeckte er ein reich verziertes Silbertablett, auf dem ein Teller mit einem etwa zwanzig Zentimeter langen Baguette stand. Das Baguette war aufgeschnitten und mit Tomaten, Zwiebeln und Thunfisch belegt.

»Was ist denn das?« fragte er.

»Wirklich interessant, sehr interessant.« Q wurde immer lebhaft, wenn sich jemand für seine Arbeit interessierte. »Sie meinen das Tablett?« fragte er, als brauche er Bestätigung.

»Das Tablett, ja.«

»Aha.« Q lächelte zufrieden. »Ja, das ist wirklich ziemlich gut. Legen Sie mal eine kleine Tasche darauf, oder einen Umschlag mit Dokumenten, wie Sie gerade einen bei sich haben.« Er nahm den dicken Umschlag, den Bond in der Hand hielt, und warf ihn auf das Tablett. »Okay, und nun kommen Sie hier herüber.« Er bedeutete Bond, ihm zu einem Wandmonitor zu folgen. Der Bildschirm zeigte den Umriß des Tellers mit dem Schatten des Baguettes, das auf beiden Seiten über den Tellerrand herausragte. Aber man konnte auch den Umschlag sehen – diesen aber nicht als Schatten, sondern klar und deutlich. Was immer auf einem Dokument stand, das mit der Schriftseite nach unten auf dem Tablett lag, konnte vom Monitor abgelesen werden.

»Verstehen Sie?« Q nickte. »Sie sehen jeden Buchstaben so deutlich wie meine Nasenspitze.«

Tatsächlich war auf dem Monitor die erste Seite von Bonds Flugticket erschienen. Q las die Einzelheiten vor, die Abflugzeit, den Zielort, sogar die Nummer von Bonds reserviertem Platz.

»Verblüffend!« Bond drehte sich zu dem Tablett um und griff nach dem Baguette.

»Um Himmels willen!« schrie Q aufgeregt. »Rühren Sie das nicht an!«

»Warum? Was ist damit?«

»Es ist mein Abendessen.«

Sechs Tage später checkte Bond zu seinem Flug nach St. Petersburg ein.

Nataljas Reise war ein Alptraum.

Anfangs hatte sie ja geglaubt, das Glück auf ihrer Seite zu haben. Eine Stunde, nachdem sie dem Bahnhofsvorsteher das Hundegespann und den Schlitten verkauft hatte, sollte der Zug nach St. Petersburg auf dem kleinen Landbahnhof eintreffen. Doch dann erfuhr sie von dem Mann, daß der nächste Zug erst in zwei Tagen erwartet wurde und auch der heutige nur dann anhielt, wenn er eine Signallampe am Bahnsteig aufhängte und sich um alle anderen üblichen Formalitäten kümmerte.

Sie feilschte nicht um den Preis für die Hunde; es genügte ihr, daß sie etwas mehr bekam, als sie für die Fahrkarte bezahlen mußte. Schließlich hatte sie keine Finanzsorgen. Was das liebe Geld betraf, war Natalja eine große Hamsterin, und da sie in harter Währung bezahlt wurden – sprich: in Dollars –, würde sie sich neue Kleidung und alles, was sie sonst noch brauchte, kaufen können, sobald sie in St. Petersburg war.

Doch tags darauf dachte sie, der Zug würde niemals in St. Petersburg ankommen.

Er war überfüllt und stank nach ungewaschenen Körpern. Die älteren Reisenden schienen sich damit abzufinden, aber einige von den jungen Leuten kamen Natalja bedrohlich vor. Sie sahen aus wie Straßenrabauken, und daher blieb sie für den größten Teil der Strecke in einem einzigen großen Waggon zwischen überwiegend alten Menschen und ließ die endlos lange und ungemütliche Fahrt über sich ergehen.

Sie wollte vermeiden, daß irgend jemand ihre Dollars sah, geschweige denn ihre Personalpapiere, aus denen nicht nur ihr Beruf als Computerexpertin hervorging, sondern auch die Tatsache, daß sie in der Sewernaja-Station gearbeitet hatte. Noch auf dem Hundegespann war ihr klar geworden, daß sie viel mehr wußte, als für sie gut sein konnte. Ihr war bekannt, wer hinter dem Anschlag steckte, und sie wußte, was tatsächlich passiert war. Schließlich hatte sie alles gehört und das Resultat gesehen.

Obwohl sich vieles im neuen Rußland geändert hatte, war die Obrigkeit immer noch berechtigt, ohne Haftbefehl nach verdächtigen Personen zu fahnden und diese festzunehmen. Ebenso konnten die Polizisten weiterhin Hotels oder Wohnungen ohne besondere Formalitäten durchsuchen. Das bedeutete, daß sich Natalja in St. Petersburg zwar neu einkleiden, andere persönliche Dinge kaufen und sich Essen besorgen konnte. Aber sie hatte kein Dach über dem Kopf und konnte sich nirgendwo sehen lassen, ohne sich in Gefahr zu begeben.

Natalja war ganz sicher, daß Boris irgendwie überlebt hatte. Wenn er den Holocaust in Sewernaja überstanden hatte, würde er wahrscheinlich so bald wie möglich zu dem einen Kommunikationsmittel greifen, das er wie kein anderer beherrschte: dem Computer. Boris war gewiß kein Musterknabe, aber er hatte eine Menge Verstand und würde es zweifellos schaffen, sich den Rücken freizuhalten.

Sie kaufte Tee und ein Wurstbrot von einem der Servierwagen, die im Zug auf und ab geschoben wurden. Nachdem sie gegessen hatte, versuchte sie, ihre Sorgen mit einem bißchen Schlaf zu vertreiben. Aber sie träumte von dem General und dem weiblichen Oberst – dieser Frau, auf die sie einen Blick hatte werfen können, als jene wie der Teufel hinter ihr hergejagt war.

Natalja konnte nicht wissen, daß ihre Lage schon früh am nächsten Morgen in St. Petersburg noch weitaus bedrohlicher werden würde.

Die Plenarsitzung des russischen Verteidigungsrates war für zehn Uhr im Winterpalast von St. Petersburg angesetzt. Die Ratsmitglieder, angeführt von Verteidigungsminister Victor Mischkin, waren schon fünf Minuten vor der Zeit zur Stelle. Geduldig warteten sie auf den einen noch fehlenden Mann.

Mischkin war unleugbar verärgert. Er stand von seinem Platz auf, ging ein paar Schritte in dem riesigen Saal mit der barocken Decke und den hohen Fenstern auf und ab, setzte sich wieder, trommelte mit den Fingern auf den Tisch und sah unentwegt auf die Uhr. Gewöhnlich lassen selbst hohe Offiziere ihren Verteidigungsminister nicht warten.

Seine Blicke schweiften durch den großen Raum. Früher war hier der letzte Zar auf und ab geschritten. Wahrscheinlich hatten seine Kinder hier gespielt. Mischkin schauderte unwillkürlich. Die Geister des ermordeten Zaren Nikolaus und seiner Familie schienen allgegenwärtig zu sein.

Zehn Minuten zu spät traf General Ourumow endlich ein, gelassen, selbstzufrieden, seine unvermeidliche Aktentasche in der Hand.

»Guten Morgen!« Mischkin grüßte ihn kurz und mürrisch. Mit einer knappen Geste wies er ihn an, seinen gewohnten Platz einzunehmen.

»Ich erwarte Ihren Bericht, General«, befahl er, noch bevor sich Ourumow gesetzt hatte.

Mit einer Ruhe, die schon fast aufsässig wirkte, zog der General seinen Uniformmantel aus. Dann öffnete er behutsam seine Aktentasche und entnahm ihr einen glänzenden schwarzen Ordner, auf dem in kyrillischer Schrift die Worte SOVERSHENNOE DEKRENTO standen. Nun begann er, so hastig zu sprechen, als wolle er die Sache so schnell wie möglich hinter sich bringen:

»Wie wohl allen Anwesenden bekannt ist, wurde vor zweiundsiebzig Stunden in der Sewernaja-Station eine Geheimwaffe mit dem Codenamen GoldenEye zur Detonation gebracht. Als Chef der Raumfahrtbehörde habe ich persönlich Untersuchungen angestellt und bin zu dem Ergebnis gekommen, daß das Verbrechen von sibirischen Separatisten verübt wurde, die politische Unruhe stiften wollen.«

Er hielt einen Moment inne und schaute nacheinander jedem der acht Mitglieder des Verteidigungsrates in die Augen, ehe er fortfuhr:

»Nachdem sie die ganze Belegschaft der Station ermordet hatten, haben diese Verbrecher die Waffe aktiviert und sowohl die gesamte Anlage als auch jeden Hinweis auf ihre Identität zerstört. Unglücklicherweise wurde damit die Arbeit für Frieden und Gerechtigkeit, die in Sewernaja geleistet wurde und die unserem Land wichtige Devisen einbrachte, um Jahre zurückgeworfen. Für mich ergibt sich daraus die Konsequenz, meinen sofortigen Rücktritt einzureichen.«

Die Männer, die um den runden Tisch herum saßen, schüttelten die Köpfe, manche von ihnen schlugen mit der Faust auf den Tisch, einige riefen: »Nein! Nein!«

Nachdem wieder Ruhe eingekehrt war, sah Mischkin den General an, musterte ihn von oben bis unten, als wolle er damit zu verstehen geben, daß ihm Ourumows Rücktritt höchst willkommen sei. Als er das Wort ergriff, verriet seine Stimme keinerlei Emotion:

»Wie es aussieht, will der Rat trotz allem nicht Ihren Kopf rollen sehen, Arkadij Grigorowitsch. Dies schon wegen Ihrer glaubwürdigen Versicherung, daß es keine weiteren GoldenEye-Satelliten gibt.«

»Das kann ich Ihnen hundertprozentig versichern, Herr Minister!«

»Gut. Was ist nun mit den beiden vermißten Sewernaja-Technikern?«

Ourumow errötete. Verschüchtert und wie betäubt stammelte er: »Herr Minister ... Ich ... Ich ...« Seine eigene Zunge schien ihm beim Sprechen im Weg zu sein.

»Ich ... habe nur Kenntnis von *einem* Vermißten ... äh ...«

»Zwei!« Der Minister klang wie ein Lehrer, der einen Schüler bei einer Lüge ertappt hat.

»Aber, ich ...«

Mischkin hob eine Hand, um Ourumow zum Schweigen zu bringen. Dann schaute er in seine Unterlagen. »Unsere Leute haben die Trümmerstätte durchsucht. Alle Leichen sind identifiziert worden, was nicht schwierig war, denn sie waren ja sämtlich in dem zerfallenen Gemäuer eingeschlossen – abgesehen von den Wachsoldaten natürlich.«

»Natürlich, Herr Minister, aber ...«

»Niemand fehlte, mit Ausnahme eines Technikers namens Boris ...«

»Grischenko«, fiel ihm Ourumow ins Wort. »Boris Grischenko. Ich habe seinen Namen hier.«

Mischkin blickte auf und warf Ourumow einen verächtlichen Blick zu. »Boris Grischenko und noch jemand. Eine Frau. Eine sehr talentierte Klasse-2-Informatikerin. Natalja Fjodorowna Simonowa.«

»Simonowa?«

Mischkin nickte. »Wie ich sagte: eine sehr begabte junge Frau. Sie spricht fließend Französisch, Italienisch, Deutsch und Englisch.«

»Dann würde sie eine gute Opernsängerin abgeben.« Ourumow klang jetzt ärgerlich.

»Ebenso fließend beherrscht sie vier Computersprachen.«

»Simonowa?« wiederholte Ourumow.

»Das ergibt sich aus der Auflistung der Toten.«

Der General holte tief Luft. »Das ist neu für mich, Herr Minister. Aber ich werde der Sache persönlich und unverzüglich nachgehen!«

»Gut.« Mischkins Stimme wurde etwas schärfer. »Ich denke, es wäre anmaßend, den Vorfall sibirischen Separatisten anzulasten, bevor die Alibis Ihrer eigenen Leute überprüft sind. Finden Sie nicht auch?«

»Natürlich, Herr Minister. Danke, daß Sie mich darauf aufmerksam machen.«

Eine halbe Stunde später saß Ourumow in seinem Büro im Winterpalast, dem einstigen Gala-Schauplatz St. Petersburgs, und sprach eindringlich ins Telefon. Die Sicherheitskräfte, die für den Bezirk Sewernaja zuständig waren, hatte er bereits ebenso alarmiert wie die Polizei in allen größeren Städten. In seinen Akten, die er für den eigenen Gebrauch führte, hatte er sogar eine Fotografie von Natalja aufgetrieben. Bei seinem jetzigen, weniger offiziellen Telefonat sprach er mit gedämpfter, fast flüsternder Stimme:

»Ihr Name ist Natalja Simonowa … Ja. Ja, das ist sie, genau. Sie kennen sie?«

Die Person am anderen Ende der Leitung versicherte, daß ihr die gesuchte Person bekannt sei.

»Was immer sie tut, ich möchte, daß Sie die Frau unter Kontrolle halten. Wenn nötig, töten Sie sie. Können Sie das für mich tun?«

»Es wäre mir ein Vergnügen, Herr General.«

»Bleiben Sie mit mir in Verbindung. Und bedenken Sie, daß die Sache für uns alle sehr wichtig ist.«

»Ich mache mich sofort auf die Jagd, General. Solche Aufträge liebe ich!«

9
Wades kleine Rundfahrt

James Bond war erst ein einziges Mal in St. Petersburg gewesen; das war mitten im kalten Krieg, als die Stadt noch Leningrad hieß. Er erinnerte sich gern an diese Stadt, an ihre Schönheit, den Hauch von Geschichte, der sie umwehte. Peter der Große hatte die Stadt gegründet, und sie hatte sich zu Rußlands Herz entwickelt, zum ›Fenster nach Europa‹. Allerdings war St. Petersburg auch die Wiege der Oktoberrevolution – ein Umstand, an den sich viele Leute heutzutage weniger gern erinnerten.

Bei seiner letzten Visite war er als Feind gekommen; die Fronten waren ebenso klar definiert gewesen wie die betrügerischen Interessen der Akteure. Als er jetzt auf dem internationalen Flughafen von St. Petersburg eintraf, glaubte er den Geruch von Verfall und Orientierungslosigkeit beinahe riechen zu können, der seit dem Niedergang des Kommunismus überall zu spüren war. Wie viele andere war er der Meinung, daß es für Rußland besser gewesen wäre, wenn sich der Kurswechsel innerhalb der kommunistischen Partei vollzogen hätte. So aber war ein starkes Regierungssystem plötzlich kollabiert, und das Land war im freien Fall in einen Sumpf aus Kriminalität und Drogen gestürzt.

Nicht mehr vor den Geheimagenten früherer Tage, dafür aber vor Kriminellen aller Art mußte Bond nun auf der Hut sein.

Vor dem Taxistand standen hauptsächlich gut gekleidete Geschäftsleute Schlange – westliche Industriekapitäne, die in der Hoffnung gekommen waren, von den Bedürfnissen des neu erwachten Rußlands zu profitieren und für sich selbst noch eine Extramark abzuzweigen.

Rechterhand, weitab von der Taxischlange, entdeckte Bond seinen Kontaktmann: groß, stämmig und in eine russische Garten-Zeitschrift vertieft.

Lächelnd näherte er sich dem Mann und nannte die Kontaktparole: »In London gehört der April zum Frühling.«

Der Mann blickte auf. Sein amerikanischer Akzent war fast zu offensichtlich. »Wer sind Sie? Der Wetteronkel?«

Als er Bonds verdrießliches Gesicht sah, fuhr er fort: »Codes, Geheimparolen, Spionagekram – das ist vorbei, Kumpel. Kommen Sie, mein Wagen steht dort drüben.« Er führte Bond zu einem Stück Metallschrott, das in besseren Zeiten ein Moskowitsch gewesen sein mochte. Aber Bond stürzte förmlich an ihm vorbei und öffnete mit einem »Sie gestatten?« die Wagentür.

Der Amerikaner begann breit grinsend auf den Fahrersitz zu rutschen, wo Bond ihn zwischen Tür und Sitz festklemmte und ihm seine Pistole in die Seite drückte. Er hatte die Waffe auf dem Flug in einer Spezialaktentasche befördert, die sie gegen Metalldetektoren abschirmte.

»So, Freundchen, jetzt machen Sie den Mund auf!« herrschte er den Mann an. Seine Gesichtszüge schienen vor Ärger wie aus Stein gemeißelt.

Lange Zeit schwieg der Mann, dann endlich sagte er: »Okay. In London gehört der April zum Frühling, während wir uns in St. Petersburg den Hintern abfrieren. Reicht das?«

Bond schüttelte den Kopf. »Nein, zeigen Sie mir die Rose!«

»O Herr im Himmel!« Er schnallte seinen Gürtel auf, und während ihn Bond gegen die Blicke von Neugierigen abschirmte, zeigte ihm der bullige Amerikaner eine kleine tätowierte Rose auf seiner rechten Hüfte. Unter der Rose stand ›Muffy‹.

»Muffy?« staunte Bond, während er um den Wagen herumging und auf dem Beifahrersitz Platz nahm.

»Ja, Muffy. Meine dritte Frau.« Der Amerikaner streckte die Hand aus. »Jack Wade, CIA.«

»Bond. James Bond, und wozu ich gehöre, wissen Sie wohl.«

»Wenn nicht, wüßte ich es jetzt. Ihr Jungs habt einfach nicht mitbekommen, daß der kalte Krieg vorbei ist, ihr spielt immer noch mit dem alten Spionagekram rum.«

»Die Idee lautet, alles schön im Griff zu behalten. Kein unnötiges Risiko. Ich dachte, das CIA versteht sein Handwerk und weiß, daß wir immer noch im Geschäft sind.«

Wade drehte den Zündschlüssel. Der Motor spuckte und stotterte, bis er endlich ansprang. Er klang wie ein alter Zwei-Zylinder-Rasenmäher.

»Ja, ja, das wissen wir«, lachte Wade. »Mir war schon klar, was für einer Sie sind. Dachte nur, wir könnten ein bißchen Spaß miteinander haben.«

»Das würde ich nicht empfehlen. Halten Sie sich besser an die Regeln und Vorschriften, sonst teilen Sie am Ende noch die Zelle mit eurem netten Mr. Ames, wenn's nicht noch schlimmer kommt. Ich meine, der KGB hat nur seinen Namen geändert. Bei all dem Chaos hier ringsum könnten wir uns sehr bald im alten Geschäft wiederfinden.«

»Aha, das ›Große Spiel‹, wie ihr Briten es nennt.« Er scherte aus der Parklücke aus und ordnete sich in den Verkehr ein.

»Ich habe in letzter Zeit niemanden vom Großen Spiel

reden gehört – außer vielleicht Autoren von billigen Melodramen und Journalisten.«

Wade zog die Augenbrauen hoch. »Okay, Jim ...«

»James!« fiel ihm Bond ins Wort. »Niemals Jim, und erst recht nicht Jimbo!«

»Okay, tut mir leid. Ich dachte, ich fahre ein bißchen herum, damit wir reden können. Zeig' Ihnen ein paar Sehenswürdigkeiten.«

»Ist der Wagen sauber?«

»Bis auf das Äußere und ein bißchen Bonbonpapier.« Er warf das Magazin, in dem er gelesen hatte, auf den Rücksitz. »Arbeiten Sie gerne im Garten?«

»Nicht, wenn es sich irgendwie vermeiden läßt. Nun, Sie sind hier der Lokalexperte. Lassen Sie mich Ihre weisen Worte vernehmen.«

»Weisheit ist hierzulande nicht gerade in Mode. Man hat mir gesagt, Sie wollen Informationen. Ich wurde angewiesen, sie Ihnen zu geben. Also?«

»Was wissen Sie über Janus?«

»Hey, sehen Sie sich diese Bauwerke an! Diese Pracht! Ist es nicht die wunderbarste Stadt, die Sie je gesehen haben, James? Sehen Sie: der Winterpalast, und da ist das wunderschöne Alexander-Denkmal. Ihr habt so was auch in London, ja? Irgendein Seemann, glaube ich.«

»Admiral Lord Nelson, ja. Mr. Wade, spielen Sie mir nicht den bescheuerten Yankee vor! Also, was ist mit Janus?«

»Was ich über Janus weiß, können Sie auf einen Stecknadelkopf schreiben. Mit einem Wort: nix, zero.«

»Das sind schon zwei Wörter. Aber ich brauche noch mehr.«

»Im Ernst, wir haben nur sehr wenige Hinweise auf Janus. Niemand, der ihn jemals gesehen hätte. Aber er hat ohne Zweifel seine Verbindungen. Einen direkten Draht zur Regierung, zum Militär, sogar zum russischen Geheimdienst einer Rose mit anderem Namen: KGB. Und da gibt's ein Gerücht, daß er auf einem Panzerzug wohnt.«

»Einem Panzerzug? So einem, wie ihn die Revolutionsführer benutzt haben?«

»Mit der Revolution kenne ich mich nicht aus, aber das ist jedenfalls die Story.«

»Wo, zum Teufel, kriegt er einen Panzerzug her?«

»Ganz einfach. Man bekommt hier so ziemlich alles, wenn man es sich leisten kann. Da Sie nun schon mal Jack Wades bescheidene Rundfahrt durch St. Petersburg mitmachen, lassen Sie mich Ihnen ein paar Dinge zeigen, bevor Sie sich in Ihrem luxuriösen Einundfünfzig-Sterne-Hotel einquartieren.«

Wade fuhr den Newskij-Prospekt entlang, über eine der vielen Brücken zu der passend benannten ›Über-die-Newa-Avenue‹. Von dort fuhr er in die Außenbezirke St. Petersburgs.

»Sehen Sie dort den verfallenen Häuserhaufen?« Wade zeigte mit der Hand auf einen Block langgestreckter Gebäude. »Das war eine der größten Kasernen der Stadt. Sie wurde geräumt, als die Sowjets noch an der Macht waren, und ist in die Brüche gegangen, seit die Kommunisten weg vom Fenster sind, weil kein Geld da ist. Als dann die Jungs aus Afghanistan zurückkamen, wußten sie nicht, wohin mit ihnen. Keine Kaserne, nicht genügend Wohnraum. Man bedenke: Veteranen, aus dem vaterländischen Krieg heimgekehrt! Hier könnten sie ein ganzes Regiment unterbringen. Aber sie lassen alles verrotten.«

Später erzählte er Bond, daß die Eremitage, das weltberühmte Museum im Winterpalast, schwere Probleme mit der zunehmenden Feuchtigkeit habe, welche die Gemälde zu zerstören drohe.

»Außerdem haben sie die Deutschen und Franzosen

»Mein Name ist Bond. James Bond.«

Der neue »M« ist eine Frau (Judi Dench) – und gar nicht begeistert von Bonds ständigen Eskapaden.

am Hals, die ihre Bilder zurückhaben wollen.« Bond nickte. »Und das meiste von dem Kram hat Deutschland nicht einmal gehört. Wurde von den Nazis in ganz Europa geplündert und anschließend von der Roten Armee erbeutet, als die in Berlin einzog.«

Endlich, schon jenseits der Stadtgrenze, hielt Wade sein altertümliches Gefährt an und führte Bond einen hohen Eisenbahndamm hinauf, der einen guten Blick auf einen gigantischen Abstellbahnhof gewährte.

Die Gebäude, die Rampen und Plattformen waren praktisch abbruchreif, aber die eigentlichen Bahngeleise schienen sauber und frei von Unrat zu sein.

»Ein Militärdepot«, erklärte Wade. »Das war der Petersburger ICBM-Rangierbahnhof. Der Platz, wo sie ihre interkontinentalen Atomraketen verladen haben, die uns Amerikanern soviel Kummer bereiteten. Sie haben sie in Eisenbahnzügen im ganzen Land herumgefahren, so daß sie nie zweimal am selben Ort waren. Natürlich transportierten sie die Dinger von hier aus auch in feste Silos.«

»Hat Janus seinen Panzerzug von hier?« Bonds Stimme klang ernst.

»Möglich. Hier gibt's einen Haufen alte Gefährte. Die meisten der Raketentransportzüge waren schwer bewaffnet. Es gab auch bewehrte Waggons für wichtige Militärpersonen und Politiker, damit die in ihrem sprichwörtlichen Mangel an Luxus reisen konnten.«

Während sie zur Stadt zurückfuhren, sagte Wade mit breitem Grinsen: »Will Ihnen mal was zeigen, Jimb ... ich meine, James. Einen kleinen Platz, den sie ›Statuen-Park‹ nennen.«

Ebenso wie der Rangierbahnhof befand sich das Gelände, das augenscheinlich nur dem Namen nach ein Park war, im Außenbezirk der Stadt. Nun gut, da gab's ein paar Bäume, und ehedem war das Ganze vielleicht auch mal ein kleiner Park gewesen, denn es standen dort auch ein paar Bänke herum, aber es gab keine Wege, die zu den Bänken führten.

Zuerst dachte Bond, das könnte eine Freiluft-Ausstellung moderner Skulpturen sein, aber als sie aus dem Wagen stiegen, sah er, daß die Skulpturen keineswegs modern waren und überdies unvollendet zu sein schienen.

Zwischen den Bäumen und auf den offenen Flächen verstreut, sah er Statue neben Statue, Denkmal neben Denkmal, kaputt, zerbrochen, vom Sockel gerissen, vom ursprünglichen Standort fortgeschleppt, hierher gekarrt und weggeschmissen wie Unrat auf einer Müllhalde. Es waren Standbilder von Leuten wie Marx und Lenin – es gab einen Haufen Lenine – und große metallene oder steinerne Hammer-und-Sichel-Embleme, alle in unterschiedlichen Größen von monumental bis mittelgroß. Bond sagte sich, daß jeder verbliebene kommunistische Aktivist sich aus dieser Fundgrube das Passende heraussuchen konnte, vom winzigen bis zum übergroßen Lenin.

Auf eine bronzene Leninstatue hatte jemand mit roter Farbe auf russisch eine Aufforderung gesprayt, der Wladimir Iljitsch Lenin auch zu Lebzeiten schon aus anatomischen Gründen nicht hätte nachkommen können.

»Sie sehen, James« – Wade feixte –, »als Jelzin die kommunistische Partei geächtet hat, konnten die Leute nicht losgehen und die Parteigrößen erschießen oder verprügeln. Sie taten also das Nächstliegende und stürzten all die Wahrzeichen des Kommunismus um. Lenin, Marx, sogar den schaurigen Stalin, der schon lange vorher hätte beseitigt sein sollen. Statuen aus Stein oder Metall. Das Volk rannte los, warf, kippte und schmiß sie um, benutzte Bulldozer, Traktoren oder Abschleppwagen. Es war ein fürchterliches Durcheinander. Dann begann die Stadtverwaltung, den Kram wegzuräumen. Sie deponierte ihn in diesem miesen Park nahe der städtischen Müllhalde. Die

Bäume hier sind dazu da, eventuelle Besucher von dem stinkenden Horror der städtischen Halde Numero vier abzuschirmen. Nun braucht niemand zu befürchten, daß irgendwer durch den Anblick dieses Plunders belästigt wird.«

»Mich würde er bestimmt nicht belästigen.«

Wade grinste wieder. »Wissen Sie, was komisch ist, James, wirklich komisch? Da gibt's Menschen in dieser Stadt, die glauben, daß die neue Regierung zum Himmel stinkt. Diese Leute wollen nicht an dem Park vorübergehen, weil hier ein paar alte Standbilder von Stalin auf der Erde liegen – und das, obwohl er nach seinem Tod verurteilt wurde. Ich habe gehört, wie Leute über Boris Jelzins Regime sagten, unter Stalin sei alles besser gewesen.«

Bond zuckte die Achseln. »Ich habe Leute in England sagen gehört, im Zweiten Weltkrieg seien sie zufriedener gewesen als unter unserer inkompetenten Regierung. Sie sagen: ›Im Krieg wußten wir wenigstens, wo wir standen.‹ Ich weiß, was sie meinen.«

»Ein komisches Leben ist das, James. Verdammt komisch.« Wade wedelte mit der Hand einen Schwarm Fliegen fort.

Zurück im Auto, auf dem Weg zum Hotel, brachte Bond noch einmal das Thema auf Janus.

»Sie möchten hören, was ich sonst noch über ihn weiß?«

»Sie sagten ›zero‹.«

»Sicher. Nun ja, die Wahrheit ist, daß *Sie* den Burschen nicht finden werden. Er findet *Sie.* Ich kann in dieser Sache nur eines tun: Sie auf die Fährte seines Hauptkonkurrenten setzen. Heute arbeiten die ja alle nach dem Wahlspruch: ›Halte deine Freunde bei guter Laune und deine Feinde noch mehr.‹ Hier ist der alte Mafia-Stil ausgebrochen. Manchmal denke ich, die haben alle Marlon Brando in seiner Rolle als ›Pate‹ gesehen.«

»Okay. Wer ist Janus' Hauptkonkurrent?«

»Ein richtiger alter KGB-Bursche. Hat einen Hinkefuß. Rechtes Bein. Der Name ist Zukowskij.«

»Valentin Dimitrijwitsch Zukowskij?«

»Sie kennen den Kerl?«

»Ich habe ihm den Hinkefuß verpaßt.«

Natalja ging in den ersten Devisen-Shop, den sie finden konnte, ein Geschäft, in dem man gegen harte Währung fast alles bekam. Ich muß herausfinden, dachte sie, ob ihre Killer mir schon auf den Fersen sind – oder ob nur Militär, Polizei und Geheimdienst nach mir suchen.

Nachdem sie in St. Petersburg angekommen war, hatte sie die öffentlichen Waschräume im Bahnhof aufgesucht. Die Seife, die sie dort bekommen hatte, war weniger schlecht als befürchtet – wahrscheinlich, weil sie der Toilettenfrau einen kostbaren grünen Dollarschein Trinkgeld gegeben hatte.

Erfrischt und mit gewaschenem Haar, hatte sie in einer Cafeteria in der Nähe des Bahnhofs eine Kleinigkeit gegessen. Der Kaffee hatte starke Ähnlichkeit mit Spülwasser, war aber wenigstens warm, und das Schwarzbrot mit Ziegenkäse schmeckte einigermaßen. Nach der dürftigen Mahlzeit war sie sofort zu dem Devisen-Shop gegangen. Sie brauchte einen guten, dicken Rock, neue Strümpfe und Unterwäsche, zwei Jeans, ein paar warme Hemden, Toilettenartikel, einen Alukoffer und eine große lederne Umhängetasche.

Natalja hatte keine Ahnung, wo sie die Nacht verbringen würde – aber das konnte warten. Sie hatte überlegt, ob sie mit einem Zug nach Nowgorod fahren und dort die Lokalbahn zum Ilmensee nehmen sollte, wo ihre Eltern wohnten. Aber ihr war bewußt, daß sie durch ihren Besuch auch Vater und Mutter gefährden würde, denn wer auch immer nach ihr suchte, würde als erstes einen

Trupp Spürhunde auf ihr Elternhaus ansetzen. Also sollte sie sich besser vom Ilmensee fernhalten und die Sicherheit der Familie nicht aufs Spiel setzen.

In dem überfüllten Umkleideraum für Kundinnen zog sie ihre neuen Kleider an. Ihr Pelzmantel, der Hut, Handschuhe und Lederstiefel waren noch akzeptabel; die restlichen Kleider, einschließlich derer, die sie getragen hatte, wanderten in den Abfalleimer. Sorgfältig überprüfte sie ihre Papiere und verstaute sie mit anderem notwendigen Kleinkram in der Schultertasche. Während sie die Papiere durchsah, fand sie darunter auch ein sehr offiziell aussehendes Bestätigungsschreiben, das man ihr vor einem Jahr gegeben hatte, als ihr der Spezialauftrag erteilt worden war, Computerhardware zu besorgen. Sie hatte an dieses Dokument überhaupt nicht mehr gedacht, doch jetzt konnte es ihr sehr nützlich werden.

Sie band ihr Haar zu einem strengen Knoten zurück und musterte ihre Erscheinung. Wird schon gehen, dachte sie, als sie vor dem einzigen Spiegel des Ankleideraums von zwei anderen Frauen angerempelt wurde. Diese beiden Damen waren harmlos – fette Beamtenfrauen auf Shoppingtour. Sie hatten Natalja so unverfroren angestarrt, daß sie unmöglich von der Sicherheit sein konnten. Auch den neidischen Blick der einen Frau – der dickeren der beiden –, als sie halbnackt dastand und ihre schlanke, feste Figur zu sehen war, hatte Natalja bemerkt.

Wieder auf der Straße, lief sie in der Gostinij Dwor Arcade, den ›Kaufmanns-Arkaden‹, St. Petersburgs großem Einkaufsviertel, von Schaufenster zu Schaufenster, bis sie ein Geschäft fand, in dem Computer verkauft wurden. Die Auslage war nicht gerade verheißungsvoll: antiquierte IBMs und Apple-Macs mit winzigen Festplatten, veralteten Chips und minimalen Arbeitsspeichern.

Natalja holte tief Luft und betrat das Geschäft.

Im Augenwinkel sah sie den Geschäftsführer, der sie

mit kundigem Blick musterte und nicht unbedingt als dollarstarke Kundin einzuschätzen schien. Er blieb im Hintergrund, während sie die primitiven Geräte ansah, und erst als sie sich anschickte, den Laden wieder zu verlassen, trat er einen Schritt vor. »Ja, bitte?« sagte er in einem Ton, den er gewöhnlich für Domestiken reservierte.

Sie rümpfte die Nase, als wolle sie andeuten, daß sowohl der Manager selbst als auch die ausgestellte Ware nach verfaultem Fisch stanken. »Ist das alles, was Sie haben?« fragte sie.

Der Geschäftsführer zog spöttisch die Augenbrauen hoch. »Was wollen Sie denn noch?«

Sie vergrub ihre Hand in der großen Ledertasche, holte das respekteinflößende Dokument hervor und begann vorzulesen: »Tja, vierundzwanzig für die amerikanische Schule, elf für die schwedische. Sie müssen IBM-kompatibel sein, mit einer Festplatte von mindestens 500 Megabyte, CD-ROM und 14-4 Modems. Wir brauchen das, damit sie sich der anderen, bereits installierten Hardware anpassen.«

Der eben noch so hochnäsige Geschäftsführer legte urplötzlich ein kriecherisches Verhalten an den Tag. »Sie zahlen in harter Währung, oder?«

»Was können Sie mir denn noch zeigen?«

»Wenn Madame eine Demonstration wünschen ...«

»Madame wünscht ein Demonstrationsmodell und einen ruhigen Platz, um es zu testen – etwa für eine Stunde.«

»Selbstverständlich.« Mit einem Fingerschnippen zitierte er einen jungen Verkäufer herbei. Die beiden führten Natalja in ein Hinterzimmer, wo ein modernes 486er Gerät aufgebaut war.

»Bitte sehr, Madame.«

Sie nickte. »Lassen Sie mich bitte allein. Ich muß mich konzentrieren. Der Auftrag hängt von meinem Gutachten ab, und ich brauche Ruhe«, sagte sie, während sie den Computer bereits startete.

Kaum waren die beiden draußen, flogen ihre Finger über die Tasten. Sie hatte schnell ein Programm erstellt und tippte emsig: ›AN madvlad @.mosu.comp.math edu – WICHTIG NATALYA KONTAKT @ 3422-589836.‹

Dann wartete sie. Wenn Boris lebend aus dem Desaster herausgekommen war, hatte er sich sehr wahrscheinlich bereits Zugang zu einem Computer verschafft. Und wenn er den hatte, surfte er sicher längst durch die Datennetze.

Nichts!

Die Minuten tickten dahin, und mit ihnen schwand Nataljas Optimismus.

Doch dann gab ihr Computer einen Piepton von sich, und da war er, auf dem Bildschirm – oder wenigstens eine wüste Grafik-Karikatur von ihm. Dann verschwand das Bild, und eine Schrift erschien: DACHTE, DU BIST TOT.

Sie lachte und hätte doch weinen mögen vor Glück, während sie antwortete: OURUMOW HAT ALLE GETÖTET, ›PETYA‹ VERNICHTET UND GOLDENEYE GEKLAUT.

Es dauerte ein paar Minuten, bis die Antwort kam: DU BIST IN GEFAHR. TRAUE NIEMANDEM. TRIFF MICH MORGEN 18 UHR, KIRCHE DER HEILIGEN JUNGFRAU VON SMOLENSK.

Sie mußte also noch einen ganzen Tag lang warten. Vorläufig blieb ihr nichts mehr zu tun, als einen Unterschlupf zu finden, wo sie die Nacht verbringen konnte, ohne daß irgendwelche Bullen sie aus dem Schlaf rissen und in Handschellen abführten.

»Hören Sie eigentlich jemals auf zu reden, Jack?« Bond wurde Wades ständiges Geplapper allmählich zuviel.

Im Grand Hotel Europa war er gut untergekommen,

und das Essen war passabel. Es wurden ihm auch gewisse ›Extras‹ angeboten, die er beharrlich ablehnte. Mehrfach wurde er sogar in seinem Zimmer über das Haustelefon angerufen. »Wünschen Sie eine nette Freundin für die Nacht?« hieß es dann meistens. Bond verneinte sehr höflich, aber schließlich nahm er den Hörer von der Gabel und legte ihn neben das Telefon.

Wade hatte ihn Punkt neun mit seinem Moskowitsch abgeholt, und sie waren den Großteil des Vormittags in der Stadt herumgefahren, teilweise durch entlegene Nebenstraßen, deren Kenntnis sich unter Umständen als sehr hilfreich erweisen konnte.

»Ob ich jemals aufhöre zu reden, James? Selten. Sie wollten über St. Petersburg Bescheid wissen. Gut, ich kutschiere Sie ein bißchen rum und erkläre Ihnen was. Die Stadt stellt einen guten Querschnitt der Verhältnisse im neuen Rußland dar. Sehen Sie, die Obdachlosen auf den Straßen ...«

»Na ja, so ungefähr wie bei Ihnen in den Innenstädten.«

»Oho! Waren Sie in letzter Zeit mal in London, James?«

»Ja. Und in New York, ebenso in Washington DC. Soweit ich weiß, sind die USA in der Obdachlosenstatistik Spitzenreiter.«

»Sehen Sie mal ein bißchen genauer hin, mein Freund. Hier in Rußland ist es schlimmer als irgendwo sonst. Auf der einen Seite Hunger und Obdachlosigkeit, auf der anderen ein Zerrbild der westlichen Wohlstandsgesellschaft. Die teuren Autos, Anzüge, Kleider. Auf dieser Ebene haben die Leute 'ne Menge gelernt.«

»Sie haben die Kehrseite des Kapitalismus kennengelernt, zugestanden.«

»Genauso wie die Kriminalität, die im Kapitalismus aufblüht. Das ist in den Staaten schon schlimm genug, aber hier ist das Verbrechen ein boomender Konzern. Habe ich Ihnen schon erzählt, wie ich zur Freizeitgärtnerei gekommen bin?«

»Mehrmals, Jack. Wie wär's denn nun, wenn Sie mir zeigen, was ich eigentlich sehen wollte?«

»Kein Problem, James.« Er bog in eine Seitenstraße ein, die im Dunkeln allein zu betreten selbst Bond gezögert hätte.

»Reizend!« Er sah in trostlose Gesichter und hungrige Augen, die sie aus Haustüren und Fenstern anstarrten. Am Ende der Straße drängten sich ein paar Huren so dicht an den Wagen heran, daß Wade das Tempo zurücknehmen mußte. Er kurbelte das Fenster herunter und warf ihnen ein russisches Schimpfwort an den Kopf, worauf die ›Damen‹ sofort zurückwichen.

»Ich kenne die Vokabel«, sagte Bond lächelnd. »Aber ich habe noch nie gehört, daß sie jemand ausspricht.«

»Manchmal geht's nicht anders, James. Nun passen Sie auf, wir kommen in eine interessante Ecke. Wenn wir rechts einbiegen, achten Sie auf die Häuser auf der linken Seite.«

Bond lehnte sich zurück und schaute hinaus. Sein Blick schweifte über einen jämmerlich aussehenden Laden und blieb auf dem Firmenschild haften. Laut las er vor: »Kirows Beerdigungsinstitut. Nehme an, Sie wollen mir jetzt sagen, das ist das Totenzentrum von St. Petersburg?«

»Sehr komisch, James. Das ist die Hütte, von der ich Ihnen erzählt habe. Heute nachmittag um vier kommt der Leichenwagen und fährt durch das große Holztor neben dem Laden in den Hinterhof. Die erledigen ihr Geschäft, und zehn Minuten später kommt der Totenwagen wieder heraus. Ich rühre mich, wenn ich bis drei Uhr nichts von Ihnen höre, okay?«

»Macht Sinn. Eine gute Rückversicherung ist was wert.«

»Klar doch! Halten Sie sich fest, wir nehmen die nächste Kurve links, und dann werden Ihre Augen überquellen.«

Das verbeulte alte Auto bog schwungvoll in eine breite Gasse ein, und der bizarre Anblick verschlug Bond fast den Atem.

Mehrere teure Wagen waren am Straßenrand geparkt. Einige wohlgenährte, wohlgekleidete, aalglatt wirkende Russen lehnten an den Autos. Ein paar weniger anspruchsvolle Typen lehnten an den Häuserwänden und boten Waren feil, die sie vor sich auf dem Boden ausgebreitet hatten. Im Kofferraum jedes Autos, auf den Ladeflächen aller Lieferwagen und entlang des Bürgersteigs waren Waffen gestapelt: AK-40-Sturmgewehre, Granatwerfer, Pistolen, Revolver, Uzi- und H&K-Maschinenpistolen sowie Munitionskisten.

Wade brummte, dann nahm er wieder die Attitüde des Fremdenführers ein: »Willkommen im Einkaufszentrum des Todes! Der Wilde Osten. Für Rußland ist das die große Stunde des Kapitalismus. Ein Artikel verstümmelt so zuverlässig wie der andere, vergnügtes Töten für jedermann. Eine Art Ost-Los Angeles, richtig?«

»Glücklicherweise kann ich sagen, daß ich noch nie dort war.«

»Gut für Sie, James. Halten Sie sich fest. Hinter diesem netten kleinen Marktplatz machen wir kehrt. Zukowskij hat hier ein Nest, am Ende der Straße.« Er deutete auf eine Tür, die offenbar der Eingang eines Nachtclubs war. »Um zehn Uhr abends ist die Bude brechend voll, aber Ihr alter Freund erledigt seine Geschäfte tagsüber.« Er kurvte nach rechts in die Gasse, die verlassen zu sein schien. »Der beste Weg, um hineinzukommen, ist eine der Türen auf dieser Seite. Und dann gehen Sie einfach dem Geruch nach. Sie werden ihn schnell genug finden.«

Er fuhr über den Bordstein, und Bond war draußen

und im Schatten einer Toreinfahrt, ehe Wade den Gang wieder eingelegt hatte.

Die Hauswand und die Türen machten den Eindruck eines verlassenen Lagerhauses, aber er hatte schon viele Bauten wie diese gesehen: falsche Fassaden, die das eigentliche Gebäude tarnten. Bond griff zu seiner Brieftasche, öffnete ein Geheimfach, indem er auf eine der metallenen Schutzecken drückte, und förderte einen kompletten Satz Dietriche zutage. Er fragte sich, ob Valentin Zukowskij immer noch soviel Wind um Schlösser machte wie in der bösen, alten Zeit, in der er für den KGB gearbeitet hatte. Damals hatte er eine Manie für bruchsichere Schlösser und ausgeklügelte elektronische Alarmsysteme.

Es schien, als habe sein alter Widersacher seine Gerissenheit eingebüßt. In weniger als drei Minuten hatte Bond die Tür geöffnet und schlich bereits die Treppe hinauf. Von oben hörte er eine Frauenstimme, die ein Lied sang. Es klang nervtötend falsch.

Valentin Zukowskij war groß, lang, breitschultrig und von elefantösem Umfang. Er hatte ein so ausgeprägtes Mondgesicht – einschließlich all der Krater und Pockennarben, die dazugehören –, daß viele Leute hätten schwören können, er sei irgendwie mit dem Mond verwandt.

Sein Club, der schlicht ›Valentin's‹ genannt wurde, war altmodisch-luxuriös eingerichtet mit viel rotem Plüsch und Goldfransen. Im Moment saßen ein paar Leute im Clubraum herum, beschäftigt mit Geschäften dieser oder jener Art. Betrachtete man den Typ der Leute, die sich betont leise miteinander unterhielten, so konnte man leicht folgern, daß sich diese Geschäfte – so sie nicht eindeutig kriminell waren – zumindest am Rande des Gesetzesbruches bewegten.

Zukowskij trug einen ungebügelten, zerknitterten weißen Anzug, der ihm eine Nummer zu groß schien – bis er aufstand und sein voluminöser Bauchumfang zutage trat.

Ein halbes Dutzend spärlich bekleideter junger Damen betreuten die Gäste, wobei sie auch freundlichst auf die Rückseite der Speisekarte hinwiesen. Dort war notiert, welche Spezialdienstleistungen den Gästen erwiesen werden konnten. Die harmloseste war eine normale Massage.

Am Ende des Raumes, auf einem erhöhten Podium, produzierte sich eine andere junge Frau, sehr attraktiv, in einem roten Pailettenkleid. Mit schlangenhaften Bewegungen bewegte sie sich über die Bühne und rang mit dem Song ›Raining in Baltimore‹, jedoch erfolglos. Offenbar bereitete ihr nicht nur die Melodie Probleme; sie schien auch den Text nicht zu verstehen.

Zukowskij hatte die letzte Stunde mit einem ölig aussehenden, frettchenhaften Pakistani zugebracht, einem Waffenhändler von zweifelhafter Herkunft. Sie waren nicht handelseinig geworden, und der Pakistani wollte sich soeben verabschieden, als Zukowskijs Aufmerksamkeit von einem kleinen Monitor gefesselt wurde, der die Größe einer Spielkarte hatte und direkt vor Zukowskij in die Tischplatte eingelassen war. Der Monitor piepte diskret, dann erschien das Bild. Zukowskij stutzte, als er sah, wie jemand mit einem Dietrich eine Seitentür des Hauses öffnete. Lächelnd beobachtete er, wie die Kamera den Eindringling verfolgte. Während dieser die Treppe hinaufschlich, wurde Zukowskijs Lächeln nahezu gütig.

Träge winkte er einen Mann, der mit einer gewissen Wahrscheinlichkeit direkt von einem Gorillapaar abstammte, an seinen Tisch und flüsterte ihm etwas ins Ohr. Dann stand er auf und hinkte auf die rote Samtportiere neben der Sängerin zu, die gerade ihre erbitterte Schlacht mit dem Song verlor.

Er ging durch den Vorhang hindurch und zeigte sich

keineswegs erstaunt, als er die kalte Mündung einer Pistole im Nacken spürte, direkt hinter seinem Ohr.

»Ah«, hauchte er mit einer Art von Glücksgefühl. »Ich kenne nur drei Männer, die diese besondere Art von Schußwaffe benutzt haben. Zwei davon habe ich persönlich erschossen.«

»Da habe ich wohl noch mal Glück gehabt, Valentin«, flüsterte James Bond.

Den dritten Mann bemerkte Bond erst, als es zu spät war. Ein Totschläger landete unsanft auf seinem Hinterkopf und stürzte ihn in den schwarzen Abgrund einer Ohnmacht.

»Nein, kein Glück gehabt, Mr. Bond«, schnurrte Zukowskij.

10

MACHENSCHAFTEN

So langsam und mühevoll, als bahne er sich einen Weg durch Sumpf und Morast, kam Bond wieder zu Bewußtsein. Er hörte, daß in seiner Nähe gesprochen wurde, und lange bevor er die ersten Lebenszeichen von sich gab, war ihm klar, was passiert war. Das war einer der Tricks, die er im Laufe der Jahre gelernt hatte: Wenn du dein Bewußtsein wiedererlangst und dein Gegner noch in der Nähe ist, halte dich erst mal zurück. Überprüfe die Situation, bevor du irgendwas unternimmst.

Er hörte, wie Zukowskij Anweisungen gab, und schloß daraus, daß mindestens vier Personen im Raum sein mußten. Von weitem hörte er, wie die Sängerin versuchte, ›Memories‹ zu intonieren.

In diesem Moment erst rührte er sich, schüttelte heftig seinen Kopf und schaute sich um. Seine Bewegungsfreiheit war weder durch Fesseln noch durch andere Maßnahmen eingeschränkt. Er saß in einem weichen Armsessel, der schon mal bessere Tage erlebt hatte.

Valentin Zukowskij schob einen Stuhl direkt vor Bond. Tatsächlich waren noch drei seiner Männer im Raum, während draußen im Club das rotgekleidete Mädchen sich anschickte, Lloyd-Webber hinzurichten.

Valentins Gesicht zerfloß zu einem breiten und glücklichen Grinsen. »So, da sind wir also, der große Mr. James Bond, der schneidige, überschlaue Geheimagent. Ich könnte jetzt melodramatisch werden und sagen: ›So treffen wir uns wieder.‹« Er kicherte, und seine Leute folgten geflissentlich seinem Beispiel.

Im Hintergrund girrte die Sängerin, auf der Jagd nach einem unerreichbar hohen Ton.

»Wer würgt da die Katze?« fragte Bond.

Zukowskijs spontane Antwort bestand darin, daß er seine Pistole zog und einen Schuß zwischen Bonds Beine feuerte. Das Lederpolster wurde zerfetzt, schmutzig-weißer Kapok wirbelte durch die Luft, während sich Bond tiefer in den Sessel drückte.

»Das ist meine Liebste, Irena.« Zukowskij hielt die Pistole schußbereit in der Hand, um jederzeit noch einmal feuern zu können, diesmal aber ein bißchen höher.

»Ein sehr talentiertes Mädchen, Ihre Irena«, sagte Bond und lächelte unschuldig.

Zukowskij schien seinen Groll herunterzuschlucken. Er nickte Bond zu, hob seine Stimme und schrie: »Irena, zieh Leine!«

Das Trällern erstarb. Statt dessen war eine Reihe von russischen Obszönitäten zu hören, vermischt mit dem Klappern von Irenas hochhackigen Schuhen. Zukowskij zuckte mit den Schultern und wandte sich wieder Bond zu.

»Nun, Mr. Bond, was führt Sie denn in meine Gegend?

Arbeiten Sie immer noch für den Secret Intelligence Service? Oder haben Sie beschlossen, sich dem 21. Jahrhundert zuzuwenden?« Sein Mondgesicht nahm einen fast freundlichen Ausdruck an. »Wie ich hörte, ist Ihr neuer Boß ein Mädchen. Sie hat Sie zu mir geschickt, oder?«

»Nein. Ich bin hier, weil ich Sie um eine Gefälligkeit bitten möchte.«

Zukowskij gab ein glucksendes Lachen von sich und sagte zu seinen Bodyguards: »Eine Gefälligkeit! Er möchte, daß ich ihm eine Gefälligkeit erweise.«

Sie gluckten alle mit, und Bond sagte sich, daß sie ihre Texte offenbar aus einem alten amerikanischen B-Movie bezogen.

»Bond«, sagte Zukowskij, jetzt ohne jede Freundlichkeit, »mein Knie tut mir tagtäglich weh, und bei Kälte besonders. Haben Sie eine Ahnung, wie lange die Winter in diesem Teil der Erde sein können?« Er schnippte einem seiner Schlägertypen zu. »Sag's ihm, Dimitrij!«

Der bullige Leibwächter murmelte etwas vor sich hin. Es war offensichtlich, daß er nicht mit einem hohen IQ gesegnet war.

Zukowskij seufzte und brachte den murmelnden Dimitrij mit einem vernichtenden Blick zum Schweigen.

Bond sah seinem alten Widersacher in die Augen. »Wissen Sie, Valentin, für einen alten KGB-Mann überraschen Sie mich manchmal. Jemand von Ihrer Statur müßte doch mitbekommen haben, daß die Herausforderung nicht darin bestand, Ihr Knie zu treffen, sondern darin, den Rest von Ihnen zu verfehlen.«

Es vergingen zwanzig Sekunden, bis Zukowskij erwiderte: »Und warum haben Sie mich nicht getötet?«

»Nennen Sie es einen professionellen Höflichkeitsdienst.«

Der Russe hob seinen Kopf und knurrte: »Dann sollte ich wohl die Höflichkeit erwidern.« Die Pistole schnellte hoch, und er feuerte. Einen Zentimeter neben Bonds Knie schlug die Kugel in den Sessel ein.

»Kirows Beerdigungsinstitut, vier Uhr heute nachmittag!« Bond sprach sehr schnell, um einem weiteren Schuß zuvorzukommen.

»Tatsächlich?« Zukowskij wuchtete sich von seinem Stuhl hoch. »Ich glaube, das besprechen wir lieber unter vier Augen.«

Nach all dem roten Plüsch und Samt in Zukowskijs Club war sein Büro eine echte Überraschung. Ordentliche, moderne Möbel und Aktenschränke, ein Computer auf einem penibel aufgeräumten Schreibtisch und herrlich duftender Kaffee in einer großen Kaffeemaschine.

Zukowskij bot James Bond Platz an und füllte zwei Tassen mit Kaffee. »Wenn meine Erinnerung mich nicht trügt, trinken Sie ihn schwarz, ohne Zucker?«

»Ihre Gedächtnis ist ausgezeichnet.«

»Wie für Sie, James Bond, ist das Erinnerungsvermögen auch für mich eine der wichtigsten Waffen.«

Über seinem Schreibtisch hing eine gerahmte Fotografie des KGB-Hauptquartiers am Dserschinskij-Platz. Bond wies mit einem Kopfnicken auf das Bild. »Sie hängen immer noch an den alten Tagen, Valentin?«

»Es ist immer noch die Moskauer Zentrale.« Er setzte sich hinter seinen Schreibtisch. »Die Amerikaner haben ein Sprichwort: ›Was geht, das kommt auch wieder.‹«

»Wie wahr!«

»Ich glaube fest, daß wir alle binnen einer Dekade wieder im alten Geschäft arbeiten werden. Politische Ideologien sterben nicht so einfach, und sie lassen sich auch nicht durch eine bloße Deklaration ausradieren. Also, was ist mit Kirows Beerdigungsinstitut?«

»Zweihundert Pfund hochexplosiver C-4-Sprengstoff, versteckt in einem Sarg. Ihr Mann fährt den Leichenwagen hinein, das Geld wechselt den Besitzer, und der andere fährt den Wagen wieder hinaus.«

»So?«

»Der andere wird verhaftet und der Sprengstoff beschlagnahmt werden. Mit diesem beruhigenden Wissen kann Ihr Mann verduften, und das mit dem Geld in der Tasche. Und ich verspreche Ihnen, folgendes wird geschehen: Wenn bestimmte Leute bis drei Uhr nichts von mir hören, geht alles den Bach runter: der Sprengstoff, deren Mann, Ihr Mann und die Kasse.«

Zukowskijs feister Kopf nickte. »Und was schulde ich Ihnen für diese Information?«

»Sehr wenig. Sie sollen mich mit Janus in Verbindung bringen.«

Der Russe gab ein kleines Geräusch von sich, halb Grunzen, halb Lachen. »Was hat Janus Ihnen denn getan?«

»Er hat einen Hubschrauber geklaut.«

»Na und? Ich habe sechs.«

»Sie haben drei. Und keiner von denen fliegt.«

Zukowskij lachte. »Was soll's!«

»Valentin!« Bond wurde ernst. »Diese Leute sind nicht einfach Kriminelle. Sie sind Verräter. Sie haben den Hubschrauber benutzt, um eine neue nukleare Weltraumwaffe zu stehlen. Dabei haben sie eine ganze Reihe unschuldiger Menschen ums Leben gebracht.«

»Was sonst kann man von einem Kosaken erwarten?«

»Wen meinen Sie?«

»Diesen Janus. Ich bin ihm nie begegnet. Aber ich weiß, was er ist: ein Lienz-Kosake.«

»Diese Kosaken, die für Hitler gekämpft haben? In dem Großen Vaterländischen Krieg, wie ihr es genannt habt?«

»Und ihr nennt es den Zweiten Weltkrieg? Gut, Sie kennen sich aus in der Geschichte. Als der Krieg vorbei war, haben sich die Lienz-Kosaken in Deutschland den Engländern ergeben. Sie dachten, sie würden von den britischen Streitkräften übernommen, um in einem nächsten Krieg den Kommunismus auszulöschen. Aber die Briten haben sie übers Ohr gehauen. Die Lienz-Kosaken wurden zu Stalin zurückgeschickt, der sie prompt exekutieren ließ, mit ihren Frauen, den Kindern, den ganzen Familien.«

»Das ist eine ziemlich simple Sicht der Sache, aber im Kern stimme ich Ihnen zu – das war nicht gerade eine der Sternstunden Britanniens.«

»Natürlich haben Sie recht. So verkürzt erzählt, klingt die Geschichte simpel. Die waren ein brutales Pack und haben am Ende nur bekommen, was sie verdient haben. Aber die Familien waren unschuldig. Was ist nun mit Janus?«

»Ich möchte, daß Sie Kontakt mit ihm aufnehmen. Das müßte Ihnen doch möglich sein. Erzählen Sie ihm von mir und daß ich überall nach dem Hubschrauber herumfrage. Sie können ihm vielleicht auch sagen, daß wir heute abend im Grand Hotel Europa verabredet sind. Das könnte ihn aus der Deckung locken.«

»Wir beide sind dann quitt, und er schuldet mir was.«

»Genau.«

Valentin Zukowskij stand auf und humpelte zur Tür. »Wenn Sie jemals Ihren Job wechseln wollen, lassen Sie es mich wissen.«

Schon in der Tür stehend, sagte Bond: »Solange es Leute wie Sie gibt, Valentin, finde ich immer Arbeit.«

Nataljas Uhr war zerbrochen, als die Nuklearexplosion die Sewernaja-Station gesprengt hatte. Das war ihr erst auf der Zugfahrt nach St. Petersburg aufgefallen, und es hatte sie tief traurig gemacht. Sie hing sehr an dieser Uhr. Ihre Eltern hatten auf vieles verzichtet, um ihr dieses Abschiedsgeschenk kaufen zu können, als sie zur Universität gegangen war. Natürlich hätte sie sich im nächsten Devisen-Shop eine neue Uhr kaufen können, aber sie wollte sich von ihrer alten nicht trennen. Vielleicht würde sie ja einen Uhrmacher finden, der die Uhr reparieren konnte. Vorläufig wollte sie sich an den öffentlichen Uhren orientieren, die kaputte Uhr aber trotzdem weiter tragen, da sich das Armband an ihrem Handgelenk angenehm vertraut anfühlte.

Am Abend zuvor hatte sie in einer Nebenstraße ein kleines Hotel gefunden, wo sich niemand für ihren Paß interessierte, solange sie im voraus und in harter Währung bezahlte. Die Tatsache, daß ihr Gehalt in Sewernaja in amerikanischen Dollars bezahlt worden war – ein großer Ansporn, über den genauen Charakter dieser Arbeit zu schweigen –, war für sie zu einem der wichtigsten Überlebensfaktoren geworden. Und sie dankte Gott dafür.

Sie hatte lange geschlafen, ihr Hotelzimmer geräumt und war dann spazierengegangen, hatte sich Straßen und Plätze angeschaut, um die Zeit bis zum Abend herumzubringen. Als erstes war sie zur Kirche der heiligen Jungfrau von Smolensk gegangen, einer kleinen, blau angestrichenen orthodoxen Kirche in der Nähe des Smolnij-Institutes. Wie sie dort bemerkte, hatte sie begonnen, wie ein Verbrecher oder wenigstens wie ein Flüchtling zu denken. Automatisch hatte sie die Ein- und Ausgänge sowie die angrenzenden Straßen und Gassen überprüft.

Ungefähr um zehn vor sechs Uhr abends kehrte sie zur Kirche zurück. Wie schon am Vormittag betrachtete sie die Außenfassade und ging noch mal um die Kirche herum, ehe sie eintrat.

Die Kirche war ein kleines Juwel, mit atemberaubenden Ikonen und einer Atmosphäre, die sie emotional aufwühlte. Sie wußte nicht, ob sie an Gott glaubte oder all die anderen orthodoxen Überzeugungen teilte. Nun aber, da sie die Kirche betreten hatte und der Geruch von Weihrauch ihr in die Nase stieg, hatte sie das Bedürfnis zu beten.

Sie ging langsam durch das Mittelschiff, auf die Ikone der heiligen Jungfrau von Smolensk zu. Sie warf eine Münze in die kleine Büchse und entzündete eine Votivkerze. Dann kniete sie nieder zum Gebet.

Sie betete für ihre Eltern, für die Seelen all ihrer Freunde, die in der Sewernaja-Station umgekommen waren. Dann betete sie für sich selbst, betete um Rettung aus der Gefahr, in der sie schwebte. Niemand hatte sie das Beten gelehrt, aber es ging alles wie von selbst, als spräche sie zu einem guten Freund. Schließlich fügte sie hinzu, daß Gottes Wille geschehen möge.

Dann, plötzlich, wurde ihr bewußt, daß sie sich schon zehn bis fünfzehn Minuten in der Kirche befand. Sie wurde unruhig. Von Boris war nichts zu sehen. Panik ergriff sie. War Boris geschnappt worden? Hatte man sie in eine Falle gelockt?

Ihre panische Angst wurde stärker, während sie durch das Mittelschiff zum Westeingang zurückging. Auf halbem Wege blieb sie stehen und drehte sich ruckartig um. War da nicht ein Geräusch? Leise Schritte hinter ihr? Sie sah, wie die Flammen der Votivkerzen vor der Ikone flackerten, als sei jemand hastig vorbeigegangen.

Von erneut aufkommender Angst getrieben, begann sie zu rennen, das Mittelschiff entlang zum Ausgang – direkt in die Arme eines Mannes, der soeben die Kirche betrat.

»Natalja!« sagte Boris.

»Boris!« Ihr Herz pochte. »Boris, was ist …«

Er legte einen Finger auf seine Lippen. »Schnell, komm mit. Wir haben nicht viel Zeit.«

Er ergriff ihre Hand. Einen Moment noch blieb sie stehen, hielt ihn zurück, ging dann aber doch mit ihm. Er legte seinen Arm um ihre Schulter und führte sie zu einem Vorhang neben der Ikone der heiligen Jungfrau von Smolensk.

Noch immer hielt er sie umfaßt, als sie gemeinsam durch den Vorhang traten. Dann blieben sie stehen.

Für einen Sekundenbruchteil konnte sie es nicht glauben. Sie sah Boris an, dann die Frau, Xenia Onatopp, die hinter dem Vorhang stand – wie ein schrecklicher Vorbote des Todes.

Natalja versuchte sich loszureißen, doch dann fühlte sie, wie die Nadel durch ihre Kleidung hindurch in ihre rechte Schulter stach. Sie sah, wie sich alles um sie herum zu drehen anfing, und noch einmal blickte sie in das gräßliche Gesicht von Xenia, deren Mund weit geöffnet war, als ob sie Natalja verschlingen wolle. Dann wurde es dunkel.

Boris grinste Xenia an. »Dumme kleine Gans«, sagte er.

»Bringen wir sie in den Wagen. Ich habe noch eine andere Verabredung«, sagte Xenia mit unverhohlener Vorfreude.

Im Basement des Grand Hotels Europa befindet sich ein großes, komfortables Bad, das sehr den türkischen Bädern in London und New York ähnelt – mit dem Unterschied allerdings, daß die Innenarchitekten auf die Tradition des eigenen Landes zurückgegriffen und sehr viel mehr Stilelemente des alten Zarenreiches als der türkischen Baukunst verwendet haben. Große Kronleuchter unter der Decke, kleinere in den Wandelgängen, Marmorsäulen, rote Plüschsessel und Drapierungen – und ein ungewöhnlich starker Chlorgeruch.

In den Abendstunden fanden sich hier viele Geschäftsleute ein, um in dem luxuriösen Hallenbad zu schwimmen oder sich nebenan im Dampfbad zu entspannen.

Trotz des Chlorgeruchs war es ein hervorragender Platz, um Ruhe und Erholung nach des Tages Arbeit zu finden.

Bond war froh, daß er schon vor allen anderen hierhergekommen war. Er zog es vor, für sich allein zu schwimmen und im Dampfbad zu schwitzen. Deswegen hatte er auch, als er eintraf, das Schild ›GESCHLOSSEN WEGEN REINIGUNGSARBEITEN‹ an das Hauptportal gehängt.

Es gab noch einen anderen Grund, warum er allein sein wollte. Er hoffte sehr, daß Janus den ausgeworfenen Köder schlucken würde. Aus diesem Grund hatte er schon die Umkleideräume überprüft und, durch Schwaden von heißem Dunst tappend, die Dampfkabinen inspiziert, besonders die große mit der herrlichen Kachelung. Während er nun die Wellen des Swimmingpools durchmaß, wanderten seine Gedanken noch einmal zu den Ereignissen des Tages zurück, seiner Wiederbegegnung mit Zukowskij und dem Telefongespräch mit Jack Wade. Er hatte den Amerikaner, wie vereinbart, vor drei Uhr angerufen, so daß Zukowskij ungestört seinen Handel abschließen konnte. Der Plastiksprengstoff war in den Händen der Behörde, und Valentin hatte das Geld eingesteckt. Im Gegenzug war es ziemlich sicher, daß Janus jetzt informiert worden war und ihn, Bond, als angekettetes Opferlamm im Grand Hotel vermutete.

Bond schwamm flott und zügig seine Bahnen. Er fühlte sich gut. Er fühlte sich noch besser, als er am Ende des Beckens auftauchte und vor sich die beiden gewaltigen Marmorsäulen sah, die den Eingang zum Dampfbad begrenzten. Dampfwolken wehten und waberten hin und her, als ob dort ein Geist hindurchgegangen wäre.

Irgend jemand, dachte er, hat den Köder geschluckt und lauert nun dort inmitten des Dampfes. Zeit für mich, die Poren zu weiten und in eben diesen Dampf hineinzumarschieren.

Er stieg aus dem Wasser, schüttelte sich, griff zu dem

Handtuch, das am Ende der Bahn bereitlag, trocknete sich die Haare ab und ging durch den Torbogen, hinein in die wallende Dampfwolke. In einer Nische hatte er hier seinen Bademantel abgelegt.

Jetzt konnte er sich nur noch auf seinen Instinkt verlassen. Auf Instinkt, Gefühl, Intuition. Da war doch jemand! Ganz nah. Und er lauerte in böser Absicht.

Bond spürte seine Gegenwart, obwohl er ihn nicht sehen konnte. Jetzt tauchte links vor ihm eine große Säule aus dem Dunst auf, an der er vorbei mußte, um zu seinem Bademantel zu gelangen. Er wich nach rechts aus, ging an der Säule vorbei, dabei angestrengt nach links spähend, obwohl das, was er zu sehen glaubte, genausogut eine dichte Dampfwolke sein konnte.

Im Laufe der Jahre hatte er hundertfach in Lebensgefahr geschwebt, war unzählige Male im Visier eines Feindes gewesen und hatte seinerseits Dutzende von Malen einen Gegner gejagt. Nun wandte er sich nach links und machte zugleich einen Sprung vorwärts. Er duckte sich sofort, für den Fall, daß sein Gegner ein Messer hatte – die ideale Waffe für eine Situation wie diese.

Seine Hand schnellte nach vorn, seine Finger berührten Fleisch. Er griff zu, umklammerte fest ein Handgelenk, sprang vorwärts und zerrte die Gestalt – wen immer er da erwischt hatte – in die verhältnismäßig klare Luft der Nische, in der sein Bademantel lag.

Vor ihm stand Xenia Onatopp, die mit der freien Hand ein Badetuch vor sich hielt. Ein Ruck an ihrem Handgelenk; sie verlor die Balance und stürzte zu Boden. Rasch griff Bond nach der Pistole, die unter seinem Bademantel auf der schmalen Umkleidebank lag.

Als er sich zu Xenia umdrehte, war sie schon wieder auf den Beinen. Sie lächelte ihm zu und ließ langsam das Badetuch fallen. Obwohl er ernste Gefahr witterte, wischte sich Bond den Schweiß aus den Augen. Die nackte Xenia war die fleischgewordene Erfüllung aller männlichen Wunschträume.

»Sie brauchen keine Pistole, Commander.« Ihre Stimme klang kehlig und fast flehend.

»Kommt ganz darauf an, wie Sie *Safer Sex* definieren, Miss Onatopp.«

Sie ging auf ihn zu. Zwei Schritte.

»Das ist nahe genug.«

»Nicht für das, was ich im Sinn habe.« Sie ging weiter, hob ihre Hand, um seinen Kopf zu streicheln. Eine Sekunde später küßte sie ihn mit solcher Inbrunst, als müsse sie einen verzehrenden Durst löschen.

Er war außerstande, sich ihrer aggressiven Leidenschaft zu widersetzen. Langsam schob er sie etwas zurück, ging in die Knie und legte die Pistole auf die Bank zurück, ehe er sie in eine enge Umarmung zog.

Während sie einander leidenschaftlich küßten, biß sie ihn auf einmal kräftig in die Lippe. Er versuchte, sich von ihr zu lösen und nach der Pistole zu greifen, doch sie trat ihm in die Kniekehlen, und er verlor den Halt und ging zu Boden.

Diesmal warf sie sich wie eine Löwin auf ihn, zerrte an seiner Badehose, zog sie ihm vom Leib, setzte sich mit gespreizten Beinen über ihn und flüsterte: »James, willst du mir weh tun? O bitte, tu mir weh, wenn du willst.«

Er kämpfte mit sich, aber sein Geist kam mit seinem Körper nicht überein. Für – wie es ihm vorkam – lange Augenblicke verstrickten sie sich in eine Art erotischen Ringkampf, zwei nackte, nasse Körper, keuchend, ächzend, von ihren Instinkten geleitet wie Tiere. Schließlich lag er über ihr und drang langsam in sie ein, während sie ihm zustöhnte: »Tu mir weh, James, verletz mich, stoß zu!«

Irgendwie kam ihm Shakespeares Definition in den Sinn: ›Das Tier mit den zwei Rücken machen‹. Sehr passend. Dann aber meldete sich die kleine Alarmklingel in seinem Hinterkopf. Er spürte, daß sie nicht allein waren. In diesem Moment glitten Xenias Beine um seinen Oberkörper und drückten ihm den Brustkasten zusammen. Er erinnerte sich an den zermalmten Körper des Admiral Farrel, irgendwann vor tausend Jahren in Monte Carlo.

Während er sich hochstemmte, um die Klammer ihrer Beine zu sprengen, drehte er ein wenig seinen Kopf zur Seite, und sein Blick fiel auf seine Armbanduhr. Da bemerkte er im spiegelnden Uhrglas einen Schatten, der aus den Dampfschwaden trat.

Xenia Onatopp verstärkte nun ihren Zangengriff. Ihre Füße hinter seinem Nacken, spannte und entspannte sie abwechselnd ihre Beinmuskeln.

»O ja!« keuchte sie. »Ja … ja … ja!«

Er schnappte sie, als sich ihre Beine etwas lockerten, um erneut zuzudrücken. Um der mörderischen Umschlingung entgegenzuwirken, setzte er seine eigene Körperkraft ein, schnellte hoch, drehte sich, stemmte seine Füße unter ihren Leib und trat mit aller Kraft zu. Sie wurde hochgeschleudert, flog im Bogen über seinen Kopf hinweg und krachte auf den Boden. Im Flug prallten ihre Fersen genau in den Mund des näherkommenden Mannes, der laut aufschrie, während ihm Blut von den Lippen und aus der Nase spritzte.

Bond schleuderte Xenia beiseite und schlug dem Eindringling seine Fäuste ins Gesicht. Der verlor den Boden unter den Füßen und prallte rückwärts mit einem derartigen Getöse gegen die Wand, daß Bond zusammenzuckte.

Er wandte sich um.

»Nein, nein, nein! Bleiben Sie, wo Sie sind, Xenia!« Er hatte seine Pistole wieder in der Hand. »Genug des Vorspiels. Sagen Sie mir jetzt, wer Sie und den armen Schlucker da ausgeschickt hat.«

»Was vermuten Sie denn?«

»Ich würde auf Janus wetten.«

»Die Wette steht hundert zu eins. Natürlich war es Janus.«

»Dann bringen Sie mich zu ihm.«

Sie entspannte sich für eine Sekunde. »So? Oder möchten Sie sich lieber erst etwas überziehen?«

Xenia erklärte, sie würden sich im Statuen-Park treffen. Dann erläuterte sie, was es mit dem Statuen-Park auf sich hatte, und verlor sich in unzähligen Details. Bond tat so, als höre er dies alles zum erstenmal.

Während sie ihren Monolog sprach, lag sie auf seinem Bett. Ihre Hände und Füße waren mit zwei seiner Krawatten gefesselt, während eine dritte Hand- und Fußfesseln miteinander verband.

Als er unten im Dampfbad seinen Bademantel übergezogen hatte, war er auf ihre Kleider gestoßen, ein T-Shirt und eine alte Jeans, die sie unter ihrem Bademantel getragen hatte. Sie waren im Lift zu seiner Etage hinaufgefahren, sehr eng beieinander, da er sie fest am Arm gehalten und ihr die Pistole in die Rippen gedrückt hatte.

Jetzt zog er sich fertig an. Dann band er sie los. »Okay bringen Sie mich zu ihm!«

Sie saß am Steuer, und er behielt seine Waffe in der Hand, damit sie nicht auf dumme Gedanken kam. Wieder spulte sie die Geschichte von der außergewöhnlichen Ansammlung zerbrochener und weggeworfener Statuen ab, der sichtbaren Symbole einer politischen Ideologie, die – vielleicht, vielleicht auch nicht – überwunden war.

»Das ist der Park?«

»Ja.« Jede Spur von Xenias sexueller Unrast war verschwunden.

»Gut, meine Liebe. Ich hatte einen reizenden Abend. War es auch nett für Sie?«

»Das Vergnügen war ganz auf Ihrer Seite.«

»Bitte, haben Sie Verständnis, daß ich Sie nicht anrufen werde.«

»Ich werde deshalb keine schlaflosen Nächte verbringen.«

»Gut.«

Er drehte sich ein wenig in seinem Sitz, so daß sie für einen winzigen Moment annahm, er wolle ihr einen Abschiedskuß geben. Statt dessen sauste seine linke Hand herunter und versetzte ihr einen Handkantenschlag an der empfindlichen Stelle direkt hinter dem rechten Ohr. Dieser eine Schlag genügte. Ihr Mund öffnete sich zu einem kleinen Schmerzensschrei, dann sank sie vornüber aufs Steuerrad.

»Süße Träume!« sagte er, stieg aus dem Wagen und fand sich direkt am Fuße der Statue von Felix, dem Eisernen Felix Dserschinskij, Gründer des ehemaligen KGB, des jetzigen RIS.

Er machte zwei Schritte in den sogenannten Park. Hinter den Bruchstücken der Revolutionshelden erkannte er in der Dunkelheit die Umrisse des *Tigre*-Hubschraubers und den Schatten eines Menschen, der hinter den Statuen herumhuschte.

Bond zog seine Pistole und ging langsam auf den Hubschrauber zu. Er hatte vier Schritte gemacht, als die Gestalt wieder in Sicht kam: ein Mann, der gemächlich auf eine kleine Lichtung zwischen den Bäumen zuschritt. In der Nähe war das Geräusch eines Eisenbahnzuges zu hören. Dann, als Mondlicht auf die Lichtung fiel, war der Mann besser zu sehen, und Bond erblickte ein grotesk deformiertes Gesicht: Die ganze linke Seite war durch eine Hauttransplantation entstellt, und seine linke Mundhälfte war maskenhaft erstarrt. Die Stimme aber war Bond nur allzu bekannt.

»Hallo, James«, sagte Alec Trevelyan.

11
Der Gott mit den zwei Gesichtern

»Alec?«

Im ersten Moment mochte Bond seinen Sinnen kaum trauen. Er fröstelte und spürte einen plötzlichen Brechreiz. Doch der lähmende Zweifel schlug sogleich in Ärger um. Eigentlich hätte er die Frage gar nicht stellen müssen, denn er kannte Alec als Freund und Kollegen, seit er seine Geheimdienstkarriere begonnen hatte.

»Ja.« Die vertraute Stimme klang wegen der Mundverletzung ein bißchen undeutlich. »Ja, James, ich bin von den Toten auferstanden. Ich bin keines von diesen anonymen Kreuzen auf der Gedenktafel des SIS-Hauptquartiers. Gibt's diese Gedenktafel eigentlich noch im neuen Gebäude?« Er hielt inne, als erwarte er eine Erwiderung. »Was ist los, James? Keine witzige Bemerkung? Kein markiges Willkommen? Du warst doch für deine geistreichen Einzeiler bekannt.«

»Diesmal habe ich nur einen Ein-Worter für dich, Alec.«

»Das ist neu. Laß hören!«

»Warum?«

»Warum? Sehr lustig, James. Du fragst warum? Weil ich ziemlich gut Russisch kann. Genügt dir das?«

»Nein. Ich denke, du schuldest mir eine anständige Antwort.«

»Okay. Wie wär's hiermit: weil ich meine Knochen riskiert habe, mit Maschinenpistolen und Handgranaten in der Welt herumgerast bin und mein Leben aufs Spiel gesetzt habe, um dann irgendwo auf einem Müllhaufen zu landen?«

»Das kann jedem passieren, Alec. Wir unterscheiden uns nicht von Soldaten und Staatsdienern. Nimm irgendeinen Beruf, es ist überall dasselbe.«

»Ach, du glaubst, es ist in Ordnung, gerade mal eben einen Krieg zu gewinnen, und wenn du nach Hause kommst, hörst du dann solche Worte wie ›Prima gemacht, Jungs, hervorragend! Aber die Zeiten haben sich geändert, goodbye.‹ Hältst du das für fair?«

»Keiner hat gesagt, daß das Leben fair sei.«

»Genau. Das ist es! Ich habe mich verdrückt, weil ich als Arbeitsbiene keine Zukunft für mich sah. Ich arbeite jetzt freiberuflich.«

»Als Freischaffender? Obwohl du einen Eid geleistet hast?«

»Worauf? Auf Königin und Vaterland?«

»Wir haben versprochen, unseren Job zu tun, so einfach ist das.«

»Na fein, James. Ja, wir haben ein Gelöbnis abgelegt. Aber die Welt hat sich geändert. Ich habe mich gerade noch zur rechten Zeit aus dem Staub gemacht.«

»Die Welt ändert sich immer wieder. Das ist ein Teil des Lebens und ein Teil des Jobs.«

Alec lachte bitter auf. »Ein Teil des Jobs? Alles zu riskieren und dann mit leeren Händen dazustehen?«

»Hängt davon ab, was du unter ›leeren Händen‹ verstehst, Alec. Die Welt ändert sich ständig. Kriege kommen und gehen. Im Moment sieht es so aus, als hätte unser alter Feind aufgegeben. Aber er hat ein Chaos hinterlassen.

In meinem Job – der ja auch mal dein Job war – ist mehr zu tun als je zuvor. Teile des alten russischen Reiches zerfallen. Aber nun gibt es neuen Terror, und überall, wo's Terror gibt, sind wir gefragt.«

»Nichts für mich, James. Ich bin freischaffend und fühle mich wohl dabei, vielen Dank.«

»Du willst das Chaos lieber schaffen als verhindern?« Bond hob die Hand, und mit ihr die Pistole.

»O James, nimm die Knallflöte weg. Glaubst du wirklich, ich hätte nicht alles, was du tust, vorausgesen?« Trevelyan wandte sich um und ging langsam davon.

Dieser Mann, erkannte Bond, ist schon viel zu weit gegangen, als daß man ihn zurückholen könnte. Aber was war mit der Explosion? Mit Ourumows Kugel? Was war nach ihrem Einsatz in den achtziger Jahren geschehen? »Ich habe dir vertraut!« rief er.

»James, sei nicht so verdammt melodramatisch! Ich habe dich immer für einen Realisten gehalten.« Trevelyan machte kehrt, kam wieder näher. »Vertraut?« Er äffte Bonds Stimme nach. »Vertrauen gibt's nicht mehr, weg vom Fenster, aus dem Wörterbuch gestrichen. Die Buchhalter haben übernommen, hast du das noch nicht begriffen? Der heutige Diktator ist morgen überzeugter Demokrat. Bombenwerfer und Terroristen kriegen den Nobelpreis. Es geht nur noch ums Geld. Wir stecken in einem Sumpfloch von Korruption – und das Ganze läuft unter dem Titel ›freie Marktwirtschaft‹. Eine Moralvorstellung, bei der deine Freunde so schnell kommen und gehen wie der nächste Bus in der Regent Street oder Fifth Avenue.« Er brach ab, offenbar, um seine Worte wirken zu lassen.

»Wieso ist eigentlich der SIS-Überprüfung entgangen, daß du aus einer Lienz-Kosaken-Familie stammst? Das allein hätte genügt, um dich zum Sicherheitsrisiko zu stempeln.«

»Die haben's gewußt, James. Die haben alles gewußt. Sie dachten nur, ich sei noch zu jung, um mich zu erinnern.« Er sah Bond an. »Wir beide sind Waisen, James. Ist dir nie aufgefallen, daß der Geheimdiest Waisen bevorzugt? Der SIS soll deine Familie sein. Deine Eltern hatten den Vorzug, bei einem Bergunfall ums Leben zu kommen. Meine überlebten den tückischsten Streich, der im Namen der britischen Regierung je verübt wurde. Sie entgingen Stalins Todesschwadronen. Aber mein Vater glaubte, weder er noch seine Frau könnten so weiterleben. Der SIS glaubte tatsächlich, ich könne mich daran nicht erinnern. Eine hübsche, kleine Ironie des Schicksals. Der Sohn begann, für eine Regierung zu arbeiten, deren Verrat seinen Vater veranlaßte, seine Frau zu töten und sich selbst das Leben zu nehmen. Aber ich habe mich immer daran erinnert, James. Auch solange ich hundertprozentig loyal war – ich habe nichts davon vergessen.«

Bond nickte. »Daher Janus. Der Name ist gut gewählt, Alec. Der doppelgesichtige römische Gott erwacht wieder zum Leben.«

Zufällig oder absichtsvoll drehte Alec seinen Kopf, so daß Bond erst die unverletzte rechte Gesichtshälfte sah und anschließend die zur scheußlichen Karikatur entstellte linke Seite. »Nicht Gott hat mir dieses Doppelgesicht gegeben. Du warst es, James! Du hast den Zeitzünder auf eine Minute eingestellt.«

»Freund Ourumow hat auf dich geschossen, bevor die Zeit abgelaufen war. Was hat er dir angeboten, Alec? Einen Sitz zur Rechten Gottes? Von mir erwartet man wohl, daß ich mich für das entschuldige, was zu tun nötig war.«

»Nein, James. Nein, von dir erwartet man, daß du stirbst.«

Einen Moment lang standen sie sich, Auge in Auge, gegenüber. Da bemerkte Bond zu seiner Rechten eine Bewegung. Es war ein kleiner roter Punkt, kaum größer als eine Bleistiftspitze. Er wanderte von seiner Schulter zum Gesicht und dann herunter auf seine Brust. Ein Laserstrahl! Irgend jemand, zwischen den grotesken Schutthaufen versteckt, hatte ihn buchstäblich im Visier.

Trevelyan wandte sich ab, verhielt noch einmal nach drei Schritten und sagte über die Schulter: »Ich hatte vor, dich zu fragen, ob du nicht unserer kleinen Gruppe beitreten möchtest. Aber ich sehe ein, daß deine Loyalität immer irgendwelchen Regierungsbefehlen gelten wird und nicht deinen Freunden.« Damit verschwand er in der Dunkelheit.

Im selben Augenblick ließ sich Bond zu Boden fallen, feuerte in die Finsternis, rollte nach rechts, sprang auf, rannte und suchte nach einer Deckung. Aber der Nadelkopf des roten Lichtes blieb bei jeder Bewegung auf ihm haften. Dann drückte der verborgene Heckenschütze auf den Abzug.

Bond hörte ein Zischen – wie bei der Entladung eines Blitzstrahls –, das durch die Luft auf ihn zukam. Dann fühlte er einen starken Schlag gegen seine Brust und ahnte im selben Moment, daß man aus weiter Entfernung mit einem großkalibrigen Betäubungsgewehr auf ihn geschossen hatte. Zum zweitenmal an diesem Tag wurde ihm schwarz vor Augen, und sein Bewußtsein schwand, als hätte jemand mit einem scharfen Messer all seine Gedanken und Gefühle gekappt. Das letzte, was er bemerkte, war Brandgeruch.

Harte, gleichmäßige Schläge trafen Bonds Rücken. Jemand rief ihm etwas zu. Eine Frau, die mit Akzent sprach. Er konnte sich weder bewegen noch seine Augen öffnen, und seine Brust fühlte sich an, als hätte ihm ein Maulesel einen Tritt verpaßt.

Er versuchte, wieder einzuschlafen. Wer schläft, dem kann nichts passieren, und er wollte jetzt keinerlei Gefahren ins Auge sehen.

»Wachen Sie auf! Wachen Sie auf, Mister! ... Sir, aufwachen! ... Bitte, wachen Sie auf!« Eine Frauenstimme, zweifellos mit russischem Akzent. Er hatte das Gefühl, als schlage sie ihm auf den Rücken – oder irgendwo dorthin, wo sein Rücken sein mußte. Schließlich raffte er sich auf und fand sich in einer sehr fremden Welt wieder.

Wie immer ein wahrhaft durchschlagender Erfolg: Die neuen Geheimwaffen des legendären »Q« (Desmond Llewelyn).

»Q«'s neuentwickelter Kugelschreiber schreibt schlecht – hat aber offensichtlich andere Qualitäten…

Ganz entspannt? Bond weiß, daß der Terrorist Janus es auf ihn abgesehen hat.

Tödliche Umarmung: Bond im Nahkampf mit der eiskalten Killerin Xenia Onatopp (Famke Janssen).

Er saß in einem Cockpit. Reihen von Instrumenten und Schaltern waren vor ihm, und um ihn herum eine Kanzelhaube. Aber er war fest an seinen Sitz gefesselt, mit Schnüren um Brust und Arme, von links nach rechts und von rechts nach links. Weitere Schnüre schnitten ihm in die Handgelenke, Fußknöchel und Kniekehlen. Es war nicht die Intelligenz eines Genies nötig, um festzustellen, daß er, zur Untätigkeit verdammt, im vorderen Cockpit-Teil des *Tigre*-Hubschraubers saß.

Die Stimme und das anhaltende Klopfen kamen von hinten, vom Platz des Navigationsoffiziers. »Wachen Sie auf … aufwachen!« erklang es eintönig wie die Beschwörungsformel eines indonesischen Wanderpriesters.

Es gelang Bond, seinen Kopf so weit zu bewegen, daß er das attraktive Gesicht der dunkelhaarigen Frau sehen konnte, deren Füße immer weiter gegen die Rückwand seines Pilotensitzes trampelten.

»Ich bin wach! Ich bin ja wach, schon in Ordnung.« Seine Stimme klang undeutlich; seine Kehle war wie ausgedörrt. Er versuchte, seinen Kopf weiter herumzudrehen, um etwas mehr zu sehen, aber vergeblich. Er zerrte an seinen Fesseln, aber die lockerten sich nicht um einen Zoll.

»Tun Sie etwas!« flehte die Frau. »Um Himmels willen, tun Sie etwas!«

»Ich bin ein bißchen müde … Okay.« Mit aller Kraft versuchte Bond, sich vorzubeugen, und es gelang ihm, einige der Schalter mit seinem Gesicht zu erreichen. Er betätigte sie mit der Nase, dem Mund und der Stirn. Einige der Instrumente leuchteten auf, ein Heulen war zu hören, als der Motor ansprang und sich die Rotorblätter zu drehen begannen.

Ein heller Signalton erregte seine Aufmerksamkeit. Die Schmerzen mißachtend, die ihm seine Fesseln verursachten, beugte er sich so weit wie möglich nach vorne, um einen Blick auf das betreffende Instrument zu werfen.

Er sah ein aufblitzendes Display an der Waffen-Kontroll-Schalttafel. Es ergleißte in Rot: ABSCHUSS IN SEKUNDEN: 17 … 16 … 15 …

Abschuß? dachte er. Eine Rakete? Der Hubschrauber selbst?

Die Ziffern wirbelten unaufhaltsam, und Bond fragte sich, ob dies sein persönlicher Countdown zum Tode war – für sich und die junge Frau hinter ihm.

… 07 … 06 … 05 … 04

Die ganze Kabine wurde heftig erschüttert, als mit großem Getöse, einen Feuerstrahl hinter sich herziehend, zwei Raketen unter den Stummelflügeln hervorschossen.

Die Flugkörper bewegten sich so schnell, daß ihre züngelnden Flammen schon zwei Kilometer entfernt waren, ehe Bond richtig gewahr wurde, was geschehen war. Die Raketen flogen tief über die Dächer und Lichter von St. Petersburg. Dann stiegen sie aufwärts, steil in den Himmel, wobei sich ihre Flugbahnen kreuzten.

Von der Waffen-Kontroll-Schalttafel kamen immer noch Geräusche. Ein hohes Heulen, gefolgt von einer Art Brummen und dann einem dringlich piepsenden Warnton. Das mußte die Ziel-Annäherungs-Anzeige sein.

Bond schaute nach unten und entdeckte ein weiteres Zählwerk. Eine Ziffernreihe war bei der Zahlenkombination 003.109.001. stehengeblieben. Das mußte die Position des Ziels sein. Darunter eine zweite Reihe durchlaufender Ziffern, die plötzlich bei denselben Koordinaten stoppte: 003.109.001. Auf einmal begriff Bond, wo sich das Ziel der Raketen befand. Er saß mittendrin.

Weit weg, hoch am Himmel, flogen die Raketen eine Kurve und kamen nun, ständig an Höhe verlierend, zurück, mit direktem Kurs auf den Hubschrauber. Bond fühlte, wie ihm der Schweiß aus allen Poren trat, während er wie wahnsinnig nach dem einen möglichen Ausweg suchte. Er schrie dem Mädchen hinter sich zu: »Ich suche einen viereckigen roten Knopf, wahrscheinlich beleuchtet. Können Sie ihn sehen?«

»Da! Rechts von Ihnen! Rechts!«

Er blickte hin – da war der rote Knopf mit der Aufschrift ›SCHLEUDERSITZ-AUSLÖSUNG‹, doch außerhalb seiner Reichweite.

Mit aller Kraft bäumte er sich auf, stieß einen Schrei aus, schlug mit seinem Kopf nach dem Knopf – und spürte, wie seine Schläfe ihn berührte. Abermals verwandelte sich die Welt.

Die Rotoren heulten auf und wurden vom Helikopter weggeschleudert. Unter ihm gab es einen Donnerschlag, dann wurde das Cockpit in die Luft katapultiert und schoß etwa hundert Meter in die Höhe, ehe sich die Fallschirme öffneten.

Auf dem Scheitelpunkt schien die Kabine eine Weile bewegungslos an den Fallschirmen zu schweben. Unter ihnen aber gab es eine verheerende Explosion, als die beiden Raketen in den Helikopter einschlugen. Ein gewaltiger Feuerball stieg hoch und hüllte für ein paar Augenblicke die langsam zu Boden sinkende Kabine ein.

Das Mädchen hinter Bond schrie vor Entsetzen. Ihm war bewußt, daß auch sein Mund geöffnet war, aber er hätte nicht sagen können, ob er vor Schrecken stumm blieb oder gleichfalls seine Angst laut herausschrie.

Die Kapsel sank zu Boden und kam mit einem Ruck auf, der sämtliche Knochen durcheinanderrüttelte. Es dauerte ein paar Sekunden, bis Bond merkte, daß der Stoß der Antriebsraketen und der heftige Aufprall seine Fesseln gelockert hatten. Er zog, riß und zerrte an den Schnüren, bis seine Arme frei waren, dann die Hände, so daß er nun leicht nach unten greifen und auch seine Beine befreien konnte.

Er öffnete die Kanzelhaube, kletterte hinaus und schwang sich in den hinteren Kabinenteil, wo das Mädchen saß. Sie stand unter Schock und starrte ihn mit irrem Blick an. Ihre Fingerknöchel waren weiß, da sie fest an die Armlehnen ihres Sitzes angebunden war. An der Rückenlehne war sie mit Riemen festgeschnallt, die Füße waren mit festen Stricken aneinandergeschnürt.

Er öffnete den hinteren Teil der Kanzelhaube und löste rasch ihre Fesseln. »Kommen Sie, ich helfe Ihnen.« Er sprach sanft, obwohl ihm später klar wurde, daß er wahrscheinlich geschrien hatte, da er immer noch das Dröhnen der Explosion im Ohr hatte.

Das Mädchen griff nach seinem Arm, und er half ihr auf den sicheren Erdboden herab. Kaum aber stand sie unten, als sie wild um sich zu schlagen begann. Sie trat gegen sein Schienbein und versuchte davonzulaufen.

»Stop!« Jetzt schrie er wirklich.

»Nein! Lassen Sie mich los! Nehmen Sie die Hände weg!« Sie kratzte ihn mit den Fingernägeln.

»Hören Sie auf! Ich will Ihnen doch nur helfen.«

Sie rangen noch immer miteinander, als die Suchscheinwerfer zweier Hubschrauber die Umgebung in gleißendes Licht tauchten und sie nahezu blendeten. Zugleich begann eine Alarmsirene zu heulen, und aus einem der Hubschrauber ertönte eine Stimme über Megaphon, die sie auf russisch aufforderte, keinen Schritt weiterzugehen. »Wenn Sie sich bewegen, werden Sie auf der Stelle erschossen«, fuhr die Stimme fort.

»Ich glaube, am besten tun wir so, als wären wir zwei von diesen verdammten Statuen«, sagte Bond und legte sanft seinen Arm um das zitternde Mädchen.

12

Ein Staubkörnchen im Sonnenlicht

Das Hauptquartier des militärischen Sicherheitsdienstes in St. Petersburg liegt hinter einer großen Ziegelmauer nahe der ehemaligen Straße der Hochschule der Roten Armee. Innerhalb der Mauern unterhält die Armee einen umfangreichen Kraftfahrzeugpark – von APC-Panzerwagen über die offenen, dreiachsigen BTU-152u-Mannschaftstransporter bis hin zu Panzern. Das Hauptquartier, aus trist dunkelrotem Backstein errichtet, steht in starkem Kontrast zum Rest der Stadt, die mit den schönsten Bauwerken und Ansichten ganz Rußlands aufwarten kann, wenn nicht gar der ganzen Welt. Wie keine andere russische Stadt wurde St. Petersburg als Spiegelbild seiner vormaligen Größe und Schönheit wiederaufgebaut, nachdem es bei der neunhundert Tage dauernden, schrecklichen Belagerung während des Krieges in Schutt und Asche gefallen war.

Bond und Natalja wurden ohne Umschweife in einer Untersuchungszelle arrestiert. Die Metalltür wurde hinter ihnen ins Schloß geworfen und verriegelt. Eine nackte Glühbirne baumelte von der Decke, und die Möbel bestanden aus einem einfachen Metalltisch und drei Metallstühlen. Der Tisch und zwei der Stühle waren im Fußboden verankert. Der dritte Stuhl war, wie Bond sofort feststellte, nicht befestigt, da er wahrscheinlich erst vor kurzem in die Zelle gebracht worden war.

Es hatte keinen Sinn, hier nach Wanzen zu suchen, denn die ließen sich heutzutage ohne ›Wanzenkiller‹ nicht mehr aufspüren, und selbst wenn man über elektronisches Suchgerät verfügte, garantierte das keineswegs den Erfolg. Bond aber mußte es auf jeden Fall riskieren, mit dem Mädchen zu reden. Er mußte versuchen, sie so lange zu bearbeiten, bis sie wieder zur Besinnung kam. Im Moment kauerte sie in einer Ecke, die Augen voller Tränen.

Vorsichtig ging er auf sie zu. »Wir haben nicht viel Zeit«, begann er.

Sie krabbelte an der Wand entlang, in die andere Ecke, und stieß hervor: »Bleiben Sie weg! Bleiben Sie mir vom Hals! Kommen Sie nicht näher, sonst kratze ich Ihnen die Augen aus! Bleiben Sie weg!«

Schließlich gelang es ihm, sie am Handgelenk zu pakken und zu sich zu ziehen. »Hören Sie zu!« sagte er, beinahe flüsternd, aber nicht mehr sanft, sondern kühl und eindringlich. »Ich arbeite für die britische Regierung. So, jetzt können Sie entweder Ihr Glück mit mir versuchen oder Ihr Leben in die Hände Ihrer Landsleute legen – der Leute, die in Sewernaja Ihre sämtlichen Kollegen ermordet haben.«

»Was ist Sewernaja? Wo liegt Sewernaja? Ich war noch nie in Sewernaja.«

»Ihre Uhr war dort.« Er drehte ihr Handgelenk um und sah auf das Zifferblatt. »Neunzehn Uhr fünfzehn und dreiundzwanzig Sekunden. Genau in diesem Moment wurden alle elektronischen Geräte in der Umgebung durch den GoldenEye-Crash lahmgelegt.«

»GoldenEye ...?« begann sie, und er merkte, daß sie allmählich begann, ihre störrische Haltung aufzugeben.

»Ich würde eine Menge Geld verwetten, daß Sie diejenige waren, die nahe der großen Antenne aus dem Schutthaufen herausgeklettert ist.«

Es schien eine Ewigkeit zu vergehen, ehe sie mit einem zaghaften Nicken ihr Einverständnis bekundete.

»Wer sind Sie?« fragte er.

»Natalja Fjodorowna Simonowa. Ja, ich bin Klasse-2-Programmiererin, und ich weiß, was dort geschehen ist.«

»Natalja, das ist ein reizender Name. Wer war der Mann, den sie in den Komplex eingeschleust hatten?«

»Boris. Boris Grischenko.«

»Geheimpolizei, militärischer Abschirmdienst oder der alte KGB?«

»Ein brillanter Computerspezialist. Aber wahrscheinlich alter KGB, denke ich. Er benimmt sich verrückt, ist aber ganz außergewöhnlich.«

»War da sonst irgend jemand?«

»Im Werk? Nicht, daß ich wüßte.«

»Was ist mit den Satelliten? Gibt's davon noch mehr?«

»Moment. Jetzt bin ich mal dran mit Fragen.« Sie begann, ihr Selbstvertrauen wiederzufinden. »Wer sind Sie? Wer sind Sie wirklich?«

»James ...«, begann er. Doch im selben Moment wurde ein Schlüssel ins Schloß geschoben, die Metalltür flog auf, und ein Wachsoldat geleitete den Verteidigungsminister, Victor Mischkin, in die Zelle.

Mischkin wirkte aalglatt in seinem langen schwarzen Mantel mit Zobelkragen, den er über einem förmlichen dunklen Anzug trug. In seiner Rechten hielt er Bonds Pistole, und sein Lächeln war das eines Tigers.

»Oh, guten Morgen, Mr. Bond!« Er wedelte mit der Pistole in der Luft herum wie Kinder mit ihren Fähnchen. »Setzen Sie sich, beide!«

Bond griff sofort zu dem Stuhl, der nicht am Boden befestigt war; Mischkin nahm ihm gegenüber Platz.

»Für den Fall, daß Sie mich nicht kennen: Ich bin Victor Mischkin, der Verteidigungsminister.« Während er die Pistole vor sich auf den Metalltisch legte, fuhr er fast im selben Atemzug fort: »Nun, wie sollen wir Sie exekutieren, Commander Bond? Die übliche Methode: Genickschuß, schnell, schmerzlos, ohne Umstände? Jetzt können wir ja ungeniert leugnen, irgendwelche Kenntnisse über Sie zu besitzen.«

Bond zog die Augenbrauen hoch. »Kein Small talk

oder Blabla, Minister? Sie wollen kein ordentliches Verhör? Keiner hat mehr Zeit für solche Dinge. Verhöre sind eine aussterbende Kunstform.«

»Das ist jetzt nicht der Moment für launige Scherze, Commander! Ich habe nur eine Frage an Sie: Wo ist GoldenEye?«

»Ich dachte, Sie haben es.«

»Nein. Das einzige, was ich habe, ist ein englischer Spion, eine Sewernaja-Programmiererin und der Hubschrauber, den die beiden gestohlen haben.«

»Sie haben nur das, was Ihnen ein Verräter in Ihrer Regierung vorgespiegelt hat.«

Mischkins Faust knallte auf den Tisch. »Wer steckt hinter dem Angriff auf Sewernaja? Wer hat das befohlen?«

»Wer hatte denn den Zugangs-Code?«

»Auf Terroranschläge steht die Todesstrafe. Und ich betrachte Sie beide als Terroristen.«

»Welche Strafe steht heutzutage auf Verrat, Herr Minister? Ein Klaps aufs Handgelenk und die Verbannung auf eine ländliche Datscha – wie bei den Verrätern, die den 1991er Coup angezettelt haben?«

»Einige sind auch gestorben.«

»Wahrscheinlich durch Selbstmord. Sie haben einen weiteren Verräter in Ihrer unmittelbaren Nähe, Herr Minister.«

Plötzlich meldete sich Natalja zu Wort, laut und mit sehr fester Stimme: »Aufhören! Aufhören! Alle beide! Sie benehmen sich wie Kinder, die sich um ihr Spielzeug zanken!«

Mit einem Lächeln um die sonst so harten Mundwinkel sah Bond sie an. »Wissen Sie das nicht, meine Liebe? Wer mit dem meisten Spielzeug stirbt, ist der Gewinner.«

»Hören Sie damit auf! Sie kennen die Wahrheit genauso wie ich!« Sie sah Mischkin an. »Es war Ourumow. General Ourumow und diese Frau, diese bösartige Natter.

Die beiden haben die ganze Mannschaft ermordet und GoldenEye gestohlen.«

Mischkin warf mit einem kurzen Auflachen den Kopf zurück. »Ha, warum sollte Ourumow so etwas tun?«

»Weil's da noch einen anderen Satelliten gibt. Genauso einen wie den, mit dem Sewernaja zerstört wurde.«

Mischkins Lächeln erlosch, als hätte jemand an einem Schalter gedreht. »Stimmt das wirklich?« fragte er.

»Absolut. Der zweite Satellit hat den Codenamen *Mischa*, und irgendwo im Land gibt es einen zweiten Komplex wie Sewernaja ...«

Ihr Gespräch wurde durch einen Tumult an der Tür unterbrochen. Wie von einer Kanone abgeschossen, polterte General Ourumow in den Raum und knallte die Tür hinter sich zu. Er sah müde aus, ungekämmt, unrasiert, als hätte er in seiner Uniform geschlafen. Schweiß rann ihm von der Stirn, er schien in erbärmlicher Verfassung zu sein.

»Herr Verteidigungsminister ... ich muß protestieren!« stieß er atemlos hervor.

»General Ourumow ...!«

»Das sind meine Ermittlungen! Dafür sind Sie nicht zuständig!«

»Nach dem, was ich gerade gehört habe, General, sind Sie für gar nichts mehr zuständig.«

Ourumow beugte sich vor und griff nach Bonds Pistole. »Ich glaube, diese Waffe habe ich schon mal gesehen.«

»Legen Sie die Pistole hin, General!«

»In die Hände Ihres Feindes? Wissen Sie überhaupt, wer Ihr Feind ist, Victor? Wissen Sie das?«

Mischkin machte eine Geste, als wolle er eine lästige Fliege vertreiben. »Wache! Der General steht unter Arrest. Führen Sie ihn ab!«

Der Wachhabende, ein junger Soldat von kaum zwanzig Jahren, zögerte einen Moment, dann nahm er die Maschinenpistole von der Schulter – zu spät! Ourumow wirbelte herum und erschoß ihn. Der Soldat wurde gegen die Wand katapultiert, seine Brust von der Glaser-Munition zerfetzt.

Bond schnappte Natalja, zog sie auf den Steinboden herunter und versuchte, sie mit seinem Körper zu schützen. Ourumow drehte sich um und schoß Mischkin den Kopf vom Hals.

»Mit dieser Munition macht man keine Gefangenen, nicht wahr?« knurrte er. »Was für ein entsetzlicher Tatbestand! Verteidigungsminister Victor Mischkin, ermordet von dem skrupellosen britischen Agenten James Bond ...« Er nahm das Magazin aus der Pistole, steckte die Munition in die Tasche und warf Bond die Waffe zu, während er nach seiner eigenen Pistole griff. »Als Folge dieses Verbrechens wird Bond bei einem Fluchtversuch erschossen.« Er entsicherte seine Pistole und begann, fast hysterisch zu schreien: »Wache! Wache! Schnell!«

Er hob die Pistole, aber Bond war schon in Bewegung, griff nach seinem Stuhl und schleuderte ihn auf Ourumow. Der wurde an der Brust getroffen und zu Boden geworfen. Seine Pistole ging los, die Kugel prallte irgendwo an der Zellenwand ab. Zur gleichen Zeit stürzte sich Bond auf den General. Seine Faust traf ihn seitlich am Kinn, und Ourumow verlor das Bewußtsein.

Bond griff nach Natalja – und seinem Stuhl – und drückte sich an die Wand hinter der Tür, gerade rechtzeitig, bevor zwei Soldaten mit ihren Maschinenpistolen hereinstürmten. Sie blieben abrupt stehen, als sie die Körper auf dem Boden liegen sahen, unfähig zu begreifen, was geschehen war.

Bevor sie irgendwie reagieren konnten, sprang Bond hinter der Tür hervor, schlug mit dem Stuhl zu, links, rechts in die Gesichter der Männer. Dann nahm er Natalja am Handgelenk und zog sie hinter sich aus der Zelle, nicht ohne vorher eine Maschinenpistole der Soldaten an sich gerissen zu haben, die blutend und bewußtlos zu Boden gegangen waren.

Bond und Natalja befanden sich jetzt auf einem langen Flur; rechts und links zahlreiche Metalltüren wie diejenige der Zelle, aus der sie kamen. Am Ende des Korridors führten Treppenstufen nach oben. Natalja an der Hand mit sich ziehend, rannte Bond auf die Treppe zu, da er annahm, daß es dort, wo Treppen nach oben führten, auch welche nach unten geben müßte. Doch das war ein Irrtum.

Verdammt! Leute, die durch Gebäude fliehen, wählen normalerweise den Weg nach oben. Er hatte sich diesen psychologischen Effekt zunutze machen und nach unten laufen wollen.

Oberhalb der wenigen Stufen erstreckte sich abermals ein langer Korridor, der zu einem Großraumbüro führte. Drei Soldaten standen vor der Tür Wache. Als Bond sich umblickte, sah er Ourumow, der schweratmend, die Pistole schußbereit in der Hand, gefolgt von drei Bewaffneten, hinter ihnen herstürmte.

Bond gab einen kurzen Feuerstoß auf Ourumow und dann einen langen auf die Soldaten vor dem Büro ab. Einer der Männer kippte um, ein zweiter, offenbar verwundet, ging in die Knie, der dritte flüchtete ins Büro.

Da es hier keinen Ausgang zu geben schien, bedeutete er Natalja, sich an die Wand zu drücken und ihm zu folgen. Drei Schritte nur, und sie erreichten einen Torbogen, der den Flur mit einem anderen, sehr dunklen und schmalen Korridor zu verbinden schien.

Ihnen blieb keine andere Wahl. Bond zog das Mädchen nahe zu sich heran und fragte, ob sie in Ordnung sei.

»Wenn ich das hier überlebe, ja.«

»Lauf wie der Teufel und laß dich von niemandem aufhalten!«

Damit sprinteten sie in den finsteren Korridor hinein.

In der Ferne, am Ende des Ganges, schien ein Licht, und als sie näher kamen, las Bond die Aufschrift in roten russischen Lettern: ZUTRITT VERBOTEN. ARCHIV MILITÄRISCHER SICHERHEITSDIENST, BEZIRK LENINGRAD.

»Da ist jemand nicht mit der Zeit gegangen«, murmelte Bond und versuchte vergeblich, die massive Stahltür zu öffnen.

»Bleib stehen!« rief er Natalja zu und feuerte aus der Hüfte auf das große Türschloß. Die Tür sprang auf, im gleichen Moment begann eine Alarmsirene zu heulen.

Die beiden betraten die Archivräume, und Bond schlug die Tür hinter sich zu. Sie waren in einer schmalen Eingangspassage, die zu einem größeren, gut erleuchteten Bereich führte. Links und rechts an den Wänden standen auf wackligen Füßen alte Registraturschränke, die zum Teil, weil einer der Füße fehlte, nur an die Wand gelehnt waren.

Im Vorbeigehen wünschte er sich, mehr Zeit zu haben, um ein bißchen in den Akten zu schnüffeln, die hier haufenweise aufbewahrt waren.

Als er das Ende des Eingangsraums erreicht hatte, stemmte sich Bond mit der Schulter gegen den letzten Registraturschrank. Der kippte zur Seite und riß im Dominoeffekt die anderen Schränke und Regale mit, die ebenfalls mit lautem Gepolter umstürzten und die Tür versperrten. Um ganz sicherzugehen, warf Bond die Schränke auf der anderen Seite des Flurs in gleicher Weise um, ehe er mit Natalja ins Hauptarchiv weiterging.

Sie befanden sich nun im oberen Bereich von drei riesigen, umlaufenden Galerien, über sich nur noch einen gläsernen Rundbau. Hier schien mehr Ordnung zu herrschen. Zur rechten Seite sah Bond ein großes Rundfenster zwischen den soliden Bücherschränken, welche die gesamte Galerie säumten. Von hinten war das Gepolter von

Ourumows Leuten zu hören, die in die Archivräume einzudringen versuchten.

Bond trat näher zum Fenster und schaute hinaus auf den Fuhrpark tief unter sich. Zu weit! Er beugte sich hinaus, um zu sehen, ob sein Plan realistisch war.

Das Getöse an der Eingangstür wurde lauter. Bond ging zurück zu dem hölzernen Umlaufgeländer der Galerie und sah mit Schrecken, wie Ourumow, flankiert von seinen Leuten, die untere Etage stürmte.

Er winkte Natalja zu, sich leise in die Fensteröffnung zurückzuziehen, und schaute dann wieder nach unten. Sein Magen drehte sich um, als er bemerkte, daß die Böden der Galerien aus dicken, mehrschichtigen Fiberglasplatten bestanden. Er brauchte sich gar nicht über das Geländer zu beugen, sondern konnte durch den transparenten Fußboden die Galerie unter sich sehen. Es war nur eine Frage der Zeit, bis Ourumow oder einer seiner Leute nach oben blicken und sie entdecken würden.

Als ob sein Gedanke Ourumow angestachelt hätte, stieß der General einen Schrei aus, deutete nach oben, und schon prasselten Kugeln kreuz und quer in das Glasfiber. Querschläger pfiffen ihnen um die Ohren, Scherben klirrten.

»Lauf!« rief er Natalja zu, und sie rannten die oberste Galerie entlang. Gehetzt blickte James Bond um sich, auf der Suche nach einer Mauernische oder einem kleinen Durchgang, wo sie sich verbergen oder durch den sie fliehen konnten.

Während sie über die Galerie rannten, zerlöcherten die Geschosse den Glasfiberboden unter ihnen. Die Einschüsse, kleinen Bohrlöchern ähnlich, kamen immer näher, folgten ihnen rund um die Galerie und schnitten ihnen den Rückweg ab, denn das Glasfiber hinter ihnen war völlig zerfetzt.

Natalja stolperte, wäre beinahe gefallen, strauchelte

von neuem – nicht, weil sie von einer Kugel getroffen war, sondern weil der Boden unter ihr nachgegeben hatte. Sie schrie, warf die Arme in die Luft und stürzte durch das gezackte Loch in der Bodenplatte direkt in die Arme eines Soldaten in der unteren Galerie.

Bond fluchte. Einen Moment lang überlegte er, ob er runterspringen und versuchen sollte, sie zu retten. Sie hatte viel Mut bewiesen, hatte die Nerven und die nötige Entschlossenheit, so etwas durchzustehen.

Doch er zögerte nur eine Sekunde, wissend, daß sein Herz, nicht sein Verstand, ihn zurückhalten wollte, während die Kugeln hinter ihm den Boden zerfetzten. Fast schon hatte er die obere Galerie umrundet, als er vier Schritte vor sich zwischen den Regalen einen großen Stahlsafe entdeckte, breit genug, so daß er daraufklettern konnte. Um ihn dort zu erwischen, müßten sie das Ding von unten mit einer Sprengstoffladung bombardieren, die das ganze Gebäude in Schutt und Asche legen würde.

Er schätzte die Entfernung, setzte zum Hochsprung an und landete oben auf dem Safe – im selben Moment, als der Boden, auf dem er eben noch gestanden hatte, unter dem Dauerbeschuß von unten zusammenbrach.

Bond stand jetzt fast direkt gegenüber dem großen runden Fenster, das sich über dem Militärfuhrpark befand. Er holte tief Luft, schnallte den Gürtel ab, den Q ihm gegeben hatte, tastete nach der kleinen Kappe über der Schnalle, drehte sie und öffnete so den Sicherheitsverschluß. Dann wickelte er den Gürtel um sein rechtes Handgelenk.

Er hob den Arm und zielte auf eine Stelle an der gegenüberliegenden Decke der Rotunde, die für seine Zwecke fest und solide genug erschien. Wieder holte er tief Luft, zählte bis drei und drückte auf den Auslöseknopf.

Der Gürtel vibrierte in seiner Hand, als der kleine Haken herausschoß und die extrem belastbare Schnur hinter sich herzog. Das Geschoß jagte davon wie ein Blitz, aber Bond kam es vor, als fliege der Haken in Zeitlupe dahin, während er den Atem anhielt und betete, daß der Haken festen Halt finden möge.

Der Haken schlug mit einem kleinen Knall in die Wand. Ein schneller Ruck am Gürtel überzeugte Bond, daß er fest und tief im Beton saß.

Noch einmal tief Atem holen, die Leine anspannen und abstoßen! In weitem Bogen schwang er sich über die Galerie, direkt auf das Fenster zu.

Während Bond durch die Luft sauste, spürte er die Spannung in der Schnur und in seinen Armmuskeln, den Luftzug und – für eine Sekunde – den Abgrund unter sich.

Die Füße voran, traf er das Fenster genau in der Mitte. Er ließ den Gürtel los, hielt seine Hände schützend vor die Augen. Dann krachte er durch das zersplitternde Fenster und stürzte fünfzehn Meter in die Tiefe, dem steinernen Boden entgegen.

Während er fiel, dachte er an viele gute Dinge, die ihm in seinem Leben widerfahren waren, und das letzte Gesicht, das er vor seinem geistigen Auge sah, war das von Natalja Simonowa. Kurz bevor er unten aufprallte, dachte er traurig, daß seine Begegnung mit Natalja womöglich die kostbarste von allen gewesen war. In diesem Moment fühlte er sich so bedeutungslos wie ein Staubkörnchen im Sonnenlicht.

13

Durchbruch

Es war wohl eine der gewagtesten Aktionen, die Bond je riskiert hatte. Als er mit Natalja vor dem runden Fenster in der obersten Archivgalerie gestanden hatte, war ihm unten auf dem Hof, direkt unter dem Fenster, ein Militärlastwagen mit Planendach aufgefallen. Falls das Ding während der Hetzjagd rund um die Galerie fortgefahren war, stand ihm eine verdammt harte Landung bevor, im günstigeren Fall eine schwere Verletzung, wahrscheinlich aber der Tod.

Als eingefleischter Spieler hatte er die Chancen abgewogen. Da er auf dem Hof kein Lebenszeichen wahrgenommen hatte, keine Befehle, kein Motorgeräusch, hatte er darauf gesetzt, daß der LKW noch auf seinem Platz stehen würde. Als er nun in einem Glasscherben-Schauer durch das Fenster schoß und nach unten schaute, wußte er, daß er gewonnen hatte. Es war nicht die sanfteste Landung seines Lebens, aber sie war sicher genug. Auch wenn er ein paar Beulen abbekommen hatte, bestand der schwierigste Teil des Manövers darin, rasch von dem Planendach herunterzukommen.

Sowie er festen Boden unter den Füßen hatte, huschte er in den Schatten und suchte seinen Weg zu den abgestellten Fahrzeugen.

Ihm war bewußt, daß das Haupttor geschlossen sein würde, aber er würde eben sein Glück versuchen. Er hatte nur noch wenig Munition übrig, daher kam es darauf an, daß er sich das richtige Fahrzeug herauspickte. Vorsichtig schritt er die Reihe der Wagen ab, die kleinen, den Jeeps ähnelnden Geländewagen, die APC-Mannschaftswagen und die kleineren BTU-152u's, die Platz für ungefähr acht Mann boten.

Am Haupteingang gab es Bewegung. Schnell ging er hinter einem schwerfälligen T-55-Panzer in Deckung und beobachtete, wie Ourumow und einer der Soldaten Natalja hastig zu einem Auto zerrten und sie grob in den Wagenfond stießen. Ourumow hielt eine Waffe in der Hand, und seine Stimme klang wütend.

Natalja protestierte lauthals, als man sie in das schwarze Zivilfahrzeug stieß. Ihr war bewußt, daß ein Mann wie Bond jetzt nicht mit zerschmettertem Körper auf dem Pflaster lag; daher hoffte sie, daß ihr neuer Freund irgendwie entkommen war und bereits ihre gemeinsame Flucht vorbereitete. Aber bisher war nichts geschehen, was auf geheime Pläne Bonds hindeutete, und während sie in das Auto verfrachtet wurde, begann ihr Optimismus zu schwinden.

Drüben, im Fahrzeugpark, betrachtete Bond den T-55-Panzer, hinter dem er sich verborgen hielt. Nachdenklich runzelte er die Stirn, dann faßte er einen Entschluß und setzte sich in Bewegung.

Natalja roch den sauren Schweiß des Generals, als der sich auf den Sitz neben ihr quetschte. Der Soldat startete den Wagen und fuhr auf das Haupttor mit seinen roten und weißen Pfosten zu. Für einen kurzen Augenblick hielt er am Tor, damit die Wachtposten die Identität des Generals überprüfen konnten. Dann – nachdem Ourumow ihn angebrüllt hatte, so schnell wie möglich zu fahren – schossen sie durch das Tor und schleuderten mit quietschenden Reifen in eine Linkskurve, ehe der Wagen auf der geraden Straße neben der Fuhrparkmauer beschleunigte.

Was dann geschah, ließ Ourumow zusammenzucken und entlockte ihm einen lauten Schreckensschrei. Die Mauer links von ihnen schien zu zerbröckeln, und ein mächtiger T 55 taumelte durch die Trümmer auf die Straße, direkt hinter ihnen. Er schleuderte von einer Seite zur anderen, aber er folgte ihrem Wagen mit Höchstgeschwindigkeit.

Mit panischem Timbre rief Ourumow dem Fahrer zu, er solle schneller fahren. Die wie ein übler Geruch wahrnehmbare Angst, die den General ergriff, ging auf einen Unfall im Afghanistan-Krieg zurück. Damals hatte er in einem Panzer gesessen, der jenem T 55 sehr ähnelte, welcher jetzt hinter ihnen herrumpelte. Ourumows Panzer hatte einen Volltreffer bekommen, und er, Ourumow, war einer der beiden Überlebenden des Desasters gewesen. In seinen Alpträumen hörte er immer noch die Schreie der anderen Besatzungsmitglieder, als der Metallsarg zerborsten und in Flammen aufgegangen war. Seit jener Zeit plagte ihn eine krankhafte Angst vor Panzern.

Mit einem Seufzer der Erleichterung hatte sich Bond auf den Fahrersitz des T 55 gezwängt, den Anlasserknopf gezogen und zufrieden das Aufbrummen des starken Motor gehört. Er schaute auf die Benzinanzeige. Der Tank war voll. Den Rest seines Schnellkurses im Panzerfahren absolvierte er nach der Methode von Versuch und Irrtum.

Der große, lange Handgriff war offenbar der Schalthebel. Mit der schweren Lenksäule konnte man das Fahrzeug ruckartig in die Kurve lenken. Die Kette auf der einen Seite drehte sich dann langsamer, die auf der anderen schneller, so daß das schwere Gefährt nach links oder rechts taumelte. Die Bremsen und der Gashebel waren leicht zu finden; das einzige Problem, mit dem er fertig werden mußte, bestand darin, daß sie anders herum angeordnet waren als in normalen Autos: die Bremse rechts, der Gashebel links. Er hatte keine Zeit, sich mit der Elektronik vertraut zu machen. Aber er wußte, daß er das Biest nicht lenken und zugleich die Hundert-Millimeter-Kanone abfeuern konnte, die etwa acht Meter von ihm entfernt aus dem Geschützturm herausragte. Aber da war ein Maschinengewehr in Reichweite des Fahrersitzes.

Das konnte er allerdings auch nicht einsetzen, solange Natalja noch in dem Wagen saß. So beschränkte er sich auf eine gewagte Verfolgungsjagd. Mit etwas Glück – und falls der Panzer nicht außer Kontrolle geriet – konnte er Ourumow buchstäblich in den Boden stampfen.

Womit er nicht gerechnet hatte, war das eng begrenzte

Sichtfeld, das der vordere Sehschlitz bot. Sicherlich gab es irgendwo in der Fahrerkabine auch ein Periskop, das den Rückspiegel ersetzte, aber im Augenblick brauchte er seine gesamte Konzentration, um zu begreifen, wie man mit dem T 55 umging. Es sah alles so einfach aus, wenn eine Panzerschlacht im Kino ablief! Aber er hatte schnell entdeckt, daß so ein Panzer, wenn man ihn nicht vollkommen beherrschte, dazu neigte, eher den Menschen zu fahren als umgekehrt.

Auch den Geräuschfaktor hatte er nicht bedacht. Die Ketten verursachten eine alle Knochen durchschüttelnde Vibration, und der Innenraum des Fahrzeugs schien den Ketten- und Motorlärm wie ein Lautsprecher zu verstärken. Gleich nachdem er durch die Mauer gebrochen war, hatte er sich den Fahrer-Kopfhörer aufgesetzt, das Radio eingeschaltet und im automatischen Senderdurchlauf den Polizeifunk gesucht. Vermutlich konnte er genug Russisch, um das Geschwätz über Straßensperren und dergleichen zu verstehen. Der Rest war – in den Worten eines Hauptfeldwebels, den er mal gekannt hatte – ›rohe Gewalt und Unkenntnis‹.

Nicht nur, daß er den Panzer zu steuern, den Lärm und das Rattern zu erdulden und den beschränkten Gesichtskreis hinzunehmen hatte, er mußte auch auf den Straßenverkehr achten, der viel stärker war, als er es für diese Zeit erwartet hatte. Zweimal schon hätte er fast ein paar Autos zerquetscht. Jetzt sah er, wie Ourumows Wagen nach rechts abbog, folgte ihm und schnitt dabei die Kurve. Der Bug des Panzers richtete sich auf und walzte mit unerfreulichem Knirschgeräusch eine Reihe parkender Autos am Straßenrand nieder. Als sich die Schnauze des Panzers wieder senkte, sah Bond, daß Ourumows Wagen dicht vor ihm auf einer stark befahrenen Kreuzung abgebogen war. Bei dem Versuch, abzubremsen und den Rückwärtsgang einzulegen, rammte Bond die

Fahrzeuge auf der anderen Straßenseite. Funken sprühten von der Karosserie, als er rückwärts rollte, um dann in die Gasse einzubiegen.

Bond jagte den Motor hoch, und diesmal gelang ihm eine perfekte Kurve. Lenken, Gas hoch, Gas weg, es ging wie am Schnürchen. Zu spät bemerkte er, daß die Gasse für das Auto breit genug war, nicht jedoch für seinen Panzer. Aber zur Umkehr war es nun zu spät, und so machte er sich auf alles gefaßt und gab Gas.

Es war eine holprige Fahrt, denn die Gasse war fast zwei Meter zu schmal für den T 55. Jetzt kam das Prinzip der ›rohen Gewalt und Unkenntnis‹ ins Spiel. Es erstaunte Bond, daß sein Panzer mit der schmalen Gasse ganz gut zurechtkam, indem er sich einfach eine Schneise durch die Häuserreihen links und rechts schnitt. Staub, Backsteine, Trümmer flogen durch die Luft, während sich das rumpelnde Gefährt seine Bahn freimachte.

Am Ende der Gasse aber erwartete Fahrer und Fahrzeug eine T-Kreuzung – und hinter der Querstraße ein breiter Kanal. Da blieb Bond keine andere Wahl, als den Panzer mit Gewalt und aufheulendem Motor scharf herumzureißen.

Ourumow Wagen war nach links gefahren, dann über eine Brücke zum anderen Ufer des Kanals und weiter nach rechts die Kanalstraße entlang. Bond startete, um ebenfalls die Brücke zu überqueren, stellte aber fest, daß es unmöglich war. Der T 55 war ohne Probleme durch die Gasse gewalzt. Aber nun, als der Rauch und der Backsteinstaub vor dem schmalen Sehschlitz verflogen waren, sah Bond, daß die Brücke ein fragiles, wunderhübsches Bauwerk war, konstruiert für den zivilen Autoverkehr. Unter dem Gewicht eines Panzers würde sie mit tödlicher Sicherheit zusammenbrechen.

Der Panzer war nur wenige Meter von der Zufahrt entfernt, allerdings mit dem Heck zur Brücke.

Laut sagte Bond: »Mal sehen, wie du eine Kehrtwendung schaffst!« Er schob die Lenksäule scharf nach rechts und stemmte den linken Fuß kraftvoll auf den Gashebel.

Es war wie auf der Achterbahn. Der Panzer schwang um seine eigene Achse, vollführte eine perfekte Hundertachtzig-Grad-Wendung. Als das Manöver beendet war, sah Bond, daß das Militär bereits Jagd auf ihn machte: zwei Jeeps und zwei BTU-152u-Mannschaftstransporter, beladen mit Soldaten, die sprungbereit auf den beiden langen Bänken des offenen Wagens saßen.

Die beiden kleinen Jeeps hatten keine Chance. Die Fahrer, deren Sicht durch Staub und Rauch behindert war, schossen blindlings aus der Gasse heraus und geradewegs auf den Kanal zu, den sie viel zu spät bemerkten. Sie beide setzten zum Flug an, eine für kleine Jeeps untaugliche Option, taumelten einen Augenblick durch die Luft und klatschten hart in den schmutzigen Kanal, wo die Insassen hilflos im Wasser paddelten.

Die beiden BTU's schossen sehr dicht hintereinander durch die Linkskurve und jagten auf Bonds Panzer zu, ehe sie recht begriffen, was geschah. Er versuchte noch, ihnen auszuweichen, traf aber einen der Wagen frontal, scherte aus, streifte den anderen seitlich und schob ihn aus dem Weg. Mit Vollgas fuhr er weiter, während hinter ihm die Schreie der Soldaten verhallten, die von ihrem Dreiachser heruntergeschleudert wurden.

»Verkehrsrowdys!« murmelte Bond, reckte den Hals und sah Ourumows Wagen, der auf der anderen Seite des Kanals in derselben Richtung weiterfuhr.

Der General im Fluchtwagen war noch immer am Rande der Panik. »Herrgott noch mal«, rief er seinem Fahrer zu, »es ist nur ein langsamer, alter Panzer! Häng das Ding ab!«

»Ich tue mein Bestes, General!« Der Fahrer fühlte sich auch nicht entspannter als Ourumow.

Natalja sah zum Rückfenster hinaus und beobachtete, daß der Panzer stetig Boden wettmachte. Er fuhr, jetzt schon fast auf ihrer Höhe, die gegenüberliegende Uferstraße entlang. Sie lächelte schadenfroh, wandte sich um und schenkte dem General ein wölfisches Lächeln.

Er fing den Blick auf, schluckte zweimal, das Gesicht puterrot vor Wut. »Maul halten!« bellte er, dann sah er, daß sie sich einer weiteren Brücke näherten. »Über die Brücke!« schrie er dem Fahrer zu. »Wir überqueren vor ihm die Straße. Rauf auf die Brücke und weiter geradeaus! Er wird die Kurve nicht kriegen, und wir sind ihn los!«

Nataljas Lächeln erlosch, als sie die sechs Polizei- und Militärfahrzeuge sah, die drüben hinter dem Panzer herjagten. Und die Polizeiwagen machten kein Geheimnis aus ihrer Gegenwart, ihr Blaulicht rotierte, die Sirenen heulten. Die Militärfahrzeuge – APC-Panzerwagen – strotzten vor Waffen.

Als Bond sah, wie Ourumows Wagen nach rechts herumgerissen wurde und auf die Brücke zufuhr, trat er das Gaspedal durch. Der T 55 hatte jedoch längst seine Höchstgeschwindigkeit erreicht, und Bond sah ein, daß er der Limousine nicht den Weg am Ende der Brücke abschneiden konnte, um zu verhindern, daß Ourumow – sehr wahrscheinlich – geradeaus weiterfuhr.

Bond war sich bewußt, daß er verfolgt wurde, auch wenn er die Fahrzeuge nicht sehen konnte. Das Heulen der Polizeisirenen war trotz des Lärms in seiner Kabine deutlich zu hören, und Gott allein wußte, wer ihm sonst noch auf der Spur war. Vor seinem geistigen Auge sah er die APC-Dreiachser, die ihn mit ihren Panzerabwehrkanonen mühelos in Fetzen schießen konnten.

Ourumows Wagen schoß von der Brücke, direkt vor ihm, und fuhr geradeaus weiter. Bond nahm das Gas weg, bremste, schlug dann die Steuerung nach rechts, und seine Füße traten abwechselnd auf Brems- und Gaspedal. Diesmal hatte er alles perfekt unter Kontrolle, und der Panzer schwenkte präzise in die Straße ein.

Vor sich sah Bond Ourumows Wagen, der, durch haltende Wagen behindert, vor einem Platz mit Kreisverkehr vergeblich versuchte, sich in den Verkehrsstrom einzufädeln. In der Mitte des Rondells stand ein riesiges, glänzendes Denkmal von Zar Nikolaus, der auf dem Rücken eines großen geflügelten Pferdes saß.

Einen Moment lang glaubte Bond, er könne einfach aufschließen und den Wagen des Generals rammen, doch als er herankam, hatte der sich gerade in den Verkehr eingeordnet.

»Wer zögert, den straft das Schicksal«, murmelte Bond und steuerte seinen Panzer geradewegs über das Rondell. In seinem Metallgehäuse nahm er die quietschenden Reifen bremsender Wagen und der LKWs wahr, die verzweifelt einem Zusammenprall mit dem Panzer zu entgehen versuchten. Er stieß einen Fluch aus, als die rechte Kette des T 55 einen Bierwagen erwischte. Ein Teil der Ladung rutschte vom Wagen, und Bond fragte sich, welcher finale Crash diese Serie beenden würde.

In diesem Moment jedoch überquerte er schon die Mitte des Rondells und spürte den zermalmenden Schlag, als der Bug des T 55 gegen den Denkmalsockel prallte. Zar Nikolaus verlor die Balance und kippte, immer noch hoch auf dem geflügelten Roß, über das lange Rohr der Hundert-Millimeter-Kanone.

Aus dem Rückfenster seines Wagens erblickte Ourumow eine Gestalt, die einem Racheengel ähnelte, der sich mit ausgebreiteten Flügeln auf ihn stürzte. Zum erstenmal seit vielen Jahren schlug der General mit vor Angst geweiteten Augen nach orthodoxem Brauch das Kreuz.

Auf dem Platz polterten, klirrten und holperten indessen Hunderte von Bierflaschen über die Pflastersteine, eine Versuchung, der viele Autofahrer und Fußgänger nicht widerstehen konnten. Aufgeregt sprangen sie auf die Straße, grapschten nach den Flaschen, steckten sie in Einkaufstaschen, Aktenmappen oder benutzten Pullover und Hemden als Notbehelf, um so viele der begehrten Bierflaschen wie irgend möglich nach Hause zu tragen.

Der Verkehr war inzwischen zum Stillstand gekommen, der Platz war erfüllt von einer Kakophonie von Autohupen und Schreien der erbitterten Fahrer – inklusive Polizei und Militär.

So hatte Bond für eine Weile jedenfalls Ruhe vor seinen Verfolgern, aber dieser Zustand konnte nicht lange andauern. Deutlicher als die Sirenen sagte ihm sein Gefühl, daß ihm noch mehr Polizeikräfte auf den Fersen waren.

Hätte er den Konvoi aus der Luft sehen können, so wäre ihm klar geworden, daß sein T 55 dicht hinter dem Wagen des Generals fuhr und seinerseits von drei Polizeiwagen verfolgt wurde.

Mit jeder Minute kam Bond nun besser mit der Maschinerie zurecht. Nachdem er durch eine lange, weite Kurve gefahren war, sah er eine Brücke vor sich, die sich, ungefähr noch fünfzig Meter entfernt, in geringer Höhe über die Straße spannte – und Ourumows Wagen, der mit hoher Geschwindigkeit die Unterführung passierte.

Bond holte soviel aus den Motoren heraus, wie sie hergaben, sah den Brückenbogen herankommen, hörte den gewaltigen Schlag, als das Denkmal gegen die Querstrebe der Unterführung knallte und rückwärts über den Panzer rollte, mitten auf die Fahrbahn der folgenden Wagen.

Während er weiterfuhr, hörte er den Polizeifunk ab. Da war die Rede von einer Straßensperre mit Panzerabwehrkanonen und einer Menge anderer Waffen – allerdings hatte er keine Ahnung, wo diese Sperre errichtet wurde. Aber es war offensichtlich irgendwo auf der Route des Generals, der – wie Bond erst in diesem Moment bemerkte – unvermittelt nach rechts abgebogen war.

Bond verlangsamte, aber zu spät, und rumpelte an der Straße vorbei, in der Ourumows Wagen verschwunden war. Er war jetzt am Stadtrand, wo die Häuser weniger dicht beisammen standen. Während er langsam weiterfuhr, suchte er nach einer weiteren rechts abzweigenden Seitenstraße, da er – gegen jede Wahrscheinlichkeit – hoffte, auf eine Straße parallel zu Ourumows Route zu stoßen.

Er beschleunigte ein wenig, hörte im Polizeifunk, wie weitere Instruktionen zur Errichtung der Straßensperre durchgegeben wurden, und versuchte zugleich, die Kontrolle über den Panzer zu bewahren. Dann bemerkte er, daß er sich rasch einer weiteren Kreuzung näherte, bremste ab, schwenkte nach rechts und hielt ungeduldig Ausschau nach Ourumows Wagen. Doch dann erkannte er, daß er in eine Sackgasse gefahren war. Vor ihm erhob sich ein dreistöckiges Bürogebäude. Im Erdgeschoß brannte Licht, und hinter den Fenstern waren menschliche Silhouetten zu sehen.

In letzten Augenblick hörten die Angestellten in dem Bürokomplex das Heulen des näherkommenden Panzers. Sie sprangen in Deckung, als das Ungetüm durch die Mauer brach, die Möbel in Streichhölzer, die Computerterminals zu Metallklumpen verwandelte und eine Serie von Monitorexplosionen auslöste.

Mit maximaler Kraft fuhr der Panzer durch das Gebäude wie ein Messer durch reifen Brie. Er durchbrach die Rückwand und tauchte in einer breiten Straße wieder auf, während Betonklümpchen und Steinbrocken von dem Turm herunterkollerten. Eine Sekunde lang besann sich Bond, welche Richtung er einschlagen mußte, um Ourumows Wagen zu folgen. Er zögerte etwas, steuerte nach rechts und sah exakt das, wovon im Polizeifunk seit längerem die Rede war:

Direkt vor ihm war die Barrikade, mit einem großen Panzerabwehrgeschütz und einer Menge anderer Waffen bestückt. Ein Offizier stand aufrecht in seinem Einsatzwagen neben der Barrikade, jederzeit bereit, den Schießbefehl zu erteilen. Sein einziges Problem bestand darin, daß Bonds Panzer *hinter* der Straßensperre durch die Hausfront gebrochen war.

Zum erstenmal griff Bond nun zu Kolben und Abzugsbügel des vorderen Maschinengewehrs. Er drückte den Abzug und stellte erleichtert fest, daß die Waffe voll munitioniert und einsatzbereit war.

Er roch den Pulverdampf in der engen Fahrerkabine des T 55 und sah das Chaos, das vor ihm ausbrach. Einige der Leuchtspurgeschosse trafen, aber alle verursachten totale Panik unter den überrumpelten Soldaten. Ein besonders tapferer Mann versuchte, die Kanone in Gegenrichtung zu schwenken. Wie wild drehte er an der Kurbel, um das Geschützrohr auf die Rückseite der Barrikade zu richten, aber da war der Panzer schon bei ihm. Bond spürte, wie die gewaltige Masse aus Stahl und Eisen berstend zur Seite kippte, nachdem die rechte Panzerkette die Kanone erfaßt hatte.

Ein paar Kugeln pfiffen durch die Luft, als er auf der Straße weiterfuhr, eine Salve Geschosse prallte gegen die massive Stahlplatte am Heck des Panzers, aber Bond war heil davongekommen. Mehr noch: Er konnte gerade noch sehen, wie Ourumows Auto zwei Häuserblocks weiter die Straße überquerte.

Jetzt brauchte er dem General nicht mehr auf den Fersen zu bleiben, denn Bond hatte die Gegend wiedererkannt. Bei ihrer Stadtrundfahrt hatte Jack Wade ihn absichtlich durch diese Straße chauffiert, und Bond wußte genau, wo Ourumow hinwollte.

Jetzt mußte er nur noch hoffen, daß er dort rechtzeitig eintreffen würde.

14
Der Zug

Es war ein weiteres Relikt der alten sowjetischen Militärmaschinerie, gelegen in einer länglichen Talmulde, umgeben von einer zerbröckelnden Backsteinmauer und Stacheldraht. Die Gebäude fingen schon an zu verfallen, und über dem Anwesen schwebte der finstere Hauch längst vergangener Macht.

Offensichtlich war es früher von außerordentlicher strategischer Bedeutung gewesen. Das bewiesen die Struktur der Gebäude und die solide gebauten Laderampen ebenso wie die mittlerweile rostigen Kräne.

Bond lag oben, am Rande der Mulde, in einer Mauerspalte und schaute auf das Terrain unter sich hinab. Der T 55 hatte tiefe Furchen in das Erdreich gegraben, als Bond den Damm hinaufgefahren war. Er war froh, daß er es geschafft hatte, vor Ourumow hier anzukommen, was allerdings nicht schwierig gewesen war. Das Auto mit dem General und Natalja hatte die normalen Straßen benutzen müssen, während Bond mit seinem Panzer querfeldein fahren konnte.

Im stillen dankte er Jack Wade dafür, daß er ihm diesen Platz bei der Rundfahrt gleich nach seinem Eintreffen in St. Petersburg gezeigt hatte. Später, als der Waffenschieber Zukowskij die Gerüchte erwähnt hatte, daß Janus in einem gepanzerten Zug wohne, hatte sich Bond gleich gedacht, wo dieser Zug vermutlich stand: hier, im ehemaligen Hauptdepot des strategischen Waffenlagers. Den ersten Beweis für die einstige Bedeutung dieses Komplexes fand er in den langen, robusten Eisenbahn-Flachwagen, die für den Schwertransport bestimmt waren. Mit ihnen waren all die Nuklearwaffen befördert worden, die im NATO-Code ›Scapegoats‹, ›Savage‹, ›Sego‹ und ›Scrooge‹ hießen – interkontinentale und taktische Atomraketen, die mit der Eisenbahn zu ihren Basen und Silos transportiert wurden oder sogar von den Waggons aus abgeschossen werden konnten.

Die Gleisanlage schien gut in Schuß zu sein, ebenso der eine Zug, der im Depot stand. Eine große, mit schweren Waffen bestückte Diesellokomotive mit drei identischen Waggons, die ebenfalls vor Waffen strotzten. Der Dieselmotor lief schon im Leerlauf. Vorn an der Lokomotive war vor einem starken, teleskopartigen Puffer ein runder stählerner Schutzschild angebracht, fast so groß wie die gesamte Vorderfront der Lokomotive.

Dieser riesige Puffer, dachte Bond, würde wohl jeden Versuch vereiteln, sich dem Zug in den Weg zu stellen. Er wäre auch ein guter Stoßdämpfer für den Fall, daß der Zug nukleare Fracht beförderte.

Die haben den Zug sehr hübsch aufpoliert, sagte sich Bond im selben Moment, als der Wagen aus einer Unterführung herausschoß und mit kreischenden Bremsen bei einer der Rampen hielt.

Bond beschloß abzuwarten, bis seine Insassen den Zug bestiegen hatten. Ihn würde es nicht mehr als zehn Minuten kosten, von dem Hügel zu der Stelle zu gelangen, wo er Janus noch einmal von Angesicht zu Angesicht gegenüberzutreten plante.

Ourumow zerrte das Mädchen aus dem Wagen und wandte sich zu dem Fahrer um.

Natalja stand zusammengesunken hinter dem General.

»Soll ich warten, Herr General?« fragte der Fahrer.

Ourumow nickte. »Wenn du Lust hast. Warte eine Ewigkeit lang!« Nach diesen Worten schoß er auf ihn. Zweimal in den Magen, und einmal – der ›Gnadenschuß‹ – in den Kopf, während der Mann bereits am Boden lag.

Entsetzt wandte sich Natalja ab, sprang dann überrumpelt einen Schritt zurück. Xenia Onatopp war leise aus dem Zug gestiegen und stand direkt hinter ihr.

»Willkommen, Natalja!« Xenia schenkte ihr ein wölfisches Lächeln und wiegte sich in den Hüften. Eine Uzi-MPi hing ihr an der Schulter, und sie trug einen hautengen schwarzen Overall und blankpolierte halbhohe Stiefel. »Arkadij!« Sie beugte sich vor und küßte den General. »Wie schön, euch beide gesund und munter zu sehen. Janus wird sich sehr freuen.«

»Nicht über das, was ich ihm zu erzählen habe«, erwiderte Ourumow mürrisch.

»Alles halb so wild. Trübe Gedanken haben wir alle mal. Denken Sie lieber an sonnige Tage. – Komm, meine Kleine!« Sie sah Natalja an, als hätte sie Lust, sie aufzuessen.

Während Xenia Natalja zum Zug führte, schien des Generals Trübsinn zu verfliegen. »Ach ja, ich werde nach dem harten Winter schon ein bißchen Sonnenschein genießen.« Dann lachte er – ein unangenehmes Kichern. »Natalja, Sie werden sich gut amüsieren. Xenia ist eine außergewöhnliche Frau. Sie liebt alles, was Beine hat. Ja, sie hat einen ausgefallenen Geschmack, unsere Xenia.«

Als Natalja den Zug bestieg, hatte sie den Eindruck, daß es hier nicht nach diesem Gemisch von Schweiß, Öl und Wagenschmiere roch, das sie in einer Eisenbahn erwartet hätte. Statt dessen stieg ihr süßer Rosenduft in die Nase.

Als sie Alec Trevelyans Wagen betrat, verschlug es ihr förmlich den Atem. Die Pracht der Einrichtung war überwältigend. Sie hatte Fotografien von Zar Nikolaus' Salonwagen gesehen, mit den opulenten Wandbehängen, den Kronleuchtern, den herrlich gepolsterten Sesseln, der feinen Holztäfelung und den polierten Tischen. Trevelyans Wagen schien eine originalgetreue Nachbildung zu sein.

Trevelyan saß an einem der Tische, der zum Frühstück gedeckt war. Das war der zweite Geruch, der Natalja in die Nase stieg: frischer, köstlicher Kaffee. Das Porzellan auf dem Frühstückstisch übertraf alles, was sie in dieser Hinsicht je gesehen hatte. Tassen und Teller hatten einen feinen, in Königsblau eingelegten Goldrand und waren mit einem Symbol verziert, das aussah wie ein königliches Emblem: ein blaues Wappenschild mit zwei goldenen Profilen, ein Gesicht, das in zwei Teile gespalten war. Genau wie das Gesicht des Mannes, der vor ihr saß und seinen Kaffee trank. Seine rechte Gesichtshälfte war ansehnlich und unverletzt, die linke vernarbt und abstoßend, die Augenhöhle war heruntergerutscht, der Mundwinkel verzerrt. Die Haut zwischen Auge und Mund sah aus wie der Panzer eines Reptils.

Während der Mann sie anstarrte, bemerkte Natalja, daß sich der Zug leicht schwankend in Bewegung setzte und langsam beschleunigte.

Der Mann mit dem entstellten Gesicht, den sie für Janus hielt, warf Ourumow einen Blick zu, dann sah er abermals Natalja an. Er musterte sie von oben bis unten, als wolle er sie mit seinen Blicken ausziehen. Es war ein demütigendes Erlebnis, und solange es anhielt, hatte sie das Gefühl, daß dieser seltsame Mensch tatsächlich die Kraft hatte, ihren Leib durch die Kleider hindurch zu sehen. Sie konnte ihm nicht in die Augen blicken und wandte verlegen ihren Kopf zur Seite.

Schließlich sprach er zu Ourumow: »Entweder Sie haben mir dieses grandiose Geschenk für unsere lange Reise mitgebracht, oder Sie machen mich zu einem unglücklichen Menschen.«

Ourumow zuckte die Schultern, als sei längst alles bedeutungslos. »Dieser Idiot Mischkin hat ihn mir vor der Nase weggeschnappt.«

»Das heißt also, daß Bond noch am Leben ist.«

Wieder zuckte Ourumow mit den Schultern. »Er ist entkommen.«

Die schuppige, schiefe Seite seines Gesichtes zuckte. »Gut für Bond«, murmelte er. Dann hob er den Kopf. »Aber schlecht für Sie, General!«

Xenia gab ein unangenehmes, krächzendes Lachen von sich. »Ich sagte Ihnen doch, wenn ich Bond nicht schnappen konnte, schaffen Sie es erst recht nicht«, hänselte sie Ourumow.

Trevelyan schüttelte den Kopf. »Bond hat sieben Leben, wie eine Katze. Nun bringen Sie mir das Mädchen rüber!« Er deutete auf Natalja.

Ourumow legte seine Hand auf ihre Schulter, schubste sie zu Janus / Trevelyan und stieß sie auf den gepolsterten Stuhl neben ihm.

»Bleiben Sie ruhig sitzen, und seien Sie ein nettes Mädchen!« sagte Trevelyan sanft. Ihr fiel auf, daß er mit einem ähnlichen Akzent sprach wie Bond. Als er sich zu ihr vorbeugte und sein Gesicht dem ihren näherte, spürte sie den Impuls, vor diesem Mann zu fliehen – nicht so sehr wegen seiner Entstellung, sondern wegen seiner Persönlichkeit, die ihr nahezu teuflisch erschien.

»Sie mögen meinen Freund James?« fragte er.

Sie antwortete mit einem unverbindlichen Kopfnicken. Eine ganz kleine Kopfbewegung nur.

»Ja, meine Liebe, James und ich waren lange Zeit unzertrennlich. Wir haben alles miteinander geteilt.« Wenn er lächelte, dann nur mit der rechten Hälfte seines Mundes, während sich sein linkes Auge – mit einer sehr langsamen Senkung des Reptil-Lides – zu schließen schien. Das Auge erinnerte sie an eine Eidechse oder ein Chamäleon.

Als er sich noch dichter an sie heranschob, nahm sie außer dem Duft nach Kaffee und Herrenparfüm einen weiteren Geruch wahr. Zuerst konnte sie es nicht einordnen, doch dann merkte sie, daß es der Geruch nach verbranntem Fleisch war. Sie war nicht ganz sicher, ob sie sich das nur einbildete. Jemand hatte ihr einmal erzählt, daß man in Berlin bei Regen immer noch den Brandgeruch riechen könne, der die Luft der Stadt vor fünfzig Jahren nach den zahllosen Luftangriffen und dem grauenhaften Bombardement in den letzten Kriegstagen erfüllt hatte.

Er mußte gefühlt haben, daß sie vor ihm zurückweichen wollte. »Wir haben alles miteinander geteilt!« wiederholte er. »Sie müssen verstehen: Dem Sieger gehört die Beute. Sie können sich Ihr Leben sehr angenehm machen. Sie können für eine Weile in großem Luxus leben. Und am Ende werden Sie herausfinden, daß Sie mich sehr gern haben.« Seine Lippen berührten ihren Nacken; mit einer sanften Handbewegung drehte er ihren Kopf zu sich, und nun suchten seine Lippen ihren Mund.

Scheinbar widerstandslos duldete sie seine Annäherung, öffnete dann jedoch – wie ein unberechenbares Tier – ihren Mund und biß ihm in die Lippe. Sie spürte, wie ihre Zähne in sein Fleisch schlugen, und als er mit einem leisen Schrei der Verärgerung zurückfuhr, sah sie, daß Blut von seiner Lippe rann.

Sie bemerkte nicht seine Hand, die hochschnellte und ihr einen harten Schlag ins Gesicht versetzte; sie fühlte nur den stechenden Schmerz, als der Hieb ihren Kopf traf.

»Sie Bastard!« rief sie und spuckte nach ihm.

»Ich mag couragierte Frauen!« Abermals schenkte er ihr sein verzerrtes Lächeln. »Eine lebhafte Frau wie Sie macht viel mehr Spaß als so ein braves Kätzchen, das einem wie ein Kissen zu Füßen liegt. Ich werde es genießen, Sie gefügig zu machen, Natalja Fjodorowna.«

Ihre Augen weiteten sich vor Erstaunen. »Woher kennen Sie meinen Namen?«

Im letzten Moment können sich Bond und Natalya Simonova (Izabella Scorupco) aus dem explodierenden Helikopter befreien.

Ein waghalsiger Sprung rettet Bond – Natalya bleibt zurück.

Wieder das Lächeln, diesmal breiter und daher noch finsterer wirkend. »Sie werden erstaunt sein, was ich alles weiß.«

Im selben Moment, als er sich ihr wieder nähern wollte, ertönte eine schrille, durchdringende Alarmsirene. Natalja sah, daß zugleich auf dem Dach der Waggons rote Lichter aufblinkten.

Er stieß sie grob beiseite, befahl Ourumow mit knappen Worten, hierzubleiben und auf Natalja aufzupassen. Dann stürmte er davon, durch den Mittelgang zum nächsten Wagen. Xenia, ihre kleine Uzi in der Hand, folgte ihm.

Bond blieb nur kurze Zeit, um eine geeignete Stelle für seinen Hinterhalt zu suchen. Er wählte einen Streckenabschnitt von etwa zwei Kilometern, der zu einem kurzen Tunnel führte.

Der Panzer wäre fast kopfüber abgestürzt, als er den Damm herunter zu jener Stelle gerumpelt war, die Bond ausgewählt hatte. Schließlich manövrierte er den Moloch genau auf den vorgesehenen Platz: auf die Schienen, kurz vor dem Tunnel, die Kanone dorthin ausgerichtet, wo der Zug auftauchen mußte.

Bond öffnete die Luke, kletterte in den Geschützturm und überprüfte die Munition, die seitlich auf Gestellen lagerte: Rauchgranaten, hochexplosive und panzerbrechende Granaten. Bond brauchte nicht zweimal zu überlegen. Die Kanone war leicht genug zu laden, und mit dem im Leerlauf brummenden Motor konnte er den Geschützturm drehen und die Kanone so ausrichten, daß sie exakt den herankommenden Zug treffen mußte.

Allerdings bestand das Risiko, daß Trevelyan auf Sicherheit fuhr und, sobald der Panzer in Sicht kam, den Zug abstoppen ließ, bevor er in Reichweite des Panzergeschützes kam. Das zweite Risiko: Er hoffte, daß sich Natalja im hinteren Wagen befinden würde, aber gewiß war das nicht. Er hatte nur eine Chance, eine Granate, mit der er die Lokomotive treffen mußte. Im selben Moment, da sie abgeschossen wäre, mußte er raus, durch den Ausstieg und ab in Deckung.

Nur ein einziger Punkt bereitete ihm wirklich Sorge: Er besaß nur noch wenig Maschinenpistolenmunition, nach seiner Berechnung sechs Schuß – nicht genug, um Trevelyan und seine Offiziere auszuschalten.

Als er durch das Zielfernrohr spähte, sah er, daß der Zug bereits in sein Blickfeld rollte.

Trevelyan und Xenia waren in den mittleren Wagen gelaufen, der wie ein Befehlsstand mit hochmodernen Computern und verschiedenen elektronischen Kommunikationsmitteln ausgerüstet war. Wenn sie wollten, konnten sie von hier aus mit der ganzen Welt Kontakt aufnehmen.

Am Ende des Wagens befand sich ein Monitor, der die Bilder von einer vorne auf die Lokomotive montierten Kamera übertrug. Als Alec den Panzer sah, der auf den Geleisen stand und auf den sie mit hoher Geschwindigkeit zufuhren, entfuhr ihm ein untypischer Seufzer, in dem sich Ärger mit einem Hauch von Bewunderung mischte. »Typisch James Bond!« murmelte er.

»Der bringt uns zum Entgleisen! Wir müssen stoppen!« Xenia, sonst die Ruhe selbst, schien einer Panik nahe zu sein.

»Nein!« rief Trevelyan.

»Was sollen wir tun?« Die Frage kam über Lautsprecher vom Lokomotivführer, und es war zu spüren, daß er die Geschwindigkeit schon zurücknahm.

»Lassen Sie das!« rief Trevelyan in ein an der Wand angebrachtes Mikrofon. »Fahren Sie weiter! Volles Tempo! Rammen Sie das Ding!«

»Aber ...«, ertönte die Stimme des Lokomotivführers.

»Rammen Sie ihn, zum Teufel! Sie haben doch den verdammten Rammbock! Jetzt ist der Moment gekommen, um ihn zu benutzen!«

Das war leicht gesagt und klang überzeugend, aber die Situation hatte auch einen gefährlichen Aspekt. Trevelyan war erfahren genug, um die Lage einschätzen zu können. Er war ebenso ein Spieler wie Bond. Was immer jetzt passiert, dachte er, der Zug wird anschließend nur noch ein Haufen Schrott sein. Okay, damit konnte er leben, denn er würde mühelos ein anderes Transportfahrzeug finden. Es war ein Ärgernis, ein kleiner Rückschlag, aber er würde zweifellos trotzdem sein Ziel erreichen.

Er schaute hinauf zum Monitor und schnallte sich auf seinem Sitz fest. Ihm gegenüber preßte sich auch Xenia fest in ihren Sitz, die Uzi auf dem Schoß, die Beine ausgestreckt. Der Monitor über ihnen zeigte, daß sie mit hoher Geschwindigkeit auf den Panzer zufuhren. Noch etwa sechshundert Meter – und der Zug raste.

Als der Zug noch zweihundert Meter von dem T 55 entfernt war, spürte Trevelyan doch einen Hauch von Angst. Dann gleißte ein Blitz auf, gefolgt von einer gewaltigen Erschütterung, als würde der Waggon von einem Erdbeben erfaßt.

Bond hatte den Abzugsknopf gedrückt. Der Geschützturm ruckte unter dem Rückstoß, das Geschoß traf die Diesellok, explodierte in einem gewaltigen Flammenmeer, das sich so weit ausbreitete, als versuche es, auch den Panzer zu verschlingen.

Bond stemmte sich durch die Einstiegsluke nach oben, sprang nach links und rollte sich ab, neben den Bahndamm, fast im selben Moment, als die Lokomotive auf den Panzer prallte und der teleskopförmige Puffer in Stücke gerissen wurde.

Während die monströse Lok den in Brand geratenen Panzer in den Tunnel schob, preßte sich Bond flach auf den Boden.

Dann entlud sich die zweite Explosion – ein gigantischer Donnerschlag und sengende Hitze, deren Gluthauch selbst er noch spürte, obwohl er in sicherem Abstand im Gras lag. Er hob den Kopf und sah eine feurige Rauchwolke – ein Gemisch aus Öl und Sprengstoff –, die aus dem Tunnel aufstieg und ein tödliches Fragezeichen in den Himmel malte.

Währenddessen stand Bond schon auf den Füßen und sprintete, die Maschinenpistole in der Hand, mit großen Sprüngen auf den Zug zu.

Er sprang auf eine der Türstufen zwischen dem letzten und dem mittleren Wagen und warf sich gegen die Tür. Seine Hand ergriff heißes Metall, sein Herz schlug heftig in dem Wunsch, die Affäre Trevelyan ein für allemal zu beenden.

Xenia und Trevelyan waren in ihrem Wagen zu Boden geschleudert worden, Ausrüstung und Geräte hatten sich von der Wand gelöst, Xenias Maschinenpistole war den Gang entlang geschlittert, und das Schlimmste von allem: Es war stockdunkel im Waggon.

»Das Notaggregat!« schrie Trevelyan.

Xenia stolperte vorwärts, tastete die Wand entlang nach dem großen Hebel der Lichtmaschine, die nun, da mit der Explosion der Lokomotive die zentrale Energieversorgung ausgefallen war, den nötigen Strom liefern sollte.

Sie fand den Hebel, drückte ihn herunter, das Licht ging wieder an …

»Keiner rührt sich vom Fleck!« sagte eine Stimme hinter ihnen.

Trevelyan, halb hinter einem Tisch eingeklemmt,

machte sich gar nicht erst die Mühe, sich umzudrehen. »James, warum kannst du nicht wie jeder normale Mensch einfach sterben?«

15
Der stählerne Sarg

Durch sein betont unbekümmertes Verhalten wollte Alec Trevelyan Bond entweder ärgern oder unachtsam machen, doch beides mißlang ihm. Bond erinnerte sich an die vielen Tricks, die Alec in den alten Tagen auf Lager hatte, als sie gemeinsam in den kalten Krieg gezogen waren. Insbesondere erinnerte er sich an ein Seminar, auf dem Trevelyan darüber gesprochen hatte, daß ein Mann im Einsatz niemals seine wahren Emotionen zeigen dürfe und vollkommen ungerührt reagieren solle, wenn er in die Enge getrieben worden sei.

Offensichtlich hatte sich Alec in den vergangenen Jahren sehr verändert, aber mit ziemlicher Sicherheit hatte er seine altbewährten Methoden nicht verworfen. Wenn er sich nach dem, was in den letzten Minuten passiert war, so entspannt gab, konnte man sicher sein, daß er eine Überraschung in der Hinterhand hatte. Also war Vorsicht geboten.

Beide, Xenia und Trevelyan, standen mit dem Rücken zu Bond und ein bißchen zu nahe bei verschiedenen Schaltern und Knöpfen, was bedeuten konnte, daß sie urplötzlich das Licht abschalten oder die Tür zum nächsten, dem vordersten Wagen öffnen konnten.

Die Lokomotive hatte sich von den Wagen abgekoppelt, als sie den Panzer in den Tunnel hineingeschoben hatte. Bond war sich nicht sicher, ob Natalja im vorderen oder im letzten Wagen war. Außerdem brauchte er eine neue Waffe. Seine Gefangenen wandten ihm noch immer den Rükken zu. Er ließ seine Blicke nach links und rechts schweifen und entdeckte eine kleine Handfeuerwaffe, eine Beretta, wie ihm schien. Sie lag auf einem Computertisch, der den Aufprall und die Detonation heil überstanden hatte.

Bond trat einen Schritt zur Seite, nahm die Waffe auf und prüfte den Mechanismus. Am Gewicht der Pistole erkannte er, daß das Magazin voll war. Indem er den Schlitten zurückzog und wieder nach vorne schnellen ließ, lud er die Waffe durch und machte sie schußbereit.

»Umdrehen! Hände über den Kopf!« befahl er. »Alle beide! Jetzt!«

Als sie sich umwandten, sah er, daß Xenias Augen auf die Uzi gerichtet waren, die einen Meter vor ihr auf dem Fußboden lag.

»Kicken Sie mir bitte die Uzi rüber, Xenia. Wir wollen doch keinen Unfall riskieren. Und ihr beide haltet euch schön von dieser Tür fern!«

Die Uzi schlitterte über den Boden auf ihn zu. Seine Pistole blieb ruhig auf die beiden gerichtet, während er Xenias Maschinenpistole mit dem Fuß abfing und unter die Sitze zu seiner Rechten stieß.

Trevelyan lachte spöttisch. »James, du hast immer viel Glück gehabt, wahrscheinlich deshalb, weil du immer tolldreist gewesen bist. Du reagierst sehr gut, wenn du unter Druck stehst, aber du denkst nie voraus. Du hast hier keine Chance. Du hast keinerlei Unterstützung und keinen Fluchtweg. Du bist hier mit uns als Geiseln festgenagelt. Ein Dichter hat mal geschrieben: ›Das Barometer fällt von Stunde zu Stunde ...‹«

Bond vollendete das Zitat: »›... es wird immer weiter fallen. Auch wenn du es zertrümmerst, du kannst das Wetter nicht ändern.‹ Ja, ich weiß, Alec, und ich bin darauf gefaßt, daß du bereits das Startzeichen für einen erderschütternden Plan gegeben hast.«

»Erderschütternd ist gut. Sehr gut, James. Nein, du kannst nichts mehr stoppen. Es sei denn, du findest den Ausgangspunkt und räumst den bösen Buben Boris binnen weniger Tage aus dem Weg. Du bist fertig, alter Junge. Du hast verschissen. Ich bin der einzige, der möglicherweise noch etwas ändern könnte. Aber ich glaube nicht, daß ich das tun werde. Immerhin habe ich eine Trumpfkarte in Händen, den Joker, sozusagen.«

»Ach ja?«

»Ich habe die schöne Natalja.«

»Und?«

»Was meinst du mit ›und‹, James?«

»Warum sollte Natalja ein Joker sein?«

»Komm, James, vor mir kannst du dich nicht verstellen.«

»Tatsächlich nicht? Wo ist sie denn, der kostbare Trumpf?«

»Ich kann sie für dich herbeischaffen. Du mußt mir nur gestatten, das Mikrofon zu benutzen.« Er deutete mit dem Kopf auf die Stelle an der Wand, wo das Mikro angebracht war. »Ich brauche nur deine Erlaubnis, um ...«

»Mach bloß keine Dummheiten, Alec! Ich möchte dich wirklich nicht umbringen. Ich möchte dich heimbringen.«

»O ja, heim!« spottete Trevelyan. »Ich darf wohl annehmen, du meinst damit England, Heim und Herd.«

»Nein, ich meine England, Heim und Gesetz.«

Trevelyan zeigte noch einmal auf das Mikrofon, und Bond nickte, ohne seine Augen oder die Pistole zu bewegen, deren Lauf weiter auf Xenia und Trevelyan zielte.

»Ourumow, bringen Sie sie her!« sagte Trevelyan ins Mikro und legte es wieder auf die Wandkonsole. »Ein reizendes Mädchen! Sie schmeckt nach ... Tja, ich würde sagen, sie schmeckt nach Erdbeeren. Du hattest doch immer eine Vorliebe für Mädchen mit Erdbeergeschmack, James.«

»Ich weiß nicht, wonach sie schmeckt.«

»Wie schade für dich. *Ich* jedenfalls weiß es.«

Was für ein cleverer Schauspieler! dachte Bond. Mit diesem simplen Text beschwört er ein Szenario herauf: zahllose Nächte, die er in Nataljas Armen verbracht hat, Fleischeslust in allen erdenklichen Varianten, die er mit ihr praktiziert hat.

Die Tür hinter ihm sprang auf, und Natalja stolperte herein. General Ourumow hatte einen Arm um ihre Kehle gelegt und preßte sie an sich, während er mit der anderen Hand eine Pistole an ihre Stirn hielt.

Trevelyan lachte. Es war nicht einfach ein freudiges oder spöttisches Lachen, fand Bond, nein, es was das Lachen eines Verrückten. »Na also, James!«

Wieder dachte Bond, daß der Mann eine Spur zu kühl war. Da war doch irgendwas im Busch! Trevelyan war viel zu entspannt.

»Wir sind in einer Sackgasse, James. Und wenn du darüber nachdenkst, sind wir auch wieder genau da, wo wir angefangen haben. Entscheide dich: zwischen deiner kleinen Freundin und deiner Mission aufzudecken, was ich habe und wo es versteckt ist.«

Während er die Pistole weiter auf die beiden gerichtet hielt, drehte Bond seinen Kopf ein wenig zu Ourumow. »Sagen Sie, General, was hat Ihnen dieser Kosake versprochen?«

Im Augenwinkel konnte er sehen, daß Ourumow für einen Moment verunsichert zu sein schien.

»Nebensächliche Details«, murmelte Trevelyan.

»Sie wissen das doch, General Ourumow? Sie wissen, daß er ein Lienz-Kosake ist?«

»Das ist lange her und weit, weit weg. Wie ein Dramatiker mal über die Liebesfreuden geschrieben hat: ›Das war ein anderes Land‹, und der Richter, nebenbei, ist tot.«

»Ist das wahr?« Ourumow klang erschüttert.

»Das mit dem anderen Land?« Trevelyan gab einen kieksenden Lacher von sich.

»Es ist wahr, Ourumow. Er ist ein Lienz-Kosake, und Sie wissen, die erinnern sich alle sehr genau an die Säuberungsaktionen. Er kann Sie und Ihresgleichen nicht ausstehen. Er wird Sie ans Messer liefern. So wie er alle anderen verraten hat.«

»Ist das *wirklich* wahr?« wiederholte Ourumow, wurde aber sogleich von Trevelyan unterbrochen.

»Wahr ist, daß Sie und ich in achtundvierzig bis zweiundsiebzig Stunden mehr Geld und mehr Macht besitzen werden als Gott! Mr. Bond wird dann nur ein bescheidenes Begräbnis bekommen, und ich bezweifle, daß sehr viele Leute um ihn trauern werden. Es könnte sein, daß sich Moneypenny ein paar Tränen aus den Augen wischt, und etwa ein Dutzend Gastwirte werden um ihren Kontostand bangen. Aber wenn's soweit ist, werden sich ohnehin eine Menge Leute um ihren Kontostand Sorgen machen.«

Er legte eine kleine Pause ein, um seine Worte wirken zu lassen. »So, was soll's denn sein, James? Zwei Ziele, Zeit für einen Schuß. Wie entscheidest du dich? Für das Mädchen oder deine Mission?«

Bond zuckte die Achseln. »Töte das Mädchen, wenn's sein muß. Sie bedeutet mir nichts.«

Natalja gab ein leises Stöhnen von sich, das tief aus ihrem Inneren zu kommen schien.

»Wir sehen uns in der Hölle wieder, James.« Mit einer Kopfbewegung befahl Trevelyan dem General, das Mädchen zu töten.

Aber Ourumow rang noch um Fassung, und diesen Moment der Unachtsamkeit nutzte Natalja. Sie machte sich frei, stieß ihm ihr Knie in den Unterleib und hechtete zur Seite, so daß Bond freies Schußfeld hatte.

Der Schuß klang in dem engen Raum des Eisenbahnwagens wie Kanonendonner, Ourumows Kopf verschwand wie in Zeitlupe in einem feinen roten Nebel.

Bond warf sich zu Boden, rollte neben Natalja, richtete sich halb auf und schoß abermals. Die ersten beiden Schüsse gingen zu hoch und zu weit nach links. Während er sorgfältiger zielte, wurde bereits die Tür am Ende des Wagens geöffnet, und Xenia – gefolgt von Trevelyan – verschwand nach draußen. Zwei weitere Schüsse zersplitterten die Holztäfelung, aber die beiden waren schon auf und davon. Als Bond die Tür erreichte, hörte er, wie von draußen ein Riegel vorgeschoben wurde. Fast zur selben Zeit senkten sich klirrend dicke, gepanzerte Rolladen vor die Fenster.

»Wir befinden uns in einem gepanzerten Sarg«, sagte Bond gelassen.

»Ja, mir geht's gut, James. Danke, daß du fragst.«

»Tut mir leid, aber ...«

Der eine große Computer auf dem Tisch, von dem Bond die Beretta geschnappt hat, begann plötzlich zu piepen. Natalja schaute hin und rief: »Boris?«

»Wo?«

»Irgendwo da draußen!« Sie schob Bond beiseite, setzte sich auf den Stuhl vor dem Computertisch und ließ ihre Finger über die Tastatur tanzen.

»Natalja, was zum Teufel tust du da?«

»James, laß mich! Irgendwo da draußen, in der wirklichen Welt, sitzt Boris an einem Computer. Was anderes ist von ihm auch nicht zu erwarten. Er kann nur mit Computern leben. Er könnte an jedem beliebigen Ort sein. Vielleicht in Honolulu, vielleicht in Vierbrücken.«

»Zweibrücken.«

»Okay, zwei. Das ist sein Programm! Wenn ich es mit einem Spike-Ruf versuche, könnte ich herausfinden, wo genau er ist. Würde das was helfen?«

»Eine Menge.«

»Gut, dann laß mich mal machen!« Sie raunzte ihn an: »Steh hier nicht herum, Mann! Sieh zu, daß wir hier rauskommen!«

»Zu Befehl, Sir, wie Sie wünschen. Auf der Stelle, Sir.« Er wandte seine Aufmerksamkeit dem Fußboden zu, holte ein langes Schweizer Armeemesser aus der Geheimtasche in seinem Hosenbund und begann, den Teppichboden aufzuschneiden.

Trevelyan und Xenia waren aus dem Zug gesprungen.

»Bei Gott, ich hoffe nur, daß er bei der Explosion nicht beschädigt worden ist«, sagte Trevelyan. Er klang besorgt. »Wenn doch, können wir einpacken.«

Sie standen vor dem ersten Waggon, dessen Seitenfront von der Detonation zerschrammt und angesengt war.

Trevelyan zog ein kleines Gerät aus der Tasche, das aussah wie eine Fernbedienung, richtete es auf den Waggon und drückte auf einen Knopf.

Es entstand ein rumpelndes Geräusch, die vier Seitenwände klappten an Scharnieren herunter und gaben den Blick frei auf einen schnittigen, kleinen schwarzen Hubschrauber.

»Geschafft!« rief Xenia.

Sie und Trevelyan schwangen sich auf den Flachwagen und entfernten mit eingespielten Handgriffen die metallenen Haltegurte rund um die Maschine.

Sekunden später duckte sich Trevelyan unter den mittleren Wagen und horchte auf die Geräusche, die Bond drinnen erzeugte. Seine Hand glitt zu einer kleinen Blackbox, die unter dem Wagen angebracht war, und tippte ein paar Zahlen ein.

Als er wieder unter dem Wagen auftauchte, hatte Xenia schon den Motor des Helikopters angeworfen, die Rotorblätter drehten sich. Ein paar Sekunden später hob der

Hubschrauber ab. Trevelyan, der an der Steuerung saß, flog einen weiten Bogen, ließ das Flugzeug über dem mittleren Wagen schweben und sprach schnell in ein elektrisches Megaphon, das seine Stimme gewaltig verstärkte.

Natalja tippte wie wild auf die Tasten des Computers. Verschiedene Schriftzüge tauchten auf und wurden durch andere ersetzt:

C:> CD SPIKE

C:> SPIKE

C:> SEND SPIKE ENTER

Sie tippte auf die Eingabetaste, und prompt erschien die Zeile:

C:> SPIKE SENT.

Sie stieß einen wilden Kriegsschrei aus. »Ich hoffe, ich habe ihn.«

Da hörten beide die körperlose Stimme von Janus/Trevelyan, die aus der Höhe zu ihnen drang:

»Viel Glück mit dem Fußboden, James! Ich habe den Timer auf drei Minuten gesetzt. Die gleichen drei Minuten, die du mir damals bei Archangelsk gegeben hast. Das war das mindeste, was ich einem alten Freund wie dir schuldig war.«

Vom Boden her war nun ein ununterbrochener Piepton zu hören, und über allen Türen des Waggons flackerten rote Lichter auf.

»Was bedeutet das?« fragte Natalja erschrocken.

»Es bedeutet, daß wir noch genau sechzig Sekunden haben, um hier rauszukommen.«

»Oh!« Sie konzentrierte sich wieder auf den Computer und tippte nun noch schneller ihre Codes in die Tastatur.

Bond hatte den Teppichboden aufgeschlitzt, zog ihn jetzt hoch, so daß der stählerne Fußboden bloßlag. Er nahm seine Armbanduhr vom Handgelenk, stellte sie so ein, daß die Zeiger übereinander standen, und drückte sodann auf einen kleinen Knopf am Rande des Uhrgehäuses. Ein dünner, heller Laserstrahl zischte aus der Seite heraus. Bond richtete den Strahl auf den Fußboden und schnitt ein kreisrundes Loch in den Stahl. Diese Uhr war eines der nützlichsten Dinge, die Q jemals für Bond entworfen hatte.

Natalja hatte einen neuen Befehl in den Computer eingegeben: C:> FOLLOW SPIKE TRACE. Der Schriftzug löste sich auf, und an seiner Stelle erschien eine Landkarte. Sie verfolgte die rote Linie, die über die Grafik des Erdballs wanderte.

»Er ist nicht mehr in Rußland, Deutschland, Paris, Madrid, Rom, London ...« Sie sprach schneller und schneller, während sie die konfuse Route verfolgte, die Boris gereist war. »New York, Washington, Miami, Key West ...«

»Zwanzig Sekunden!« schrie Bond.

»Kuba, James! Er ist in Kuba ...«

Bond trat heftig auf die Mitte des Kreises, den der Laserstrahl in den Boden geschnitten hatte, und das Stahlstück fiel nach unten auf die Gleise.

»Fünfzehn Sekunden!«

»Havanna! Da muß er sein! Nein, von da ist er schon wieder weg ... nach Norden. Aber er ist noch auf Kuba ...«

»Das genügt!« Er packte sie am Hemdkragen und zog sie vom Stuhl, stieß sie durch das Loch und folgte ihr, genau fünf Sekunden vor dem Ende des Countdowns.

Sie krochen, so schnell sie konnten, unter dem Wagen hervor. Bond warf sich über sie, um sie mit seinem Körper zu schützen, gerade als die drei Waggons mit donnerndem Getöse in die Luft flogen.

Natalja sprintete los, zur anderen Seite des Bahndamms. Bond hinterher. Wieder warf er sich über sie.

Sie lächelte ihm zu. »Wow! Hat es dir gefallen?«

»Es war viel zu heiß.«

»Ich versteh' das nicht, James. Was ist mit dir los? Zerstörst du alle Fahrzeuge, mit denen du fährst?«

»Ja, das scheint ein übliches Operationsverfahren dieser Mission zu werden.«

»Wie auch immer. Ich denke, wir sollten uns jetzt auf unseren Trip nach Kuba vorbereiten.«

»*Unseren* Trip?«

»Du glaubst doch nicht, daß ich dich die Sache allein beenden lasse, oder? Und außerdem: Weißt du etwa, wie man *Mischa* entschärfen kann?«

»An und für sich – wo du es gerade erwähnst – nein. Ein bißchen Hilfe wäre nicht schlecht.«

»Kannst du sie kriegen?«

»Oh, ich denke schon.«

»Gut. Nun, James, gibt es da noch andere ›Operationsverfahren‹, von denen ich wissen müßte?«

»Tausende.« Er lächelte sie an. Seine Lippen näherten sich ihrem Mund. »Keine Sorge! Ich lege nur ein Lippenbekenntnis ab.«

»Ich könnte mir nichts Besseres vorstellen«, sagte Natalja Simonowa, während sie ihm ihr Gesicht und dann ihren Körper zuwandte.

16
Zwischenspiel

Sie hatten jetzt eine Menge Probleme zu bewältigen, und die ersten, scheinbar am leichtesten zu lösenden stellten sich als die schwierigsten heraus. Sie waren zu Fuß, etwa zehn oder zwölf Kilometer von St. Petersburg entfernt. Im neuen, demokratischen Rußland war es nicht unbedingt ratsam, ohne fahrbaren Untersatz zu reisen. Außerdem brauchte Bond ein Telefon, um die wichtigste

Hürde zu nehmen: Verbindung mit Jack Wade aufzunehmen, seinem einzigen Rückhalt.

Sie wanderten ein paar Kilometer, glücklicherweise von niemandem belästigt – bis auf einen Bettler, der darauf bestand, ihnen mit seiner Fistelstimme ein Lied vorzusingen. Soweit Bond ihn verstehen konnte, kam darin eine Zeile vor, die ›O meine leidenden Brüder‹ zu lauten schien.

Gegen seine Überzeugung schenkte er dem Mann ein kleines Vermögen – fünf Dollar – und fragte Natalja, worum es in dem Lied ging.

»Oh, das ist ein altes Revolutionslied aus der Zeit vor dem Bolschewismus.«

Endlich erreichten sie eine schmuddelige kleine Gastwirtschaft. Der Wirt gestattete ihnen, gegen Entgelt sein Telefon zu benutzen unter der Bedingung, daß sie bei ihm frühstücken und hierfür abermals bezahlen würden.

Bond wählte die Nummer, die Jack Wade ihm gegeben hatte, und hörte Wades Stimme, die ihm empfahl, eine Nachricht zu hinterlassen und den Tag zu genießen. Er sagte dem CIA-Mann, wo er sei und daß er ein Fortbewegungsmittel sowie ein paar weitere Hilfeleistungen brauche.

Der Kaffee war erstaunlich gut. Dazu gab es Brathering mit Schwarzbrot.

Sie hatten gerade aufgegessen, als ein Polizeiwagen mit quietschenden Bremsen vor dem Lokal hielt.

»Das Spiel ist aus«, flüsterte Bond. »Wir sind im Eimer.«

Der Wirt sah das etwas anders. Er war offensichtlich ein Mann, der gegen jede Form von Autorität eine Abneigung hegte. Wie ein von der Leine gelassener Windhund kam er hinter seinem Tresen hervor.

Während er in rasendem Russisch auf sie einflüsterte, geleitete er sie durch eine Hinterstube, dann eine kurze

Treppe hinauf bis zu einem großen Schrank, in dem allerlei Flaschen und Konservendosen aufbewahrt waren – Schwarzmarktware, vermutete Bond. Der Wirt legte einen Finger auf seine Lippen, bedeutete den beiden, sich in den Schrank zu quetschen, schloß die Tür hinter ihnen und ließ sie im Dunkeln allein.

Natalja suchte sein Gesicht. Ihre Finger berührten seine Augen, Nase, Mund und Kinn.

Bond zog sie an sich. Zuerst schien sie nicht zu reagieren, als seine Lippen die ihren berührten, doch dann, als habe jemand einen Schalter umgelegt, fühlte er, wie sie sich an ihn schmiegte, wie ihr Mund sich zum Kuß öffnete.

Von unten drangen streitende Stimmen, dann Gelächter zu ihnen herauf. Nach ungefähr zwanzig Minuten hörten sie die Schritte des Wirts, der die Treppe heraufkam. Er lachte, als er die Tür öffnete.

»Ein paar Dummköpfe haben sich an irgendwelchen Waffen und Eisenbahngeräten zu schaffen gemacht.« Er entblößte seine Zähne samt Lücken zu einem hämischen Grinsen. »Die Polizei und die Sicherheitsorgane suchen nach einem Mann und einer Frau. Ich wollte mich mit diesen Leuten nicht rumärgern und habe ihnen gesagt, ich hätte heute überhaupt noch keine Gäste gehabt. Gut, oder?«

»Sehr gut!« Bond steckte ihm Geld zu, was den Mann noch fröhlicher machte.

Ungefähr eine halbe Stunde später tauchte Wade auf, immer noch in dem alten, vergammelten Moskowitsch und mit seinem strahlendsten Lächeln.

Während sie im Wagen zum Hotel fuhren, gab Bond ihm eine Einkaufsliste: Tickets für den nächstmöglichen Flug in die Vereinigten Staaten, einen gültigen Paß nebst Ausreisevisum für Natalja und neue Kleider für sie.

»Nicht gerade die einfachste Sache der Welt.« Wades

Stimme klang gleichgültig und matt. »Andererseits auch nicht unmöglich.«

Plötzlich riß er das Steuer nach rechts herum und bog von der Hauptstraße in einen schmalen Feldweg ein.

»Wenn uns hier jemand entgegenkommt, stecken wir fest!« sagte Bond irritiert. »Warum dieser Traktorpfad, Jack?«

»Wegen der Straßensperren und der anderen Spielchen, die sie vorbereitet haben, James.«

»Straßensperren?« Natalja wurde nervös.

»Ja, mit Autos, Pferden, Bullen, KGB ...«

»KGB gibt's nicht mehr«, widersprach Natalja.

»Sicher, ich sag's nur, weil alle Welt die Bande noch so nennt. Früher KGB, noch früher Tscheka. Auswechselbar, Baby. Wenn *Sie* das nicht wissen, muß Ihnen jemand Essig in die Haferflocken geschüttet haben. Ich kenne nicht einen einzigen Russen, der den KGB anders nennt als KGB. ›Gestern, heute, für immer‹, wie es in dem Musical ›Kitten‹ heißt.«

»›Cats‹«, verbesserte Bond.

»Ist doch egal. Jedenfalls krauchen in den Außenbezirken haufenweise Leute herum, die üble Dinge mit Ihnen vorhaben. Ich habe ein bißchen herumgehorcht. Aus irgendeinem Grund scheinen die keine Ahnung zu haben, wo Sie sich herumtreiben, James. Die haben im Hotel doch nicht Ihren Paß verlangt?«

»Nein, die Buchung erfolgte, wie's bei uns heißt, unterm Tisch.«

»So heißt das bei uns auch. Mann, wir gebrauchen dieselben Worte! Und da heißt es immer, Britannien und Amerika sind zwei Länder, die durch die gleiche Sprache getrennt sind.«

Nach einer Pause fragte Bond, ob er Wade richtig verstanden habe. »Wollen Sie damit sagen, daß mein Hotel nicht überwacht wird?«

»Das Hotel ist sauber. Keine Schatten, keine Schnüffler, keine Namen, James.«

»Was machen wir also?«

»Wir können uns durch Seitenwege wie diesen in die Stadt schleichen. Sind wir erst mal in der Innenstadt von St. Petersburg, sind keine Kontrollen mehr zu befürchten. Diese Leute sind komisch. Vermute, die rechnen sich aus, daß niemand so blöde sein kann, freiwillig in die Stadt reinzukommen.«

»Und?«

»Das ist die gute Nachricht. Die schlechte ist, daß die Bahnhöfe und Flughäfen von Geheimdienstleuten nur so wimmeln. Sie brauchen beide neue Pässe, und ich fürchte, wir müssen auf ein sehr altmodisches Hilfsmittel zurückgreifen: Maskerade.«

Bond haßte Verkleidungen. Er hatte sich nie wohl darin gefühlt und fand es anstrengend, in eine neue Rolle hineinzuschlüpfen. Doch er protestierte nur halbherzig, indem er behauptete, er verkleide sich grundsätzlich niemals und für niemanden.

»Keine Sorge, James. Wir machen das sehr subtil. Wir stecken Sie nicht in Frauenkleider oder so was. Sie werden einfach nur ein bißchen älter aussehen, Natalja ein bißchen jünger, und das war's dann auch schon. Keine Sorge!«

Im Hotel kümmerte sich niemand um sie. Sie duschten und warteten gespannt, ob Jack Wade wirklich mit allerlei guten Dingen vorbeikommen würde.

Er war tatsächlich erstaunlich flink. Gegen sieben Uhr traf er in ihrem Zimmer ein, mit einem Karton ›voller Bonbons‹, wie er sich ausdrückte, sowie mit zwei Reisetaschen.

Eines der ›Bonbons‹ war ein amerikanischer Paß für Bond, einschließlich neuem Paßbild, auf dem Bond sich kaum wiedererkannte: Der Mann trug eine große Brille und graue Haare, und seine Wangen sahen fülliger aus.

Doch diese letzteren Veränderungen waren mit Hilfe einer Grautönung für die Haare und Schaumgummipolstern, die man sich in die Backen schob, leicht zu bewerkstelligen.

»Versuchen Sie nur nicht, was zu trinken, solange Sie die Dinger tragen. Die saugen die Flüssigkeit auf, so daß Sie alle Leute anspucken, wenn Sie mit ihnen sprechen.«

»Ich hab' so was schon mal irgendwo in einem anspruchsvollen Spionageroman gelesen.« Bond ging ins Badezimmer, spülte sein Haar mit der Grautönung, die Wade mitgebracht hatte, setzte die Brille auf und schob die Schaumgummipolster in die Wangen. Der Erfolg war respektabel.

Als er in das Hotelzimmer zurückkam, fand er Wade in Gesellschaft eines Schulmädchens, das er nicht erkannte.

»Sie soll ungefähr fünfzehn sein. Britischer Paß mit einem gültigen Visum. Und die Schuluniform, die sie trägt, gibt es wirklich.« Wade betrachtete sie mit fast lüsternem Blick. »Sie haben auch echte Pässe für die Hinfahrt«, fuhr er fort und knallte die Dokumente auf den Tisch. »Na, zufrieden, hm?«

»Ich mag diesen ... wie nennt ihr das? Trägerrock?« Natalja senkte den Blick, als sei sie peinlich berührt.

»Das ist korrekt.« Bond musterte sie von oben bis unten. Die weißen Kniestrümpfe brachten seine Libido in Wallung.

»Was ich nicht mag, ist die Unterwäsche. Dick, dunkelblau und fühlt sich an wie Futterseide.«

Bond lächelte. »Die Standard-Uniform an den britischen Mädchenschulen.«

»Es ist nur für den Flug«, sagte Wade mit Unschuldsmiene. »Wenn Sie ankommen, wo Sie hinwollen, gibt's einen Sack voll wirklich netter Kleider für Sie beide. Vorläufig finden Sie in den Reisetaschen das eine oder andere, das ganz nützlich sein kann.«

Sie trennten sich auf dem Flughafen, wo überall Sicherheitskräfte herumschwärmten. Bond trat mit der Attitüde eines barschen, humorlosen, exzentrischen Ex-Offiziers aus Übersee auf, was bei den übereifrigen Beamten Wunder zu wirken schien.

Sein Herz schlug jedoch ein bißchen schneller, als er sah, wie zwei hünenhafte weibliche Sicherheitsoffiziere Natalja in ihre Mitte nahmen und hinter einen Vorhang führten. Später erzählte sie ihm, es sei einer der schlimmsten Augenblicke ihres Lebens gewesen. »Ich glaube, die beiden haben gespürt, daß etwas nicht stimmte. Sie waren sehr aggressiv, bis ich ihnen ein paar Dollars zusteckte. Auf einmal wurden sie ganz friedlich.«

Zunächst flogen sie bis Paris, wo ihnen genug Zeit blieb, ihre Maskerade abzulegen und zu ihrem gewöhnlichen Erscheinungsbild zurückzukehren. Beim Weiterflug nach Miami saßen sie nebeneinander. Auch bei der Ankunft gab es keine unangenehmen Fragen, und so erreichten sie gerade noch ihren Anschlußflug nach Puerto Rico.

Dort empfing sie ein junger Mann, dessen Kleidung überall mit den Lettern ›CIA‹ beschriftet war. Er schleuste sie durch die Kontrollen der Einwanderungs- und Zollbehörde, die ihnen dank ihres Begleiters praktisch keine Scherereien machten. Der junge Mann hatte ihr neues Gepäck bei sich. Er war stämmig, hatte die Figur eines Hydranten und hörte auf den Namen Mac. Von Natalja schien er sehr angetan zu sein.

In einem luxuriösen BMW – der, wie Mac sagte, den beiden während ihres Aufenthalts auf der Insel zur Verfügung stehe – fuhr er sie zu einem ebenso luxuriösen Strandhaus.

Den folgenden Nachmittag verbrachten Bond und Natalja auf der Straße und erkundeten die Insel, weit weg von den Touristenscharen in San Juan.

»Du kannst dir nicht vorstellen, was das für mich bedeutet.« Nataljas Haar wurde von der warmen Brise zerzaust, während sie über die leeren Straßen fuhren, die jenseits der üblichen Touristentouren durchs Land führten. »Weißt du, James, mein ganzes Leben lang wollte ich mal in die Karibik. Ich hatte sogar ein Bild von einer der Inseln – St. Thomas, glaube ich – auf meinem Arbeitsplatz in Sewernaja. Schon als kleines Mädchen habe ich davon geträumt, und ich kann kaum glauben, daß ich jetzt wirklich hier bin.«

»Ich bin froh, daß wir die Gelegenheit haben, deine Träume wahrzumachen.« Bond lächelte sie an. »Ich kann nur hoffen, daß das Ganze nicht in einem Alptraum endet.«

Sie ignorierte seine letzte Bemerkung und legte den Kopf auf seine Schulter. »Hier sind wir auf einer wundervollen Insel, und kein Mensch ist weit und breit zu sehen.«

Kaum hatte sie das gesagt, drang ein lauter Signalton aus dem Autoradio.

»Das könnte unser Weckruf sein.« Bond drückte auf einen der Knöpfe am Radio, und eine Tafel mit einem kleinen Radarschirm klappte herunter. Ein grünes Echozeichen wurde jedesmal sichtbar, wenn die zirkulierende Radaranzeige darüber hinwegfuhr.

»Wie es aussieht, haben wir Begleitung.« Bonds Augenbrauen zogen sich zusammen. Aus der Ferne, die Motorgeräusche des Wagens übertönend, war das Brummen eines näherkommenden Flugzeugs zu hören.

Mittlerweile sah er es schon im Rückspiegel. Natalja drehte sich um, gab einen leisen Schreckensschrei von sich und rutschte in ihrem Sitz herunter. Eine nette kleine Piper Archer flog dicht über ihre Köpfe hinweg, die Landeklappen voll ausgefahren, und setzte kurz vor ihnen auf der Straße auf.

»Hast du Töne!« Bonds Gesicht zeigte keine Regung, aber seine Hand schlüpfte in die Blazertasche. Er holte seine Automatik heraus und legte sie auf die Konsole zwischen ihnen.

Die Archer rollte vor ihnen her, fuhr schließlich nach links, durch eine Baumlücke hindurch, und kam auf freiem Feld zum Stehen.

»Hast du eigentlich mit allem Ärger, was sich bewegt?« fragte Natalja. Sie schien ziemlich entgeistert zu sein.

»Das ist mein natürlicher Charme.« Er zeigte immer noch keine Emotion. »Kombiniert mit meiner Schwäche für Chaos und Gewalt.« Er bremste, kurvte auf die Wiese und schloß zu dem Flugzeug auf, das den Namen *Lord Geoff I* auf die Nase gepinselt trug.

Kaum waren sie da, stieg Jack Wade aus dem Flugzeug, mit einer Aktentasche unter dem Arm.

»Jimbo!« grüßte er Bond.

»Ich hab' Ihnen gesagt, Sie sollen mich niemals so nennen! Und da wir gerade dabei sind, was treiben Sie eigentlich hier?«

»Sie wollten den Job übernehmen, Janus zu erledigen, und ich bringe Ihnen Kunde von Ihrer Chefin. Sie sagt, Sie sollen sich dranmachen. Morgen. Oh, und das ist ein Geschenk von einem – wie war sein Name? N? R? A?«

»Q.«

»Richtig, der war es.« Er gab ihm die Aktentasche, dann hob er witternd die Nase. »Ah, Banyanbäume!« Er schwieg einen Moment, ehe er fortfuhr: »Übrigens, ich bin nicht hier, *capisco?* Mein Verein hat absolut nichts mit der Sache zu tun. Wir wissen von nichts. Auch nicht von Ihrem Abstecher nach Kuba. Okay?«

Bond nickte.

Wade deutete auf die Piper. »Ich habe mir das kleine Baby von meinem Freund bei der Drugs Enforcement

Agency ausgeborgt. Es steht für Sie bereit, startklar auf dem Privatflugplatz von San Juan Dominicci, und zwar morgen früh, bei Morgengrauen.«

»Wir werden dasein.«

Dominicci ist San Juans Inlandsflughafen, wo alle möglichen kleineren Maschinen im Pendelverkehr mit den anderen Städten der Insel den ganzen Tag über starten und landen.

»Gehen Sie einfach an Bord, und senden Sie das Startsignal: ›Smiley One‹. Und jetzt ...« Wade ließ sich von Bond und Natalja zu der Piper Archer begleiten, wo er einige Papiere von seinem Sitz nahm. »Wir haben Sie in jeder erdenklichen Weise abgesichert. Küstenwache, Nationale Luftraumüberwachung und das südliche Militärkommando – alle sind mit dabei. Und wenn ich sagte ›Morgengrauen‹, dann meinte ich das auch. Sie müssen um sechs Uhr startklar sein.«

Er überreichte Bond einen großen braunen Umschlag. »Hier sind Ihre letzten Anweisungen. Die sagen, es ist alles in Ordnung, solange Sie nicht höher als zweihundert Meter fliegen.«

Nataljas Hand schoß nach vorne und nahm Bond den Umschlag aus der Hand. »Hundertfünfzig Meter.« Sie lächelte wie ein nettes, wohlerzogenes russisches Mädchen.

»Wer ist denn das?« Wade legte den Kopf wie ein Papagei zur Seite und sah Natalja mit fragender Miene an, als ob er sie noch nie im Leben gesehen hätte.

»Oh, ich hätte Sie vorstellen sollen. Sie haben ihr in St. Petersburg ein paar Kleider gebracht.«

»Ah, natürlich. Ich erinnere mich gut. Natalja Simonowa.«

Natalja schaute mit gesenkten Augenlidern auf den Briefumschlag, den sie nun aufriß, um die Karten und Satellitenfotos zu betrachten. »Ich bin befördert worden. Ich bin jetzt Hilfssheriff in Mr. Bonds Aufgebot.« Sie schenkte

Wade ein breites Lächeln. »Sie haben eine bizarre Vorliebe für gewisse intimere Kleidungsstücke, Mr. Wade.«

»O ja, das stimmt. Ich hoffe, ich habe die richtige Größe erwischt.«

»Perfekt!«

Bond beobachtete die beiden mit Unschuldsmiene. »Ach, dieses russische Mädchen hier? Sie haben sie ausgestattet?«

»Von Kopf bis zum kleinen Zeh, Jacko.«

»Sie sollen mich nicht ...«

»Ich weiß schon, entschuldigen Sie.« Er unterbrach sich, als er sah, daß Natalja die Satellitenfotos studierte, und beugte sich über sie. »Sie suchen nach einer Parabolantenne, so groß wie ein Fußballfeld, nehme ich an. Na ja, die existiert nicht. Niemand kann sich in Kuba eine Zigarre anzünden, ohne daß die Jungs von der nationalen Sicherheitsbehörde davon Wind kriegen. Das Ding *ist* nicht dort!«

Natalja blickte mit einem frechen Lächeln zu ihm auf. »Mr. Wade, ich weiß genau, daß es da ist. Es ist eine exakte Kopie der Antennenanlage von Sewernaja.«

Bond unterbrach sie. »Was ist, wenn wir Unterstützung brauchen, Jack?«

»Im Flugzeug ist ein Sender.« Wade zeigte auf eine Stelle unter dem Instrumentenbrett. Der Pilot verhielt sich schweigsam, er blickte nicht einmal in ihre Richtung.

»Der sendet automatisch einen Warnruf, wenn der Flieger draufgeht. Setzen Sie einfach einen Notruf ab, wenn es Probleme gibt, und ich schicke die Marinesoldaten los.«

Jetzt gab der Pilot doch ein Lebenszeichen von sich. Er winkte Wade zu, daß er sich beeilen möge.

»Mein Chauffeur wird nervös«, sagte Wade. Er klopfte Bond auf die Schulter und gab Natalja einen Wangenkuß. »Fliegen Sie einfach nach rechts, wenn Sie abgehoben haben. Nach Kuba ist's nur ein Katzensprung. Alles Gute! Ich hole den BMW morgen vormittag am Flugplatz ab.«

»Und drücken Sie darin bloß nicht auf irgendwelche geheimen Knöpfchen!«

»Ich rase bloß eine Weile mit ihm herum.«

»Wunderbar.«

»James, Sie werden mit Janus fertig. Ich glaube ganz fest daran, denn Sie wissen genau, wie dieser Mann vorgeht.«

»Das Problem ist, daß er genauso gut über mich Bescheid weiß. Wir haben lange Zeit zusammengearbeitet.«

»Sie schnappen ihn trotzdem, Jimbo!« Bond ballte die Faust, aber Wade war schon außer Reichweite und kletterte in die Piper Archer, die sich sofort in Bewegung setzte.

Am Abend packte Bond im Strandhaus die Aktenmappe aus, die ihm von Q geschickt worden war. Sie enthielt eine neue Uhr mit sechs kleinen magnetischen Haftladungen, die von der Uhr aus gezündet werden konnten. Er legte alles zu seiner Ausrüstung, die er morgen mitnehmen würde.

Später ging er zur Küste hinunter, setzte sich in den Sand und überließ sich, vom eintönigen Geräusch der Brandung eingelullt, seinen Gedanken. Er dachte an all die Jahre, die er *undercover* gelebt hatte, ohne dabei irgendwelche Abstriche von seinem hedonistischen Lebensstil zu machen.

Was war aus ihm geworden? fragte sich Bond. War er schlicht eine Killermaschine? Ließen ihm seine Vorgesetzten alle möglichen Exzesse während oder außerhalb seiner Aufträge durchgehen, weil sie verstanden, welcher Streß mit seiner Arbeit verbunden war? Er wußte, daß manche Leute ein Auge zudrückten, wenn es um gewisse Aspekte seiner Lebensführung ging. Ebenso wußte er, daß er höher bezahlt wurde als die meisten anderen Agenten des SIS.

Er dachte an so viele Ereignisse in seinem Leben zurück, daß es ihm vorkam, als werde er über diesen Erinnerungen rührselig wie ein über seinem Bier schluchzender Betrunkener. Er mußte wirklich damit aufhören, denn es führte zu nichts Gutem.

Natalja kam barfuß durch den Sand auf ihn zu, drehte ihren Kopf in den Wind und blieb neben ihm stehen. Sie ließ ihre Hand sinken und streichelte über sein Haar. Er reagierte nicht, schien ihre Gegenwart gar nicht wahrzunehmen, bis sie sich neben ihn kauerte und ihn ansprach.

»Janus war dein Freund, nicht wahr?« fragte sie.

»Das liegt mehrere Leben zurück, ja.«

»Und nun ist er dein Feind. Morgen wirst du losgehen, um ihn zu töten. Ist das so einfach, hm?«

»Ja.«

Sie sog heftig die Luft durch die Nasenlöcher ein. Das Geräusch ließ ihn aufblicken, und er sah den Zorn in ihren Augen.

»Nein, James, nein! Es ist nicht so einfach!«

Sie wollte aufstehen, aber er griff nach ihrem Arm und zog sie zu sich zurück.

»Ich hasse dich«, stieß sie hervor wie eine fauchende Katze. »Ich hasse dich! Ich hasse alles an dir! Leute wie du haben so viel Kummer über die Welt gebracht, mit euren Pistolen, Gewehren, Handgranaten und all den anderen Mordinstrumenten!«

Sie begann nach ihm zu schlagen, hämmerte wie wild auf seine Brust. Er nahm sie in seine Arme, hielt sie fest an sich gedrückt, bis ihre Wut verebbte und sie leise zu weinen anfing. »So viele meiner Freunde«, schluchzte sie, »Freunde und Familienmitglieder … so viele sind durch Leute wie dich ums Leben gekommen!«

»Es muß solche Leute wie mich geben.« Er drückte sie

an sich. »Der Job ist wichtig und notwendig. Würde ich ihn nicht machen, wäre es eben jemand anders. Ich muß einfach gewisse Dinge glattbügeln, damit es eines Tages wirklich Frieden auf der Welt gibt.«

Nach einer Weile hörte sie auf zu weinen, und er half ihr aufzustehen. Zusammen gingen sie zum Haus zurück. Drinnen sorgten zwei Ventilatoren für angenehme Kühle; die Lichter waren zu einem behaglichen Dämmerschein gedimmt; aus der Stereoanlage erklang ›Sketches of Spain‹, der Evergreen von Miles Davis, kontrapunktiert von dem sanften, vollen Klang der Wellen, die sich draußen in der Brandung brachen.

Sie standen eng beieinander, und all ihre Empfindungen verschmolzen, ihre Hände berührten sich, und sie sogen den lieblichen Duft der Inselblumen ein, vermischt mit dem dezenten Geruch des Essens, das Bond in der Küche aufgesetzt hatte.

Als er sie küßte, schmeckte er den Nachgeschmack von süßem Obst. Ihre Zunge glitt, den Kuß erwidernd, in seinen Mund, liebkoste die Innenseite seiner Wange und spürte den Geschmack von Champagner, den er kaum eine halbe Stunde zuvor getrunken hatte.

Er nahm sie bei der Hand, und sie folgte ihm mit gesenktem Blick, als habe sie noch nie etwas mit einem Mann zu tun gehabt (was natürlich nicht der Wahrheit entsprach). Vor dem Bett angekommen, begannen sie, sich gegenseitig auszuziehen. Sie trug keinen BH unter ihrem T-Shirt, und als ihr Rock fiel, kam nur ein hauchdünner Slip zum Vorschein.

Kichernd flüsterte sie: »Ein bißchen romantischer als der Schulmädchen-Schlüpfer, hm?«

»Und zarter auf der Haut.« Das kleine bißchen Nylon rutschte zu Boden, und sie machte einen Schritt vorwärts, zerrte an seinem Gürtel und rupfte ihm den Slip von den Beinen. Von irgendwoher hörte sie die Stimme ihrer Mutter flüstern: ›Natalja, schämst du dich nicht?‹ Vor vielen Jahren hatte die Mutter sie mit einem Jungen aus der Nachbarschaft erwischt.

Sie ließ es gern geschehen, daß er sie zum Bett trug und in die Kissen sinken ließ. Langsam glitt er über sie, legte sein Gewicht auf die Unterarme. Natalja atmete leidenschaftlich auf, als sie ihn mit beiden Armen umfing, zu sich herabzog und küßte. Dann streckte sie sich unter seinem Körper, so daß seine Männlichkeit ihren Bauch berührte.

Sie fühlte, wie seine Hände unter ihren Po glitten und ihn drückten, streichelten und massierten, während sein Mund ihre Brüste mit Küssen übersäte. Ihre Hände zeigten ihm den richtigen Weg, und er glitt in sie hinein, hart und lang, und sie hob sich ihm entgegen und stieß einen langen Wonneseufzer aus.

Sie waren zu einer Person verschmolzen, welche die Wunderwelt höchster Freuden durchlebte, die nur ein Mann einer Frau und nur eine Frau einem Mann bereiten kann.

Beide hatten von Nächten wie dieser vom ersten Augenblick ihres Kennenlernens an geträumt, obgleich keiner das zugegeben hätte. Sie fanden ihren Rhythmus, verloren ihn wieder und schmolzen im Gleichmaß der Bewegungen zusammen.

Sie murmelte etwas, als er tief in sie hineinstieß. Er hielt es für einen russischer Ausdruck für Liebe. Ihre Lippen waren im leidenschaftlichen Fluß vereint, während sie in jenem herrlichen Tanz dahinschwebten, von dem keiner der beiden wünschte, daß er jemals zu Ende ginge. Aber schließlich erreichten sie den Höhepunkt in einer Art von Explosion, die sie hinwegfegte an die Gestade eines Wunderlandes jenseits unseres Planeten, weit entfernt von jeglicher Erfahrung, die sie je gemacht hatten.

In diesem schweißgetränkten, erregten, ekstatischen Moment schlossen sie die Augen, und beide wußten: Es spielte keine Rolle, ob sie sich heute womöglich zum letztenmal in Leidenschaft verzehrt hatten, denn in dieser Nacht hatten sie alles, was körperliche Liebe bedeuten kann, durchlebt.

Später schmiegte sie sich an ihn.

»James ...« Ihre Stimme klang heiser.

»Ja?«

»In dem Zug ... als du denen gesagt hast, sie sollten mich töten, es mache dir gar nichts aus – hast du das ernst gemeint?«

»Natürlich.«

Sie stützte sich auf einen Ellbogen und schaute ihn streng an, mit gerunzelter Stirn.

Dann lachte Bond. »Natalja, mein Liebling, das ist eine Grundregel: Laß es immer darauf ankommen!«

Sie griff nach einem Kissen und warf es nach ihm. Mit heller, fröhlicher Stimme rief sie: »Du bist ein verlogener Teufel, James!«

Er wehrte das Kissen ab, zog sie zu sich und gab ihr einen langen Kuß, aus dem sie sich erst wieder lösten, als sie vor Atemnot zu ersticken drohten.

Nun fragte sie ihn, ob er die Insel gut kenne.

»Warum?«

»Oh, es kam mir nur so vor, als wir heute nachmittag unterwegs waren.«

Er schwieg einen Augenblick. Dann sagte er: »Ich weiß. In gewisser Weise habe ich allen Grund, die Insel zu hassen. Aber jetzt gibt es einen neuen Grund, die Insel zu lieben.«

»Du hast hier etwas Trauriges erlebt?«

»Etwas, worüber ich nicht sprechen möchte, tut mir leid.« Es entstand eine neue, lange Pause.

»Es ging um eine Frau, oder?« fragte sie unverblümt. »Das ist kein Problem, James. Ich bin nicht eifersüchtig auf das, was früher passiert ist.«

»Ja.« Er spürte, daß ihm ein Kloß im Halse steckte. »Ja, da gab es einmal eine Frau. Sie lebt, aber sie wird nie wieder gehen können. Wir hatten mit einem sehr ekelhaften Mann zu tun.«

»So ekelhaft wie Ourumow?«

»Auf einer Skala von eins bis zehn erreichen sie die gleichen Werte.«

Schweigen.

»Küß mich noch mal, James, bitte! Bitte, laß uns noch einmal miteinander schlafen! Wer weiß, was morgen sein wird.«

Seine Hand streichelte ihren Körper, ihre Beine, den Bauch, die Brüste, den Nacken und ihre Schultern. »Das ist die Insel, die ich wirklich kennenlernen will«, flüsterte er.

»Dann mach dich auf die Forschungsreise«, sagte sie. »Und zur Hölle mit dem, was morgen geschieht!«

17
Der See

Sie flogen sehr tief über das Meer, überquerten die Küste und waren nun über dem Dschungel. Das dichte Laubwerk unter ihnen schien undurchdringlich zu sein, aber hin und wieder konnten sie einen Blick auf die seltsame kleine Waldlichtung werfen. Dort unten war kein Lebenszeichen zu sehen.

»Dreh um zehn Grad nach Süden und halte die Position eins-acht-vier!« Natalja hatte den ganzen Flug über navigiert und den Kurs bestimmt. Sie war genau die Art Mädchen, mit der Bond den Rest seines Lebens verbringen mochte – smart, voller Initiative, mit dem Intuition genannten sechsten Sinn ausgestattet, zuverlässig und enorm mutig. Sie hatte nicht einfach nur ein hübsches Gesicht und einen schönen Körper, sie war auch eine Frau, der man vertrauen konnte. Schon nach kurzer Zeit hatte auch sie begonnen, ihm zu vertrauen. Sie wußten beide sehr genau, daß ihr Leben vom anderen abhing. Sie wußten aber auch, daß sie innerhalb der nächsten Stunden gemeinsam sterben konnten.

Jetzt, da die Tragflächen des Flugzeugs fast das Laubwerk unter ihnen berührten, waren ihre Köpfe ständig in Bewegung. Sie schauten nach links und rechts, um etwas zu finden, das offensichtlich nicht da war. Natalja aber beharrte darauf, daß es in unmittelbarer Nähe sein müsse.

Ungefähr fünf Kilometer vor sich sahen sie einen glitzernden Lichtschimmer. Als sie darauf zusteuerten, wurde ihnen klar, daß der Lichtschein die Reflexion der Sonnenstrahlen auf einer Wasseroberfläche sein mußte.

Bald darauf erkannten sie, daß sich hier mitten im Urwald ein riesiger See unter ihnen erstreckte, das Wasser glasklar und so tief, daß der Grund nicht zu sehen war, höchstens nahe am Seeufer, wo das Wasser gegen einen schmalen Sandstreifen plätscherte. Dahinter erhob sich eine dicht bewachsene Hügellandschaft.

Nachdem sie die andere Seite des exakt kreisrunden Wassers erreicht hatten, drehte Bond die Piper Archer um 180 Grad. Es war absolut undenkbar, daß die Natur so etwas erschaffen hatte. Der See war zu makellos, zu geometrisch, er mußte von Menschenhand angelegt worden sein.

Nach einer engen Steilkurve flog er in entgegengesetzter Richtung wieder über den Urwald.

»Nichts zu sehen«, rief Natalja, »absolut nichts.«

»Wir machen noch einen Versuch. Ich fliege extrem tief über den See, und du hältst die Augen offen.«

Er fuhr die Landeklappen aus, so daß sie gefahrlos mit geringer Geschwindigkeit über der Wasseroberfläche dahinfliegen konnten. In einer weiten Kurve flog er das ganze Rund des Sees ab, die Augen über der schrägen Tragfläche auf das Wasser gerichtet, das die Flügelspitzen fast berührten.

Immer noch nichts. Vielleicht hatte Wade recht, dachte Bond. Er gab mehr Gas, zog die Landeklappen ein und stieg, den See diagonal überquerend, etwas höher, beschrieb eine Kurve, um noch einmal eine Runde zu fliegen.

»James! Paß auf! James!« schrie sie.

Er sah es genau im selben Moment, in dem sie aufschrie. Es kam senkrecht aus dem tiefen Wasser heraus, durchbrach die Seeoberfläche, und eine Fontäne spritzte nach oben. Zuerst glaubte Bond, es sei ein ziemlich großer Fisch. Dann aber riß er den Steuerknüppel nach links, ließ seinen Fuß fest auf dem Querruder, um die Nase oben zu behalten bei dem verzweifelten Versuch, einem Objekt auszuweichen, das er nun für eine Hundertvierzig-Millimeter-Rakete hielt. Wo eines von diesen Dingern abgefeuert worden war, konnten leicht weitere folgen, da Raketenwerfer dieses Typs über siebzehn Schuß verfügten.

Bond hatte nie davon gehört, daß Raketen dieser Bauart unter Wasser abgeschossen worden wären; aber im Prinzip war es wahrscheinlich nicht sehr schwierig. Vermutlich war das Flugzeug mit einem elektronischen Zielgerät anvisiert worden. Er steuerte scharf nach rechts, um der Flugbahn der ersten Rakete auszuweichen, die harmlos an ihm vorüberzischte.

»Wir müssen weg von hier!« rief er, während er das Flugzeug in eine Kurve steuerte. Falsch! Eine zweite Rakete zischte aus dem Wasser. Sie explodierte nicht, aber sie riß die Hälfte der linken Tragfläche ab.

Die Piper flog zu tief, und wieder schien sich alles in Zeitlupe abzuspielen. Bond übersteuerte, und nun geriet

Nach einem Moment der größten Gefahr …

… kommen sich Natalya und James näher.

Der entscheidende Kampf zwischen den ehemaligen Freunden Trevelyan und Bond.

Ende gut, alles gut: Bond wird gerettet.

alles außer Kontrolle, das Höhenruder, das Seiten- und Querruder, und es war das reine Glück, daß bei dem Versuch, die Flugzeugnase noch einmal aufzurichten, der Rumpf der kleinen Maschine das Wasser streifte.

Mit einem Flugzeug eine Wasserfläche zu berühren, ist im Effekt das gleiche, wie wenn man gegen eine Steinmauer rast. Innerhalb eines Sekundenbruchteils wurden sie von zirka hundertfünfzig Stundenkilometern auf null abgebremst. Er spürte, wie der Rumpf der Maschine aufriß – ein grausig krachendes Geräusch. Die Nase kippte nach vorn über, der Propeller durchwühlte das Wasser, das Ufer kam ihnen entgegen, und was von dem Flugzeugrumpf übrig war, schlitterte über den Sand.

Natalja hatte aufgeschrien, als sie von der Rakete getroffen wurden. Jetzt, da sie mit dem Rumpf der Piper den Sand durchpflügten, hielt Bond einen Arm schützend vor sie, mit dem anderen Arm deckte er sein Gesicht ab.

Dann schossen Flammen aus dem Motor.

Später konnte er sich nicht erinnern, wie er Natalja aus dem Wrack gezerrt hatte, aber er wußte noch, daß er sie ins Unterholz des Waldes getragen und dort sanft auf eine Lichtung gelegt hatte. Ihr Kopf fiel nach hinten, ihre Augenlider flatterten.

Er rief ihren Namen, eindringlich, mehrmals, und endlich schlug sie die Augen auf. »Bist du okay?«

»Ich glaube, irgendwer hat mich mit einem Hammer getroffen.« Sie richtete sich auf und begann auszuprobieren, ob sie gehen und ihre Glieder bewegen konnte.

Bond folgte ihrem Beispiel. »Ich denke, wir sind beide noch mal davongekommen.« Er bewegte seine schmerzenden Schultern. »Jedenfalls scheint alles noch an der richtigen Stelle zu sitzen.«

Sie nickte, dann verlor sie das Gleichgewicht und sackte zusammen.

Bond hatte das vage Gefühl, daß irgendwo im Hintergrund etwas vorging, aber er wußte nicht, was es war. Jetzt bemerkte er, daß ein Hubschrauber über der Lichtung schwebte. Von oben wurde ein Seil herabgelassen, an dem jemand sehr schnell herunterkletterte.

Zuerst dachte er, Jack Wade hätte sofort das Warnsignal gehört und jemanden zu ihrer Unterstützung geschickt. Erst als er auf den vermeintlichen Retter zulief, merkte er, daß dies ein schwerer Fehler war.

Ein Stiefel holte aus und traf ihn mitten ins Gesicht, als Xenia Onatopp das Ende des Seils erreicht hatte, mit dem sie noch gesichert war. Es gelang ihm, halbwegs auf die Füße zu kommen, als ihn der Stiefel ein zweites Mal traf. Xenia trug einen schwarzen Kampfanzug, hatte die unvermeidliche MPi auf dem Rücken und stürzte sich auf ihn wie ein wildes Tier. Ihre Beine umschlossen seine Brust, nahmen ihm die Luft weg, umklammerten ihn und lösten ekelhaft stechende Schmerzen aus.

»Dieses Mal, Mr. Bond, wird das Vergnügen ganz auf meiner Seite sein!«

Seine Antwort – »Seien Sie nicht so verdammt melodramatisch, Onatopp!« – war sicher kaum zu verstehen, da sie weiterhin seinen Brustkasten zusammendrückte.

Dieses Mal hatte sie ihn. Er fühlte sich wehrlos. Sie quetschte ihm die Brust zusammen, er rang nach Atem und dachte, jeden Moment würden seine Knochen brechen.

Sie begann, orgiastisch zu schreien: »O ja ... ja ... ja ...«, und hörte erst auf, als sich ein Arm um ihren Hals schlang. Natalja hing an ihrem Rücken und versuchte, sie von Bond wegzuziehen. Xenia aber schüttelte sie mit einer heftigen Armbewegung ab und schrie: »Warte, bis du dran bist! Du bist die nächste!«

Während sie mit Natalja kämpfte, hatte Xenia den Zangengriff ihrer Beine ein wenig gelockert – eben genug, damit Bond über ihre Schulter nach der Maschinenpistole greifen konnte. Mit dem Daumen traf er den Sicherungsbügel, dann drückte er ab.

Da die Mündung der Waffe genau auf den Helikopter zielte, schlug die in den Himmel jagende Salve seitlich in den Hubschrauber ein. Durch den unerwarteten Angriff erschreckt, stieß der Pilot den Gashebel vor, und die Maschine schoß augenblicklich nach vorn und gewann gleichzeitig an Höhe.

Die Leine, mit der Xenia gesichert war, straffte sich und zog sie von Bond fort. Der gab ihrem Körper noch schnell etwas Schwung, so daß sie sich wie ein Kreisel drehte, während sie über die Lichtung hinweggezogen wurde, hinein in die Baumkronen, wo sie in einem Gewirr von dicken Ästen hängenblieb.

Das Seil, durch Xenias Körper in den Bäumen verfangen, zerrte an dem Hubschrauber. Der Pilot versuchte auszugleichen, doch das Seil riß die Maschine ruckartig zur Seite, so daß er die Gewalt über sie verlor. Der Helikopter kippte in einem gefährlichen Winkel zur Seite, verlor rapide an Höhe und stürzte in die Bäume. Nach einem fürchterlichen Krachen schoß ein Feuerball in die Luft.

Natalja stand neben Bond, als dieser auf die Füße kam. Er rieb sich die schmerzende Brust und wußte, daß er nur knapp dem Tod entronnen war. Von Natalja blickte er zu Xenia, deren Körper zerquetscht und deren Gesicht vor Todesqualen verzerrt war.

»Herzhaft gedrückt zu werden«, sagte Bond, »war für sie immer schon das schönste Vergnügen.«

Tief unter dem See, in einem Komplex, der sehr der Anlage von Sewernaja ähnelte, saß Boris vor einer Reihe von Monitoren. Während er einen der Bildschirme fixierte, spielten seine Finger zwanghaft mit einem Kugelschreiber.

Die Anlage bestand, anders als in Sewernaja, aus drei

übereinander liegenden großen Rängen. Laufstege führten um jede Sektion herum, überall waren Monitore und Elektronenrechner zu sehen.

Unter dem Stichwort WÄHRUNGSTRANSFER rollten auf dem Bildschirm vor Boris Zahlenreihen ab. Die Geldsummen waren unvorstellbar hoch. Milliarden Dollars wurden von der Bank von England auf verschiedene Konten in Frankreich, der Schweiz, Brasilien und Argentinien, einige Riesensummen auch auf amerikanische Banken überwiesen.

»Geht ganz gut, hm?« Alec Trevelyan stand hinter ihm.

»Und die erfahren alle erst morgen davon!«

»Die werden gar nichts erfahren, wenn wir erst *Mischa* ins Spiel gebracht haben, mein Freund. Ist der Satellit in Reichweite?«

Boris, der wüster und strubbeliger aussah denn je, deutete auf einen großen Bildschirm zu seiner Rechten, der auf einer Umlaufbahn das rot blinkende Satellitensymbol über Südafrika anzeigte.

»In etwa sechs Minuten.« Er kicherte.

»Okay. Mach die Antenne fertig!«

Boris schob seine Unterlippe vor, während er heftig mit der Hand auf die Konsole schlug. »Nein! Jetzt nicht! Ich bin noch nicht fertig!«

»Aber *ich* bin es«, fuhr ihn Trevelyan an. »Und ich will jetzt nichts mehr riskieren. Mach die Antenne fertig, Boris, oder du lebst nicht mehr lange genug, um irgend etwas einzustreichen.«

Sie warteten auf der Lichtung, bis sie sich beide erholt genug fühlten, um den See zu erforschen.

»Hier *muß* etwas sein«, sagte Bond. »Xenia hätte nicht ihre bizarren Spielchen mit uns versucht, wenn wir nicht schon nahe dran wären.«

Sie ließen den Urwald hinter sich und traten ans Seeufer, wo sie wie angewurzelt verharrten. Das Wasser fing an, sich zu kräuseln, und aus der Tiefe tauchten drei Teleskopmasten auf, die mit Stahlseilen verbunden waren.

»Wir hätten lieber mit einem U-Boot herkommen sollen statt mit dem Flugzeug«, murmelte Bond.

»Kein Wunder, daß wir nichts gesehen haben!« Vor Verblüffung hielt sich Natalja eine Hand vor den Mund.

Nachdem die Teleskopmasten zu voller Höhe ausgefahren waren, wurden sie in dieser Stellung offenbar fixiert. Zwischen ihnen aufgehängt, dicht über dem See, sahen Bond und Natalja eine dreieckige Struktur aus Gitterwerk, von dem ein Laufsteg im flachen Winkel ins Wasser führte. Dann wich das Wasser zurück, und aus der Tiefe tauchte eine massive Parabolantenne mit einem Durchmesser von etwa dreißig Metern empor.

»Eine nette Fernsehschüssel«, meinte Bond.

»Ist dies das berühmte britische Understatement?« fragte Natalja.

»Könnte sein. Kannst du dir vorstellen, auf das Ding draufzuklettern? An dem metallenen Gitterwerk müßten wir genügend Halt finden.«

»Nach dir, James.«

Tief unter ihnen, in dem kreisförmigen Kontrollraum, hatte Trevelyan seine Aktentasche geöffnet und GoldenEye herausgenommen. »Der Welt größte Kreditkarte«, sagte er, während er Boris die Diskette hinhielt. »Ich kann nur hoffen, daß die Annahme nicht verweigert wird.«

Boris, der seinen Bildschirm beobachtete, hob den Kopf und berichtete: »*Mischa* unter Kontrolle.«

In weiter Ferne begann der Satellit, als ein Stück Raummüll getarnt, seine Hülle abzuwerfen. Eine silberne ULF-Antenne glitt heraus und verbreiterte sich bis zu einer Ausdehnung von achthundert Metern.

Unter dem sogenannten See sagte Boris: »Die Zielkoordinaten, bitte.«

Trevelyan zögerte einen Moment. Dann sprach er wie der Kommandant in einem elektronischen Kriegsspiel: »Das Ziel heißt London.«

Boris begann einige Zahlenreihen einzutippen, um *Mischa* zu aktivieren. In diesem Moment blickte Trevelyan auf einen der externen Kontrollschirme und sah, wie Natalja und Bond über die Stahlträger des Gitterwerks zur Antennenschüssel hinaufkletterten.

Er seufzte. »Der Mann versteht einfach keinen freundlichen Wink.« Er wandte sich zu einem uniformierten Wachmann um. »Gehen Sie nach oben. Schalten Sie die beiden aus, bevor das Ganze richtig albern wird.«

Bond blickte vom Rand der riesigen Antennenschüssel zu ihrem Zentrum herauf, das etwa hundertfünfzig Meter über ihm lag, und sah, wie sich dort eine Art Aufbau zu drehen begann.

»Er ist dabei, den Satelliten anzupeilen«, warnte ihn Natalja.

»Wie können wir ihn stoppen?«

»Dort oben, unter dem Aufbau, ist ein Wartungsraum. Wenn es uns gelingt, dorthin zu kommen, genau über der Antenne, können wir den Sender abstellen.«

Dann begann die Schießerei.

18

Am Rand der Katastrophe

Sie konnten nicht sehen, woher die Schüsse kamen. Aber an der Kante des großen Parabolspiegels – eines riesigen Schirmes, der sich dort erhob, wo eben noch der See gewesen war – boten sie ein hervorragendes Ziel.

Kugeln schlugen ringsum in das Metall ein. Natalja zuckte zusammen und rutschte von der durch Wasser und Algen glitschigen Schüssel ab. Bond versuchte sie festzuhalten, doch er verlor die Balance, und so rutschten sie beide an der Wand herunter, bis zum Zentrum – dem Unterbau der Anlage.

Dieser sah aus wie ein großes Blockhaus mit einer wasserdicht verschlossenen Luke. Bond vermutete, daß sie von beiden Seiten geöffnet werden konnte, denn in ihrer Mitte befand sich ein schweres Sprossenrad. Wahrscheinlich, so schloß er, war hinter der Luke eine Luftschleuse für das Wartungspersonal.

Er griff nach dem Rad und fing an, es zu drehen, immer in der Hocke, da er jederzeit mit einem neuen Feuerangriff rechnete. Mit einem Zischen öffnete sich die Luke. Er half Natalja ins Innere hinein, das sich als eine Kammer herausstellte, gerade groß genug für zwei Personen. Eine weitere Luke mit Sprossenrad befand sich an der gegenüberliegenden Wand.

Eine Minute später waren sie durch diese Luke hindurch. Eine Wendeltreppe führte zu einem Laufsteg, der rund um den Kontrollraum lief. Bond erinnerte sich an die Archivräume, die er im Hauptquartier des militärischen Geheimdienstes gesehen hatte. Der kreisförmige, dreistöckige Kontrollraum war nach demselben Prinzip erbaut, aber größer, mit isoliertem Metall ausgestattet und gekachelt. An den Wänden waren ringsum Computer und andere elektronische Geräte zu sehen. Zu ihrer Linken standen fünf oder sechs große zylindrische Behälter, die wahrscheinlich Öl für den Generator enthielten.

Unten, auf der niedrigsten Plattform, sahen sie Trevelyan und Boris vor ihrer Einsatzkonsole sitzen.

Trevelyans Stimme drang zu ihnen hinauf. »Ich zähle, Boris.«

Beide Männer hatten ihre Hände an den Auslöserschlüsseln.

»Drei … zwei … eins …«

Sie drehten die Schlüssel, und die Lichter an der Konsole wechselten von Grün auf Rot. Auf dem Display darüber war zu lesen:

Waffen scharf gemacht

Zeit bis zum Zielkontakt: 00:21:32:26.

Natalja und Bond standen entsetzt und wie angewurzelt auf dem Laufsteg und sahen hilflos zu, wie Trevelyan den Auslöseknopf entriegelte und draufdrückte. Dann rief er lachend: »Gott schütze die Königin!«

Während ihm vor Zorn das Blut in die Wangen schoß, erkannte Bond, daß Trevelyan es auf England abgesehen hatte, sehr wahrscheinlich auf London. Er wollte sich in Bewegung setzen, aber Natalja hielt ihn am Handgelenk fest und zeigte nach unten, auf die mittlere Galerie. Dort hatte sich eine Tür geöffnet. Ein Techniker im Parka, mit Pelzmütze und Handschuhen trat aus einem, wie sie sehen konnten, großen Raum.

»Der Zentralcomputer«, flüsterte Natalja. »Ein Großrechner. Die haben ein Kühlsystem dort drinnen. Wird aussehen wie ein großer Gefrierschrank.«

In diesem Moment sahen sie zwei bewaffnete Männer in Uniform, die über die eiserne Treppe auf sie zustampften. Bond zog Natalja rasch auf einen verhältnismäßig geschützten Platz hinter einer Säule zurück. Die Männer hatten die obere Plattform noch nicht ganz erreicht, als sie bereits das Feuer eröffneten.

Bond schoß zweimal. Der erste Mann auf dem Laufsteg wirbelte herum, griff in die Luft, dann auf die Schulter des Mannes hinter ihm, und beide rutschten die Treppe hinunter.

Weitere Uniformierte kletterten die Treppe herauf und eröffneten ein wahres Sperrfeuer. Die Kugeln zerfetzten die Kacheln, drangen in die Öltanks und prallten von den Wänden ab. Bond versuchte, das Feuer zu erwidern, aber der Gegner war hoffnungslos in der Überzahl. Er warf einen Blick zurück, um sich zu vergewissern, daß Natalja in Ordnung war. Sie war verschwunden. Er schaute sich um und glaubte eine Person irgendwo unter dem Laufsteg zu entdecken, die sich dort hangelnd langsam fortbewegte.

Natalja war leise hinter der Säule hervorgekommen, hatte unter den Laufsteg gespäht und festgestellt, daß dort eine Reihe von Sprossen angebracht war. Jetzt hing sie unter dem Steg und hangelte sich von Sprosse zu Sprosse, der Tür zu dem Großrechnerraum entgegen.

Währenddessen suchte Bond, an die Wand gepreßt, hinter einem der Öltanks Deckung. Seine Hand glitt in eine Gürteltasche und zog eine der kleinen Haftladungen heraus, die Q ihm geschickt hatte. Öl tropfte aus den Einschußlöchern der Tanks. Er wich zurück, feuerte ein paar Schüsse und plazierte dann eine der Haftladungen unter dem nächsten Tank. Er feuerte, zog sich zurück und befestigte weitere Haftladungen an den anderen Tanks.

Auf diese Weise arbeitete er weiter, bis er feststellte, daß seine Pistole leergeschossen war. Nun konnte er nur noch hoffen, daß Natalja inzwischen dabei war, etwas sehr Konstruktives zu tun.

Er warf seine Waffe vor sich auf den Laufsteg, kam mit erhobenen Händen aus seiner Deckung heraus und ergab sich den Wachmännern in der Hoffnung, daß sie die Disziplin hatten, das Feuer einzustellen.

Ihr Atem kondensierte sofort, nachdem sie die Kühlzone des Großrechnerraumes betreten hatte. Rasch sah Natalja sich um. Ohne Schutzkleidung würde sie es nur wenige Minuten in diesem Raum aushalten. Sie entdeckte die

Kunststoff-Tastatur, eilte dorthin und griff nach einem Stuhl, um davor Platz zu nehmen. Als ihre Finger den metallenen Stuhl berührten, froren sie sofort an; sie zog rasch ihre Hand zurück, wobei sie sich ein paar Hautfetzen abriß.

Sie warf einen flüchtigen Blick auf zwei Stahlbottiche hinter ihr, die das internationale *Nicht-berühren*-Symbol und die Markierung *–93° C* trugen. Flüssiges Nitrogen, dachte sie, die Kühlflüssigkeit, die den Großrechner auf gleichmäßig niedriger Temperatur hält.

Vorsichtig setzte sich Natalja an die Tastatur und begann mit ihrer Arbeit.

Auf dem obersten Laufsteg durchsuchte die Wachmannschaft James Bond. Er stand mit dem Gesicht zur Wand, die Hände gegen das Mauerwerk gestützt, während die Leute seine Taschen durchwühlten. In dieser Position konnte er gut die kleinen Haftladungen sehen, die er unter den Öltanks plaziert hatte. Er sah deren rote Lichter blinken zum Zeichen, daß sie scharf waren und detonieren würden, sobald er über die Uhr an seinem linken Handgelenk das Signal gab. Weil er nicht wollte, daß auch die Männer dieses Geheimnis entdeckten, lenkte er sie durch wilde Beschimpfungen ab und sah in eine andere Richtung.

Da sie keine weiteren Waffen bei ihm fanden, wurde Bond mit den Händen über dem Kopf auf stählernen Stufen zwei Treppen tiefer geführt und zu der Konsole gebracht, wo Trevelyan und Boris arbeiteten.

»James!« Trevelyan drehte sich in seinem Stuhl um und schlug einen nahezu jovialen Tonfall an. »Was für eine verdammt unangenehme Überraschung!«

»Dabei ist es immer mein Ziel, angenehm zu sein, Alec.«

Trevelyan hob eine Augenbraue. »Ich nehme an, das

ist der Unterschied zwischen uns. Mein Ziel ist es zu töten.« Sein Blick wurde hart. »Wo ist das Mädchen?«

»Wir verkehren nicht mehr miteinander.«

»Tatsächlich? Meine Leute sagen, sie war mit dir zusammen.« Er wandte sich an die Wachmänner. »Sucht sie! Sie muß hier irgendwo sein.«

Zwei der Leute verschwanden, die anderen beiden blieben bei Bond und breiteten den Inhalt seiner Taschen auf der Konsole vor Trevelyan aus. Währenddessen ließ Bond seinen Blick über die Monitore schweifen und sah die Zahlenkolonnen mit den Angaben über den Geldtransfer von der Bank von England auf Banken in der ganzen Welt. Sein Magen rumorte, als er die Grafik der Weltkarte sah, über Spanien den Satelliten *Mischa* mit direktem Kurs auf London. Der Timer lief, und auf dem Display las Bond:

Zeit bis zum Zielkontakt: 00:15:07:39.

Ihm blieb nur noch rund eine Viertelstunde, um die zweifellos größte Katastrophe abzuwenden, von der sein Land je bedroht worden war.

Höchste Dringlichkeitsstufe! Er mußte sofort handeln! Möglichst unauffällig legte er seine rechte Hand über das linke Handgelenk. Wenn er jetzt die Sprengsätze unter den Öltanks zündete, würden sie alle hier sterben, aber der Satellit würde abstürzen und ausbrennen, ohne die atomare Ladung zu zünden und den elektromagnetischen Impuls über der Hauptstadt auszulösen.

Weit links von der Leitkonsole bemerkte er einen Lift mit offener Tür, gleich neben dem Techniker, der auf einem Monitor das Leitsystem beobachtete.

Trevelyan beschäftigte sich mit den Sachen aus Bonds Taschen: Schlüssel, Banknotenclip, Kugelschreiber, Münzen. Er untersuchte kurz den Kugelschreiber, drückte mit einem ›Klick‹-Geräusch auf den kleinen Knopf, kritzelte ein paar Worte aufs Papier und ließ die Mine zurückschnellen. Bond war erleichtert, als er den Schreiber wieder auf die Konsole legte. Noch zweimal ›klick‹, und er würde nicht einmal mehr Zeit haben, die Haftladungen zu zünden.

Trevelyans Hand schoß plötzlich auf Bonds Arm zu. »Die Uhr, bitte, James!« Er selbst streifte sie ihm vom Handgelenk und untersuchte sie mit nachsichtigem Lächeln. »Was macht denn der alte Q mittlerweile? Immer noch die alten Tricks, nehme ich an. Ich sehe, du hast ein neues Modell.« Langsam drehte er die Uhr um und sah einen winzig kleinen blinkenden Punkt auf der Unterseite. »Man drückt immer noch hier, ja?« Er drückte erst auf den oberen, dann auf einen seitlichen Knopf an der Uhr, und sofort hörte das Blinken auf. Bond wußte, daß dadurch auch der Zündmechanismus der Haftladungen deaktiviert wurde. Er fragte sich, wieviel Öl noch immer aus den Tanks sickern mochte, und rechnete sich aus, daß es eine ganze Menge sein mußte, die jetzt den Laufsteg entlang floß und in den unteren Bereich herabtropfte.

Im Großrechnerraum bediente die vor Kälte zitternde Natalja so schnell wie möglich die Tasten und hatte schon fast alle nötigen Befehle eingegeben, als zwei Wachleute hereinplatzten. Sie brachte es gerade noch fertig, die Eingabetaste zu drücken, als die Männer sie vom Stuhl rissen und mit sich zerrten.

Es ging die Treppe hinunter zur unteren Plattform, wo Bond unter Arrest stand und Trevelyan glücklich vor sich hin lachte. Mit Genugtuung sah Bond, daß die Stiefel der Männer, die Natalja anschleppten, nasse Fußstapfen auf dem Boden hinterließen.

Boris fuhr mit seiner Arbeit am Computer fort. Über ihm zeigte die Grafik der Weltkarte, daß *Mischa* sich planmäßig dem Ziel näherte.

Bevor die kleine Gesellschaft den Einsatzbereich betrat,

entspannte sich James Bond und sagte locker zu Alec Trevelyan: »Ein interessantes kleines Arrangement hast du hier, Alec. Ich sehe, daß du via Computer die Bank knackst und soweit manipulierst, daß enorme Geldbeträge transferiert werden. Ich vermute, das geschieht wenige Sekunden, bevor du GoldenEye aktivierst, womit dann natürlich alle Überweisungsunterlagen verschwinden und darüber hinaus das ganze Zielgebiet. Sehr erfindungsreich!«

»Danke, James, ein großes Lob aus deinem Munde!«

Bond machte eine geringschätzige Kopfbewegung. »Kleinkarierter Diebstahl, Alec. Letzten Endes bist du nichts anderes als ein Bankräuber. Ein ganz gewöhnlicher Dieb. Und ein gewöhnlicher Mörder obendrein.«

»Wohl kaum, James. Du warst immer ein Kleingeist. Sieh mal, es geht nicht nur um die Banken.« Seine Augen funkelten. »Es geht um alles, was im Großraum London per Computer geregelt wird. Steuerunterlagen. Börse. Kreditwürdigkeit. Grundbuch. Sogar die Verbrecherkartei.« Er blickte auf den Countdown-Timer. »In elf Minuten und dreiundvierzig – nein, zweiundvierzig Sekunden wird für Großbritannien wieder die Steinzeit beginnen.«

»Gefolgt von Tokio, Frankfurt, New York, Hongkong. Ein weltweiter Finanzcrash.« Bond sah aus, als bemitleide er Trevelyan. »So schlägt also der verrückte kleine Alec die Welt für fünfzig Jahre k.o. Und du glaubst, damit kannst du das Unrecht rächen, das deinen Vorfahren angetan worden ist.«

»Oh, bitte, James, erspare mir deine Freudsche Psychoanalyse. Ich könnte dich genauso fragen, ob all diese Wodka-Martinis die Schreie der Männer und Frauen verstummen lassen, die du ums Leben gebracht hast.« Er sah an Bond vorbei zu den Leuten, die Natalja herbeibrachten. »Oder findest du Vergebung in den Armen all dieser willigen Frauen?« Er schlug mit der Faust auf den Konsolentisch. »England wird lernen, wie teuer ein Verrat sein kann!«

Nun wurde Natalja zu ihm geführt. »Willkommen auf unserer Party, meine liebe Natalja!«

Als Boris ihren Namen hörte, schwang er mit seinem Stuhl herum und erblickte sie. »Natalja?« Er klang schokkiert.

»Das ist nicht eines von deinen Spielen, Boris! Reale Menschen werden sterben, du überheblicher, kleiner Bastard!« Sie machte sich von ihrem Bewacher frei, trat einen Schritt vor, holte aus und versetzte ihm einen schallenden Schlag auf die linke, dann mit dem Handrücken auf die rechte Wange.

Grob wurde sie zurückgezogen, und bei der kleinen Rangelei rollte der Kugelschreiber, den Bond von Q bekommen hatte, auf den Fußboden. Boris bückte sich langsam, hob ihn auf und fing an, damit herumzuspielen, indem er die Mine heraus- und wieder hineinklickte.

Bond beobachtete ihn fasziniert. Klick-klick. Noch einmal, und die Ladung wäre scharf. Aber Boris fing nun an, den Stift zwischen den Fingern hin- und herzurollen.

»Wo haben Sie sie gefunden?« fragte Trevelyan die Wachleute.

»Sie war beim Zentralcomputer, Sir.«

Trevelyan fluchte, dann schrie er Boris mit finsterer Miene an: »Check das Programm!«

Boris lachte verächtlich. »Die hat doch keine blasse Ahnung! Sie ist ein Schwachkopf. Eine zweitklassige Programmiererin. Sie hat keinen Zugang zu den Feuer-Codes. Sie weiß nur einigermaßen über das Leitsystem Bescheid, mehr nicht.« Während er sprach, war er immer langsamer geworden und hatte die letzten Worte nur noch genuschelt. Kaum hatte er ausgeredet, da ertönte eine Sirene, ähnlich der Alarmanlage eines Autos, das aufgebrochen wird.

Der Techniker, der an dem Computer weiter links saß, brüllte fast: »Die Bremsraketen zünden!«

Jetzt war es an Natalja zu lächeln. Bond aber fixierte Boris, der wieder angefangen hatte, mit dem Kugelschreiber zu klicken. Dreimal – der Schreiber war scharf. Weitere drei ›Klicks‹ sicherten ihn wieder.

Boris stürzte zu dem Techniker hinüber und hämmerte mit der rechten Hand in die Tastatur. »Sie ist auf hundertfünfundsiebzig Kilometer und fällt! Ich kann sie nicht unter Kontrolle bringen!«

»Was, zum Teufel, geht hier vor?« Trevelyan war aufgesprungen und rannte zu Boris und dem Techniker, der verstört wirkte.

»Wiedereintritt in dreizehn Minuten.« Der Techniker beugte sich vor, um die Zeituhr für den Wiedereintritt zu stellen. Auf dem Display leuchteten blinkende rote Buchstaben und Zahlen auf. In der Zielkontaktanzeige hieß es jetzt:

Abbruch. Zeit bis zum Wiedereintritt: 13:24

In das drückende Schweigen hinein sagte Natalja: »Das Ding brennt jetzt irgendwo über dem Atlantik ab.«

»Du kleine Hexe!« Boris versuchte immer noch, vom Computer des Technikers aus die Kontrolle über den Satelliten zurückzugewinnen. Er hob den Kopf und sagte zu Trevelyan: »Sie hat den Zugriffscode geändert!«

Trevelyan bekam einen hochroten Kopf vor Wut und preßte die Mündung seiner Pistole an Bonds Ohr.

Natalja kicherte. »Nur zu, Janus! Erschießen Sie ihn! Er bedeutet mir gar nichts.«

Bond bedachte sie mit einem vergnügten Blick und murmelte: »Das übliche Operationsverfahren.«

»Ich kann ihren Code knacken! Nehmen Sie die verdammte Kanone weg, Alec!« Boris schlug nach der Pistole, wie man eine Mücke verscheucht, dann wandte er sich an den Techniker: »Lade das Leitsystem-Unterprogramm!

Na los, schnell!« Dann fing er wieder an, nervös mit dem Kugelschreiber zu spielen.

Klick-klick.

Klick-klick.

Darauf folgte eine ganze Serie von Klicks, so daß Bond mit dem Zählen nicht mehr nachkam. Trevelyan nahm die Pistole von seinem Ohr und richtete sie auf Natalja. »Sag's ihm, Mädchen, sag's ihm!«

Auch Boris wirbelte zu Natalja herum und schrie: »Gib mir die Codes, Natalja! *Gib mir die Codes!*«

Bond hatte keine Ahnung, ob der Kugelschreiber, mit dem der verrückte kleine Computerspezialist vor Nataljas Nase herumfuchtelte, momentan scharf oder gesichert war. Mit einer schnellen Armbewegung schlug er Trevelyan die Pistole aus der Hand. Dann trat er in Kick-Boxer-Manier nach Boris' Handgelenk, worauf der Kugelschreiber in hohem Bogen in die Luft flog. Eine Sekunde lang schien er dort zu schweben, dann fiel er herunter und explodierte in einer Ölpfütze.

Die Explosion und das auflodernde Feuer bewirkten, daß Arme und Hände aller Anwesenden hochschnellten. Jeder versuchte, seine Augen vor den Flammen zu schützen, die sich in Windeseile ausbreiteten, über die Treppe und an den Wänden hinaufzüngelten.

Der erste Öltank explodierte. Im gleichen Moment packte Bond Natalja am Arm, zog sie nach links zum Lift und schloß schnell die Tür. Fast körperlich spürten sie den dumpfen Aufprall der Geschosse auf die zugleitende Tür.

»Kann er wirklich deine Codes knacken?« fragte Bond.

»Na ja, möglich ist es schon«, meinte sie fast beiläufig.

»Dann müssen wir den Sender zerstören!«

»Das wäre nicht schlecht.« Sie hob eine Augenbraue. »Ach, übrigens, vielen Dank, mir geht's gut.«

»Prima.«

Der Fahrstuhl hielt am Fuß des Laufstegs, der zu dem Aufbau mit dem Sender hinaufführte.

Vor dem Liftausgang stand ein Wachtposten. Als er sah, wie sich die Tür öffnete und drinnen eine Frau zu Boden sank, ließ er seine Maschinenpistole fallen und rannte der Frau zu Hilfe. Sowie er neben dem scheinbar leblosen Körper niederkniete, sprang Bond von der Dekke, wo er sich mit Füßen und Händen – wie ein Bergsteiger in einer Felsspalte – festgeklammert hatte, auf ihn herab.

Zuerst trafen seine Füße den Rücken des Mannes, dann versetzte er ihm einen harten Schlag in den Nacken. Der Mann gab einen erstickten Laut von sich und knallte mit ausgebreiteten Armen auf den Boden.

Natalja sprang auf ihre Füße, Bond nahm dem Mann die Pistole ab und warf sie ihr zu. Während er die Maschinenpistole an sich nahm, hörten sie das Dröhnen von Explosionen tief unter ihnen.

»Du weißt, wie man mit so 'nem Ding umgeht?« fragte Bond und deutete auf die Pistole in Nataljas Hand.

Sie nickte, überprüfte den Schlitten und ließ das Magazin herausschnappen, um sicherzugehen, daß es voll war. »Ja«, sagte sie.

»Gut. Geh in Deckung und bleib weg von der Schüssel. Ich mach' mich auf die Beine, um die Antenne zu erledigen. Das *muß* sie außer Gefecht setzen, oder etwa nicht?«

»Klettere einfach hoch zu dem Wartungsraum. Dort ist wahrscheinlich ein simpler Kettenantrieb, mit dem der Mechanismus in Gang gesetzt wird, der die Antenne dreht. Am besten schraubst du im Wartungsraum alle Sicherungen raus. Geh jetzt! Schnell!«

Von unten erschütterten weitere Explosionen die ganze riesige Konstruktion, während Bond Natalja einen Kuß gab und sich an den langen Aufstieg zum Wartungsraum unter der Antenne machte.

19

Ende der Reise auf der Lichtung der Liebenden

Der Aufstieg war zermürbend, doch auf halber Strekke konnte Bond die Konstruktion über sich klarer erkennen. Aus etwa fünfzehn Metern Höhe sah er, wie sich Natalja über die Kante der Schüssel schwang, über das Gitterwerk auf festen Boden herunterkletterte und Deckung im Urwald suchte.

Ursprünglich hatte er vorgehabt, auf dem Laufsteg haltzumachen, der das Dreieck etwa drei Meter unter dem metallenen Wartungsraum überquerte. Der Wartungsraum wiederum lag direkt unter dem Gehäuse, von dem die Antennenstange wie ein langer Eiszapfen bis drei Meter über der Schüssel herunterragte. Nun bemerkte er noch eine andere große Kammer, ganz oben, an der Spitze des Dreiecks. Von diesem Raum aus abwärts waren Kabel und Drähte verlegt, und Bond begann zu begreifen, wie die Antenne funktionierte.

Die Drähte und Kabel spielten bei der Steuerung der silbernen Antennenstange zweifellos eine Rolle. Einige führten geradewegs hinab zu dem Wartungsraum und von dort weiter zu einem Gehäuse, in dem sich der Mechanismus zur Positionierung der Antenne befinden mußte. Aber es schien überdies noch einige dickere Kabelstränge zu geben, die über eine Reihe von Rollen und Rädern führten.

Er war noch etwa zehn Meter von der Spitze der Anlage entfernt, als er entdeckte, daß mit dem Kabelgewirr eine Drahtseilkabine in Gang gesetzt werden konnte, die von der Basis der Schüssel bis hinauf zum Laufsteg fuhr.

Er fluchte leise vor sich hin. Hätte er das früher gewußt, hätte er kostbare Minuten einsparen können.

Aus der Ferne hörte er immer noch das Krachen gelegentlicher Explosionen, das aus der Tiefe unterhalb der Satellitenschüssel zu ihm heraufdröhnte.

In dem Kontroll-Komplex explodierten noch immer die Öltanks. Die Flammen schlugen bis nach oben, unter das Dach der Anlage. Wachmänner versuchten, mit Feuerlöschern gegen das Flammenmeer anzugehen, aber niemand glaubte, daß das Dach noch lange standhalten würde. Kacheln und Stücke der Isolationsschicht bröckelten bereits von den Wänden. Trevelyans Leute beobachteten die Bruchstellen argwöhnisch, doch es war vorauszusehen, daß sie bald aufgeben und den ganzen Komplex räumen mußten.

Der einzige, der sich der Gefahr nicht bewußt zu sein schien, war Boris. Er saß an seinem Computer, voll darauf konzentriert, die Kontrolle über den Satelliten zurückzugewinnen.

Trevelyan stand hinter ihm und beobachtete jede Bewegung des fieberhaft arbeitenden jungen Mannes.

»Wie lange dauert es noch?« Trevelyan schaute sich um und begann, die Hoffnungslosigkeit seiner Situation zu begreifen.

Boris fauchte zurück, daß es gleich soweit sein müsse. »Zwei Minuten ... höchstens drei.«

Trevelyan runzelte die Stirn, als ihm plötzlich Bond wieder einfiel, der die für das ganze Projekt lebenswichtige Antenne in die Luft jagen konnte, wenn er die Nerven dazu hatte. Er kannte Q und 007 gut genug, um sicher zu sein, daß Bond – falls er noch Sprengkörper bei sich hatte – einen Weg finden würde, die elektronische Fernsteuerung auszuschalten. Trevelyan wandte sich an den Wachmann, der neben ihm stand. »Behalten Sie ihn im Auge!« Er deutete auf Boris. »Wenn er sich bewegt, erschießen Sie ihn!«

Schon stürzte er davon. Er stieß die Leute mit den Feuerlöschern beiseite und rannte auf den Eingang zu. Sein Ziel war die Drahtseilbahn, die ihn zu dem Laufsteg unter dem Wartungsraum bringen sollte.

Wenige Minuten später saß er in der kleinen Kabine, die ihn langsam nach oben beförderte.

Auf Boris' Countdown-Uhr erschien die Anzeige:

Zeit bis zum Wiedereintritt: 09:41

Als Trevelyan zum Laufsteg hinaufzufahren begann, hatte Bond die Kammer am obersten Punkt der Anlage bereits erreicht.

Sie bestand aus einem viereckigen metallenen Raum, und Bond mußte sich vorsichtig zwischen verschiedenen Maschinen bewegen. Auf der einen Seite war eine Reihe großer Zahnräder, über die Kabel auf- und abwärtsliefen. Als er eintrat, begannen sich die Zahnräder zu bewegen. Jemand war also in der Drahtseilbahn, was bedeutete, daß ihm nur wenig Zeit blieb.

Unmittelbar neben der Tür befand sich ein großer, rechteckiger Metallkasten, aus dem ein gleichmäßig pulsierendes Brummen zu hören war. Offenbar konnte man ihn nicht öffnen, aber Bond benötigte nicht viel Fantasie, um zu erkennen, daß dies ein Generator war und wahrscheinlich das erste Gerät, das er zerstören mußte, um die Antenne lahmzulegen.

Während seiner Klettertour hatte er schon daran gedacht, einen Versuch mit der letzten von Q's Sprengladungen zu machen. Sie funktionierten ausschließlich mit Fernbedienung, aber es bestand die Möglichkeit, sie an einen Timer anzuschließen. Das einzig ernsthafte Problem bestand darin, daß der Timer nur so eingestellt werden konnte, daß die Zündung mit einer Zeitverzögerung von fünf Minuten erfolgte.

Er holte das schwarze runde Ding aus der Tasche, dazu einen kleinen Schraubenzieher, und begann, die Schrauben an der Unterseite zu entfernen. Er arbeitete mit ruhigen Bewegungen, denn er wußte, daß beim Umgang mit Sprengstoffen jede Übereilung lebensgefährlich war.

Während er noch an der Sprengladung arbeitete, blieben die Zahnräder neben ihm mit einem Ruck stehen. Wer immer in der Drahtseilbahn saß, hatte jetzt den Laufsteg erreicht.

In der Sprengladung entfernte Bond das Fernbedienungselement, einen kleinen Mikrochip von der Größe eines Daumennagels. Darunter war ein winziges Zifferblatt mit einem Zeiger, ähnlich dem Minutenzeiger einer normalen Uhr. Mit dem Schraubenzieher drehte er den Zeiger vorsichtig bis zum äußersten Anschlag. Das Uhrwerk begann zu ticken, und der Zeiger bewegte sich langsam rückwärts. Er legte die Mine unter den Generator, verließ den Maschinenraum und begann, zum Laufsteg hinabzuklettern.

Als er auf der dritten Leitersprosse angekommen war, pfiffen ihm die ersten Kugeln um die Nase. Blitzartig nahm Bond die Maschinenpistole von der Schulter und schaute nach unten.

Trevelyan stand in der Mitte des Laufstegs, hatte die Pistole erhoben und zielte, um einen weiteren Schuß abzugeben.

Bond aber zielte nicht lange, sondern feuerte eine Salve in Trevelyans Richtung. Die Schüsse gingen vorbei, aber Trevelyan duckte sich und suchte neben der kleinen Kabine der Drahtseilbahn Deckung.

Während Bond weiterkletterte, feuerte er eine nächste Salve. An den Metallplatten sprühten Funken auf, doch von Trevelyan war nichts mehr zu sehen. Der Laufsteg lag jetzt nur noch etwa vier Meter unter ihm. Bond zögerte eine Sekunde, was ihm beinahe das Leben gekostet hätte. Zwei Schüsse kamen aus der Richtung der Drahtseilbahn und schlugen unmittelbar neben seinem Kopf ein. Bond schwang sich an den Streben und Eisenträgern herab und sprang auf den Laufsteg, der wie verrückt schaukelte, als er landete und sogleich auf die Drahtseilbahn losfeuerte.

Es dauerte eine Sekunde, bis er merkte, daß die Bahn leer war. Er drehte sich um, gerade rechtzeitig, um Trevelyan zu sehen, dem es irgendwie gelungen war, auf die andere Seite des Laufstegs zu gelangen.

Der Mann, der sich Janus nannte, lächelte zufrieden und hob die Pistole.

»Auf Wiedersehen, James«, sagte er und drückte den Abzug. Der Schuß ging nicht los, es entstand nur ein leises, klickendes Geräusch, das Bond jedoch so deutlich hörte, als sei es tausendfach verstärkt. Mit einem Fluch schleuderte Trevelyan seine Pistole gegen Bond, der bereits seine Waffe in Anschlag gebracht hatte.

Die Pistole traf ihn am Kopf; Bond taumelte zur Seite, während er den nächsten Feuerstoß abgab. Die Salve ging glatt daneben, und dann machte auch seine Waffe nur noch ›klick‹. Das Magazin war leer.

Noch etwas benommen durch die Pistole, die ihn am Kopf getroffen hatte, fand Bond gerade noch Zeit, dem anstürmenden Trevelyan auszuweichen. Dann schnellte seine Faust hoch und zielte auf das Kinn seines ehemaligen Freundes.

Der Schlag traf Trevelyan an der Schläfe und schleuderte ihn zu Boden.

Bond blickte in die Tiefe und sah, daß das Dach des Wartungshauses nur drei Meter unter ihm lag. Diesmal zögerte er nicht, schwang sich über das Geländer und landete auf dem Dach.

Er hastete zum Dachfirst und kletterte hinunter zum Eingang. Als er eintrat, hörte er ein wimmerndes Geräusch und das Surren eines Elektromotors. Jemand richtete die Antenne aus!

Tief unter der Erde brach Boris in begeistertes Kriegsgeheul aus. Er tanzte fast vor Freude, während er schrie: »Ich hab's! Ja, ich hab's geschafft! Ich bin unbesiegbar!« Zugleich tippte er das finale Kommando in den Computer: *Wiedereintritt abbrechen.*

Der Timer zeigte: *Zeit bis zum Wiedereintritt: 07:045.*

Das Bild erlosch, und ein anderer Schriftzug wurde sichtbar: *Antenne wird neu positioniert.*

Die Geräusche, die Bond im Wartungsraum hörte, stammten von dem Mechanismus, der nach der Eingabe neuer Koordinaten die lange, spitz zulaufende Antenne so positionierte, daß sich der Satellit von der Bodenstation aus wieder steuern ließ. Bond schaute um sich und suchte nach einem Sicherungskasten, doch sämtliche Apparaturen waren versiegelt. Ein langer grauer Metallkasten, von dem aus ein Kabelstrang in den Maschinenraum führte, beherrschte den Wartungsraum.

Während Bond überlegte, wie er die Elektronik ausschalten könnte, wurde der ganze Raum von einem heftigen Schlag auf das Dach erschüttert: Ohne Zweifel war auch Trevelyan vom Laufsteg heruntergesprungen.

Bond erwartete, daß die Sprengladung jeden Augenblick losging. Aber er mußte auch auf eine Fehlzündung gefaßt sein, und er wollte sichergehen, daß die Antenne nicht mehr in die neue Position gebracht werden konnte. Er trat durch die Tür, blickte nach unten, sprang und landete auf dem Gebäude, das die Schlußaggregate des ganzen Mechanismus beherbergte.

Eine Luke führte in das große, kreisrunde Gebäude. Rasch schlüpfte er hindurch, wissend, daß ihm Trevelyan auf den Fersen war.

Ein riesiges Rad füllte beinahe den gesamten Raum

aus. Doch sofort bemerkte Bond zwei andere Dinge: einen langen, rechteckigen Sicherungskasten und eine ausziehbare Leiter, die direkt über einer Falltür an der Wand befestigt war. Er war sicher, daß dies der Weg war, auf dem die Ingenieure mit Hilfe der Leiter direkt nach unten zur Antenne gelangten. Ferner wußte er, daß es von diesem Punkt bis zur Parabolschüssel noch etwa dreißig Meter waren.

Mit fliegenden Händen löste er die Flügelschrauben des Sicherungskastens, öffnete ihn und begann die Sicherungen in Gruppen von sechs, sieben Stück zu zerschmettern, bis sie alle zerstört waren und das Summen der Maschinerie erstarb.

Trevelyan war jetzt dicht bei ihm, er konnte den Mann fast riechen, und er spürte, wie ihm die Angst durch sämtliche Adern kroch. Bond stürzte zur Leiter und entfernte die Sicherheitsbolzen, damit sie ausgefahren werden konnte.

Als Trevelyan in der Einstiegsluke erschien, stampfte Bond wuchtig auf die Falltür, wobei er die letzte Sprosse der Leiter ergriff.

Die Falltür klappte nach unten auf, und die Leiter rasselte an einer Zahnstange etwa zwölf Meter in die Tiefe, bis die Leiter ihre äußerste Länge erreicht hatte und knapp über der Antennenspitze mit einem ekelhaften Rucken stockte.

Bond, der an der untersten Sprosse hing, dachte, seine Arme würden ihm aus den Gelenken gerissen. Aber er hielt sich verbissen fest. Die Leiter über ihm schwankte und quietschte. Dann sah er Trevelyans Gesicht in der Falltür auftauchen.

»Brauchst du Hilfe, um runterzukommen, James?« rief er. »Warte, ich bin gleich bei dir.« Langsam und ohne Hast begann er, die Leiter hinunterzusteigen, während Bond verzweifelt versuchte, sich an ihr hochzuziehen.

Natalja ging durch den Dschungel, angezogen von einem Geräusch, das sie plötzlich gehört hatte. Sie ertrug es nicht länger zu sehen, was sie gerade durch das Laubwerk der Bäume beobachtet hatte – James, der am Ende einer hin und her schwingenden Leiter hing, fünfzehn Meter über dem Boden der Schüssel und direkt über der Antennenspitze. Sie ging langsam weiter, bis sie zu einer gerodeten Stelle kam. In der Mitte dieser Lichtung stand mit gemächlich kreiselnden Rotorblättern ein Kampfhubschrauber.

In dem unterirdischen Kontrollzentrum starrte Boris ungläubig auf den Schirm vor sich, auf dem nun die Meldung *Antennenstörung* zu lesen war. Er begann zu schreien, mit den Füßen zu stampfen und unverständliche Obszönitäten zu brüllen.

Über Bond schwankte die Leiter, während Trevelyan Sprosse um Sprosse zu ihm herabstieg. Zwei Stufen über Bond nahm er eine Hand von der Leiter, holte ein kleines Kehlkopfmikrofon unter seinem Hemd hervor und sprach hastig ein paar Sätze hinein.

Auf der Dschungellichtung sah Natalja, daß der Pilot allein im Cockpit saß. Der Kampfhubschrauber begann sich zu bewegen, der Motor heulte auf, der Start stand unmittelbar bevor. Natalja holte tief Luft und rannte auf die Hecktür der Maschine zu.

»Nun, James, wird's Zeit für unseren letzten Abschied, denke ich.« Trevelyan erreichte die Sprosse unmittelbar über Bond und hob den rechten Fuß, um mit seinem Stiefel auf Bonds Hand zu treten. Unter der Wucht seines Tritts brach jedoch die Sprosse mit einem scharfen Splittergeräusch entzwei.

Bond fühlte die flüchtige Berührung von Trevelyans Körper, als dieser an ihm vorbeistürzte. In einer Reflexbewegung ergriff er Trevelyans linkes Handgelenk.

Der Mann schaute zu ihm auf, mit schweißnassem, angstverzerrtem Gesicht. »James!« Flehend starrte er Bond an. »Zieh mich rauf! Um Himmels willen … um der alten Zeiten willen, James, zieh mich rauf!«

»Fahr zur Hölle«, rief Bond und ließ ihn los. Trevelyan schlug gegen die Antenne und stürzte schreiend den ganzen Weg hinab bis auf die Parabolschüssel.

Im selben Moment flog die Spitze des Dreiecks auseinander. Bonds Sprengsatz war detoniert. Die ganze Konstruktion geriet ins Schwanken, Teile von Metall und Verdrahtung lösten sich und fielen in die Tiefe.

Mitten in diesem Krach glaubte Bond, Hubschraubergeräusche zu hören. Mit letzter Kraft an die Leitersprosse geklammert, sah er den Kampfhubschrauber, der direkt auf ihn zukam.

Der Pilot manövrierte die Maschine näher und immer näher heran. Hinter ihm stand Natalja und drückte dem zu Tode erschrockenen Mann eine Pistole an die Stirn. Er befolgte ihre Anweisungen, obwohl diese in Anbetracht des schwankenden, skelettartigen Gebildes, das er anflog, nicht eben leicht umzusetzen waren.

Schließlich aber, nach einigem Hin und Her, hatte er den Helikopter so positioniert, daß die Landekufen unmittelbar vor und unter der Stelle schwebten, wo Bond an der Leiter hing. Es war Bonds einzige Chance, denn alles um ihm herum schien jetzt zusammenzubrechen. Er holte Schwung, ließ die Leiter los und klammerte sich genau in dem Moment an der Gleitkufe des Helikopters fest, als dieser abdrehte und davonflog.

Währenddessen kam Trevelyan im Zentrum der Parabolschüssel wieder zu Bewußtsein. Seine Augen öffneten sich, er spürte den überwältigenden Schmerz und den

Blutgeschmack in seinem Mund und wußte, daß sein Tod nahe war.

Von oben hörte er Geräusche – das Krachen, Knattern und Poltern von fallendem Metall. Er blickte nach oben, und das letzte, was er sah, war die lange silberne Antennenspitze, die sich aus ihrer Verankerung gelöst hatte, in die Tiefe stürzte und ihn durchbohrte.

Unten im Kontrollzentrum tobte Boris immer noch vor Wut. Doch dann bemerkte er, daß die meisten der Wachleute tot oder verschwunden waren und er anscheinend der einzige Überlebende war. Er rannte hinauf zur mittleren Galerie. Als er an dem Großrechnerraum vorbeiging, explodierte plötzlich das flüssige Nitrogen. Gefrorener weißer Nebel waberte durch die berstende Tür.

Einen Augenblick lang war Boris bewußt, was passieren würde, wenn der Nebel ihn umhüllte, dann aber fühlte er nur noch frostiges Grauen. Er starb aufrecht stehend, eine Eisstatue in diesem fluchbeladenen Gebäude.

Der Kampfhubschrauber landete sanft auf der Lichtung. Bond sprang dankbar zu Boden und streckte sich mit geschlossenen Augen im Gras aus.

Im Cockpit sprach Natalja auf russisch mit dem Piloten. Rasch sagte sie ihm, daß er, wenn er keine Tricks versuche, abhauen könne. Dann sprang sie durch die Seitentür hinaus, direkt neben Bond.

Der Hubschrauber, mit einem erleichterten Piloten am Steuer, hob ab, während Natalja leise sagte: »James …? James …? Bist du in Ordnung? James, o bitte, sag was!«

Er öffnete ein Auge und zog sie zu sich herab ins Gras. »Ja, mir geht's gut. Vielen Dank.«

»Du Teufel!« lachte sie, und er drückte sie an sich, so fest, daß ihre Lippen sich berührten, während er sich über sie rollte.

»James! Nicht hier! Jemand könnte uns sehen!«

»Sei nicht töricht, Natalja!« Er schaute sie liebevoll an. »Es ist niemand übrig geblieben, der uns sehen könnte.«

Er hatte nur Augen für Natalja. Daher bemerkte er weder Jack Wade, der aus den Büschen trat, noch die etwa vierzig Marinesoldaten in Tarnuniform, die schmunzelnd am Rand der Lichtung verharrten.

Aus der Ferne war der Lärm von Marinehubschraubern zu hören, die weitere Verstärkung brachten.

Doch Bond brauchte in diesem speziellen Moment wirklich keine Unterstützung.